W0284881

Moi, Christiane F., la vie malgré tout

Christiane V. FELSCHERINOW
et Sonja VUKOVIC

Moi, Christiane F., la vie malgré tout

Autobiographie

Traduit de l'allemand
par Richard Couffère et Rose Labourie

Flammarion

Titre original : *Christiane F., Mein zweites Leben*
Éditeur original : Deutscher Levante Verlag GmbH
© 2013 by Deutscher Levante Verlag GmbH
Pour la traduction française et la présente édition :
© Flammarion, 2013
ISBN : 978-2-0813-2447-3

Avertissement

Ce livre se nourrit de souvenirs. Trente-cinq ans après, certains sont restés vivaces, d'autres sont devenus pâles et lacunaires.

Les mémoires de Christiane F. parlent d'êtres et de rencontres. Parmi les personnes concernées, toutes ne se rappellent pas volontiers ce qui s'est passé et ce que révèlent ces pages. C'est pourquoi le nom de certaines personnes a été modifié, d'autres restent complètement anonymes.

« Elle vit dans ce monde, comme Ariane, la délaissée, dans l'île déserte de Naxos, toute aux gémissements et à la prière. Bacchus, le dieu éclatant de l'ivresse, l'a abandonnée ; le délire de l'amour s'est évanoui et maintenant elle n'attend plus qu'un seul hôte, la Mort. Elle l'entend s'approcher ; déjà elle lui tend les bras pour passer de ce monde dans l'ombre éternelle. Mais elle ne se doute pas que celui qui s'approche avec des pas ailés, c'est Thésée, le libérateur, pour la ramener encore dans la vivante vie. »

Stefan Zweig,
Marceline Desbordes-Valmore.
Son œuvre.

Le mythe Christiane F.

Il est tard pour la fille. La journée a été longue, et il fait sombre. L'asphalte berlinois, mouillé par la pluie, scintille. Il n'y a plus grand monde dans la rue, et personne ne s'intéresse à la fille, dont les traits du visage trahissent, malgré les cheveux rouge grenade et les talons hauts, qu'elle n'a guère plus de 14 ans. « T'as pas un mark ? » demande-t-elle à chaque passant. Elle a l'air fragile comme un poulain, sèche, le cou long, une grande crinière. Elle fait l'effet d'une écorchée vive, toujours prête à riposter. « Vieux branleur », lance-t-elle à un homme qui l'a ignorée quand elle a demandé l'aumône. La fille prend une baffe, elle crie : « Merde. » Et puis une vieille Ford passe devant elle et s'arrête à son niveau.

La fille gonfle sa lèvre inférieure d'un air entêté. Elle mesure un mètre soixante-quinze, elle a les jambes longues et minces. Dans la voiture, un type un peu gros, dans les 45 ans. Sans un mot, il ouvre la porte côté passager, la fille monte. La voiture est grise, comme toutes les autres ce soir-là.

La fille dit à l'homme : « Je baise pas. »

Il demande : « Et pourquoi pas ?

— Écoute, j'ai un mec.

— Alors suce-moi, juste.

— Je vais gerber.

— Bon, il ne reste plus grand-chose. Alors branle-moi, au moins.

— Ça fait 100 balles.

— Ok. »

Plus tard, elle racontera à son mec qu'elle n'a fait ça que pour lui. Qu'elle a fait la manche et que ça n'a pas marché, il fallait bien qu'elle se fasse de la tune d'une manière ou d'une autre, et c'est pour ça qu'elle s'est décidée à monter dans la voiture du client. Son mec ne croira pas un mot de ce qu'elle dit et il lui fera des reproches : « Tu l'aurais fait même si j'avais pas été là. Toute cette merde, c'est parce qu'on se shoote. » Alors, ils rêveront d'une vie sans addiction à l'héroïne, et la fille lui promettra qu'elle ne couchera jamais avec un client.

Quand l'homme a joui dans la Ford, il a saisi le cou de la fille de la main droite, en tenant son sexe de la main gauche. Il a gémi comme s'il allait vomir. Ça a duré longtemps. Et puis silence. La fille est sortie de la voiture d'un bond. La voiture est repartie, la fille a marché sous la pluie pour rejoindre son copain, le billet de 100 marks dans son sac de jute.

Le gamin, qui a son âge, se tord de douleur sur le quai de la station de métro du Jardin Zoologique. « J'ai un peu de quoi », murmure-t-elle à son copain qui se tient le ventre et les jambes. Elle le soutient et ils se mettent en route, vont se cacher dans les toilettes de la station. Le gamin s'appelle Detlev, il est brun, gringalet, il transpire beaucoup. Elle s'appelle Christiane F.

Après s'être envoyé chacun un shoot dans le creux du bras, Christiane raconte comment elle s'est procuré l'argent pour la drogue. Detlev est déçu et furieux, jusqu'à ce que la morphine commence à agir, fasse disparaître ses douleurs et le détende.

C'est ok, un jour ça changera.

Cette scène de film est extraite d'une des histoires les plus célèbres de ces quarante dernières années. Son succès est comparable à celui de Winnetou *de Karl May et de* Harry Potter *de Joanne K. Rowling – à la différence que c'est une histoire vraie : celle de Christiane F., alias Christiane Vera Felscherinow.*

Avant le film, il y avait eu le livre, sorti en Allemagne en 1978, sous le titre : Christiane F. – Wir Kinder vom Bahnhof Zoo *(« Christiane F. – Nous, les enfants de la gare du Zoo », traduit en français sous le titre :* Moi, Christiane F., 13 ans, droguée, prostituée*). Il s'est vendu depuis à plus de quatre millions d'exemplaires. Traduit en de nombreuses langues, il est aujourd'hui l'un des livres de non-fiction les plus lus sur le marché allemand.* Christiane F. *est devenu une lecture obligée dans beaucoup d'écoles allemandes et, trois ans après la sortie du livre, le film fut un hit, même aux États-Unis. Si vous tapez « Christiane F. » sur Twitter ou Facebook, vous trouverez des pages de fans toujours actualisées, des forums et des posts tout frais d'hier, dans le monde entier.*

Et pourtant, Christiane est une héroïne tragique – une anti-héroïne à qui sa capacité d'empathie a été fatale, parce qu'elle préfère aimer son père qui la frappe que le haïr et, qu'à partir de cette expérience, elle développe une fascination dévastatrice pour les êtres qui lui font peur ou qui la poussent à ses limites physiques. C'est aussi une fille qui a été encouragée par sa mère, une femme apparemment soumise et impuissante, à ne jamais vouloir être victime des circonstances, mais à être une dure à cuire. Et qui noie tous ces sentiments contradictoires. Dans l'alcool, la drogue et la recherche permanente de la dépendance.

Christiane a tout juste 14 ans, et elle est déjà profondément empêtrée dans le cercle vicieux de l'héroïnomanie, de la criminalité, du délabrement émotionnel et de la prostitution. Les rares chances de se sortir de cette situation mortellement dangereuse, elle les connaît mais ne peut les saisir, peut-être justement parce que ce combat avec la dépendance est devenu depuis longtemps son plus puissant moteur existentiel. Les conséquences de son addiction deviennent le contenu de sa vie, tandis que leurs causes ne produisent qu'un sentiment de vide.

Christiane Felscherinow touche le fond – physiquement, socialement, moralement. Mais l'acuité avec laquelle la jeune Berlinoise observe sa propre chute et la conscience avec laquelle elle regarde son destin en face, sans accuser personne d'autre qu'elle-même d'en être responsable, expliquent la sympathie que lui témoigne bientôt l'opinion publique.

Grâce à la rédaction des récits de son enfance à la cité Gropius, en banlieue, Christiane Felscherinow, cette gosse héroïnomane qui s'est prostituée dans la Kurfürstenstraße et la gare du Jardin Zoologique (communément appelée gare du Zoo), a trouvé autant d'écho qu'autrefois Les Souffrances du jeune Werther *de Goethe. Celui-ci entendait mettre en garde contre la pitié pour soi-même et le chaos des sentiments, et on lui reprocha bientôt d'avoir, par ses textes émouvants, poussé de jeunes hommes au suicide.*

Les souffrances de la jeune Christiane F. ont été célébrées comme une lumière jetée sur une partie de la société allemande, dont l'existence avait été niée jusque-là. La jeune protagoniste devint l'incarnation émouvante de l'inquiétude et de la révolte de la jeunesse ; la junkie trouva des imitateurs et devint une star, dont l'addiction autodestructrice scandalisa l'opinion publique. Horst Rieck, rédacteur du magazine Stern, *avait rencontré Christiane Felscherinow au début de 1978, à l'occasion du procès d'un pédophile au tribunal correctionnel de Berlin-Moabit. Christiane avait alors 15 ans et vivait chez sa grand-mère paternelle à Kaltenkirchen, dans le nord de l'Allemagne. L'accusé avait payé de jeunes prostituées avec de l'héroïne et avait été l'un des clients de Christiane.*

Horst Rieck fit le compte rendu du procès, parla avec les victimes de l'accusé et fut aussitôt électrisé par les récits de Christiane : « Ce qu'elle racontait était quasiment prêt à l'impression. J'avais le sentiment qu'elle était pressurée comme une éponge. » Et en 2012 Christiane se souvient : « Dès la première rencontre, j'ai dit à Horst que j'avais rempli des journaux intimes entiers avec mes histoires. Ça lui a donné l'idée d'un livre. » L'interview initialement prévue avec le témoin Christiane Felscherinow est ainsi devenue un échange qui a duré trois mois, pendant l'été de 1978, auquel Rieck a associé Kai Hermann, son collègue du Stern.

En 1968, les parents Felscherinow avaient quitté Nützen, dans le Schleswig-Holstein, pour s'installer à Berlin. Christiane venait d'avoir 6 ans. C'est avec l'excitation de ce déménagement au bord de la Spree et l'espoir de la famille Felscherinow de profiter de la conjoncture berlinoise pour fonder une agence matrimoniale professionnelle, que s'ouvre le livre Moi, Christiane F. *Mais, très vite, c'est la douche froide : le business ne marche pas comme prévu. La famille doit à nouveau déménager, quitter le grand appartement ancien, juste repeint, du Paul-Lincke-Ufer à Kreuzberg, pour s'installer dans une des barres d'immeubles du quartier de la cité Gropius. Le père noie sa frustration dans l'alcool et se défoule en cognant Christiane et sa sœur, plus jeune d'un an. La mère observe, impuissante.*

Le destin des Felscherinow est captivant dès la première page du récit de Christiane, parce qu'elle livre un regard très intime sur les structures psychiques des membres de la famille et sur leurs rapports. Presque aucun écrivain de métier n'avait su rendre compte de manière aussi tangible que Christiane, à travers l'exemple de son père, du caractère dévastateur des fantasmes inassouvis de succès et de prestige.

Puis un nouvel homme entre en scène, il sera aux yeux de la mère de Christiane la clé pour ouvrir la porte à une nouvelle vie sans violence. Elle devient la maîtresse de Klaus – compagnon de beuverie de son mari et plus jeune qu'elle – et trouve le courage de quitter un mari agressif. Mais pour les filles, le nouveau copain de maman reste un étranger qu'elles ne prennent guère au sérieux et qu'elles n'aiment pas particulièrement, parce qu'elles ont le sentiment qu'il leur confisque leur mère. La jeune sœur de Christiane en tire les conséquences : « Elle a fait ce qui me semblait inimaginable, peut-on lire dans le livre, elle est rentrée chez son père. Elle a abandonné ma mère, et surtout moi. J'étais encore un peu plus seule. »

Quand Klaus fait en sorte que la mère se débarrasse des deux chiens auxquels Christiane tenait tant, la rébellion et la fuite semblent la seule issue à la jeune fille contre les injustices qu'elle subit chez elle. « Je me sentais comme si on voulait me vider de la maison. Mais je trouvais géniale la liberté que j'avais. » La jeune fille a maintenant 12 ans et elle trouve de l'affection ailleurs : elle est admirative de Kessi, une copine d'école qui boit de l'alcool, a déjà de la poitrine et un mec. Christiane aimerait bien avoir autant de succès que Kessi auprès des garçons, et elle aimerait que Kessi devienne sa meilleure amie.

Ensemble, elles vont à la « Maison du milieu », un centre pour la jeunesse lié à l'Église protestante. Les jeunes de leur bande sont plus âgés, ils fument du hasch, sèchent l'école pour se shooter dès le matin. Et comme Christiane veut faire partie de la bande, elle suit le mouvement.

La drogue comme produit de consommation – en République fédérale d'Allemagne, c'était complètement nouveau. Le mouvement hippie des années 1960 et 1970 y avait associé quelque chose de tout à fait différent : une protestation communautaire contre la société de consommation et la propagation d'une vision du monde. Ses adeptes prenaient du LSD et du cannabis collectivement, dans le but d'élargir la conscience. Manifestement, Christiane et ses amis aspiraient au contraire à l'inconscience. Le vide intérieur total. Selon toute apparence, il ne s'agissait que de prendre son pied. Ou bien était-ce quand même de la révolte ? Mais contre quoi ?

La fulgurante notoriété de jeune junkie-star de Christiane Felscherinow, la scène à laquelle elle appartenait voulut l'interpréter comme une rébellion. Mais ça n'a pas marché. Finalement, il ne resta plus que l'effroi glaçant associé au nom de Christiane. Il y avait des adolescents qui ne semblaient avoir dans la vie qu'une seule et unique motivation, sans but ni perspective, une motivation qui semblait dénuée de sens : le vertige des stupéfiants.

Bientôt, Christiane avale aussi de l'ecstasy et des médicaments, comme l'éphédrine, le Valium et le Mandrax. Le week-end, elle sort régulièrement au Sound, une boîte berlinoise. C'est là qu'elle fait la connaissance de Detlev. Il a 16 ans et prend de l'héroïne, que refuse d'abord Christiane. Mais lorsqu'elle va à un concert de David Bowie, son idole, avec un autre camé de ses amis, et que celui-ci est en manque, elle l'aide à se procurer de l'argent pour acheter encore de l'héroïne. Son jeune corps s'est accoutumé depuis longtemps aux pilules qu'elle s'enfile comme des Smarties, sans y penser, elles commencent à ne plus faire d'effet et ne la sortent plus de sa dépression.

Et pourquoi ne pas essayer quand même l'héroïne ?

« Je ne m'étais pas aperçue que pendant les derniers mois je m'étais rendue mûre pour l'héro […]. Pas de réflexion, pas de mauvaise conscience. Je voulais essayer tout de suite, pour avoir à nouveau un vrai bon trip », confiait-elle aux auteurs Hermann et Rieck.

Elle sniffe la poudre brune, parce que la seringue lui fait encore beaucoup trop peur. « Je devais réprimer l'envie de vomir et j'ai recraché une bonne partie de la came. Mais après, tout est allé très vite. Mes membres sont devenus incroyablement lourds, et en même temps super légers. J'étais assommée, et c'était un sentiment trop génial. Toute cette merde, partie d'un coup. Je me sentais mieux que jamais. » À cette époque, Christiane a 13 ans.

Jusque-là, on pouvait se représenter le destin familial des Felscherinow comme un enchaînement de causes personnelles et sociales qui permettaient au moins de concevoir l'affinité de Christiane avec la drogue. Mais après la sortie du livre, on fit remarquer, avec raison, que cela ne fournissait pas une explication suffisante et que Christiane n'était en aucun cas la pure victime de son milieu. La vie dans la cité Gropius des années 1970, si triste pour des enfants, et un foyer à problèmes ne débouchent pas automatiquement sur la toxicomanie.

Il est difficile de juger si Christiane, outre son intelligence, disposait d'une capacité de choix suffisante pour prendre ses propres décisions. Sa volonté d'échapper au foyer familial et à la solitude a-t-elle ouvert la porte de l'addiction ? Ou était-ce son sentiment d'exaltation suscité par les stupéfiants et cette nouvelle communauté ? En Allemagne, les débats se sont enflammés autour de cette question.

Christiane ne veut désormais qu'une chose : retrouver encore et toujours cette exaltation éprouvée sous héroïne. Et comme l'argent qu'elle peut amasser dans la rue ne suffit pas à financer sa consommation, elle commet de petits délits.

À 14 ans, elle se fait faire un shoot à la seringue par un junkie. Pour Detlev et elle, entre-temps complètement dépendants, se procurer de l'héroïne devient une nécessité permanente. Pour lui, il n'y a plus qu'un moyen de se procurer l'argent nécessaire : il fait le tapin à la gare du Zoo. « Ce que faisait Detlev ne me dégoûtait pas, explique Christiane à cette époque. C'était pas si grave s'il touchait les clients. C'était un sale boulot, sans lequel nous n'aurions pas obtenu la dope. Mais je ne voulais pas que les mecs touchent Detlev. Parce qu'il n'appartenait qu'à moi. »

Le week-end, la plupart du temps, Christiane et Detlev vivent dans un appartement délabré avec leurs amis Bernd et Axel, comme en famille. Pour Christiane, les mecs refont le lit tous les jours avec des draps blancs tout propres. Mais sinon il y a du moisi partout. Le sang qui reflue dans la seringue, ils l'injectent dans la moquette, et ils écrasent les mégots dans les restes de bouffe pourris. Dans ce lieu, Christiane a vécu avec Detlev sa toute première fois.

À ce moment-là, elle souffre déjà de la jaunisse. Elle fait un accès pendant un voyage de classe : loin de Berlin, dans le Bade-Wurtemberg. On doit la conduire à l'hôpital. Sa mère ne lui rend pas visite. La jeune fille a déjà perdu beaucoup de poids, mais elle l'explique par sa croissance rapide et la puberté. Sa mère n'en doute pas une seconde. Elle tombe régulièrement dans les pommes, mais sa mère ne remarque rien, parce que Christiane n'est presque jamais à la maison. Sous prétexte de dormir chez une copine, elle traîne la plupart du temps avec ses copains camés.

Dans le livre, la mère de Christiane explique que pendant longtemps elle n'a rien voulu voir de ce qui arrivait à sa fille. Elle raconte qu'à cause de son boulot elle n'a pas fait assez attention à Christiane, et qu'elle a longtemps ignoré les mises en garde de son compagnon et les signes lancés par sa fille. « J'étais persuadée qu'avec les gens de l'église, elle était entre de bonnes mains. »

De plus en plus, la mauvaise conscience s'infiltre chez Christiane, parce que Detlev doit faire le trottoir pour entretenir son addiction. Un soir où elle fait la manche dans la rue parce que Detlev est gravement en manque, elle est accostée par le mec dans la Ford évoqué plus haut. À partir de ce moment-là, Christiane fera le tapin.

Axel ne tarde pas à mourir d'une overdose d'héroïne. Christiane et Detlev décident, avec Babsi et Stella, de rejoindre une bande de prostitués camés. Mais bientôt,

Babsi fait la une des journaux : elle est la plus jeune personne tuée par la drogue en Allemagne. Detlev et Christiane n'ont plus qu'eux-mêmes au monde. Ils projettent toujours de décrocher, chaque shoot doit être le dernier. Maintenant, ils font le tapin ensemble.

Parmi d'autres, un certain Stotter-Max, comme l'appellent les auteurs, devient le client régulier du couple d'adolescents : « Il travaillait comme manœuvre, fin de trentaine, il venait de Hambourg. Sa mère était prostituée. Enfant, il avait reçu un nombre hallucinant de coups. De sa mère, de ses maquereaux, et dans les foyers où il a été. Ils l'ont détruit : il avait tellement la trouille qu'il n'a jamais vraiment appris à parler correctement, et il avait besoin qu'on le cogne pour se satisfaire sexuellement. » Christiane frappe le mec à coups de cravache jusqu'à ce qu'il saigne et jouisse, et quand il a quitté l'appartement, elle vomit. Avec les 150 euros de la passe, elle achète de la dope pour Detlev et elle. « Journée super cool. »

Coupée de tout lien avec la vie normale, poussée par l'addiction et la peur d'être en manque, Christiane ravale toute honte. Maintenant, elle se pique aussi dans l'appartement de sa mère, qui remarque enfin, lorsque c'est déjà presque trop tard pour sa fille, quelle double vie mène Christiane depuis deux ans. Elle l'oblige, ainsi que Detlev (dont les parents sont aussi divorcés et qui est livré à lui-même), à s'installer chez elle, pour ce qui sera un douloureux sevrage.

Mais finalement, la guerre déclarée à la dépendance physique n'est rien en comparaison d'une dépendance psychique souvent sous-estimée.

Quand les deux adolescents retournent voir leurs anciens potes, tout recommence très vite. Surtout parce que, sans drogue, Christiane et Detlev n'ont aucun sentiment romantique l'un pour l'autre. « J'avais horreur d'être à nouveau physiquement dépendante de l'héro. Mais quand Detlev était shooté et que moi j'étais clean, il n'y avait aucun feeling entre nous. Nous étions alors comme deux étrangers. »

Christiane ne tarde pas à se sentir une junkie-star, parce qu'elle a du répondant et qu'elle est très aimée. Dans son euphorie, elle va maintenant jusqu'au rapport sexuel complet avec ses clients.

Elle est arrêtée plusieurs fois pour détention de drogue et, finalement, elle est tabassée par un employé du Sound. C'était une menace claire et plutôt habituelle : si tu es encore arrêtée, tu ne racontes pas que des drogues circulent dans la boîte et que des proxénètes incitent les ados à faire le tapin. « Après ça, ils étaient si intimidés qu'ils ne balançaient plus rien à la police. »

Physiquement et moralement à bout de forces, Christiane se fait accueillir volontairement dans une maison de santé pour se faire soigner. La clinique où elle veut se faire interner, et dont elle a entendu parler par d'autres junkies, s'appelle Narconon. Elle fait partie du réseau de la Scientologie.

Là-bas, elle a le sentiment d'être traitée comme si elle était folle, elle fugue plusieurs fois mais revient toujours. Finalement, son père essaie de la sortir de Narconon par tous les moyens. Sa première visite se solde par une descente de police, parce que les médecins, et même Christiane, lui résistent. Pour finir, sa mère, qui est sa responsable légale, signe un papier qui donne au père le pouvoir de récupérer Christiane et de la prendre chez lui.

Christiane parviendra à cacher aussi à son père qu'elle a replongé. Mais pas à elle-même.

Elle tente de se faire le dernier shoot, le coup de grâce, en finir avec tout, mais la dose se révèle trop faible. Peu après, elle emménage avec Detlev chez un client, et les deux essaient de financer leur addiction par le trafic de drogue.

Christiane est vite rattrapée par la police. Sa mère vient la sortir de sa garde à vue, elles sautent dans le premier avion pour l'Allemagne du Nord. C'est à ce moment-là que sa mère la conduit chez sa grand-mère à Kaltenkirchen.

Moi, Christiane F., 13 ans, droguée, prostituée *se referme sur la famille Felscherinow au sommet du désespoir et sur la fille aînée, au tréfonds de sa dépendance.*

Mais comme beaucoup de bons livres, celui-ci finit sur une note d'espoir : dans le dernier chapitre, Christiane explique combien il lui est difficile de s'habituer à la vie rurale de Kaltenkirchen, mais qu'après la période de sevrage, elle arrive, pas à pas, à reprendre sa vie en main. La distance physique qui la sépare des gens et des lieux qui entretenaient son addiction promet une solution pour sortir de la dépendance psychique. Christiane termine même l'école avec d'assez bons résultats et se fait de nouveaux amis. Elle dit qu'elle ne veut plus jamais entendre parler de l'héroïne.

Mais elle dit aussi : « Pendant un moment, je me suis shootée au Valium. » Avec sa nouvelle bande, elle boit du vin rouge et fume du hasch régulièrement. Elle ne semble pas loin de retomber dans son ancienne vie. Réussira, réussira pas : la question reste ouverte.

Cette fin ouverte et le fait que la suite de l'histoire de cette fille pouvait être commentée dans les médias feront notamment le succès de la série de reportages du Stern *à l'automne 1978 : comment va-t-elle aujourd'hui ? Réussira-t-elle ? L'histoire de Christiane F. fascinait et repoussait à la fois.*

C'étaient justement les adolescents qui étaient fascinés par l'anti-héroïne, et – comme le craignaient les critiques – il était possible qu'ils s'empressent de l'imiter. Le magazine Stern *a dépensé 200 000 marks pour contrer ces critiques et a publié un cahier pédagogique à 60 000 exemplaires distribués gratuitement, surtout dans les écoles.*

Le livre était un succès inouï et sur lequel personne n'avait compté. Au contraire : aucune des grandes maisons d'édition allemandes n'avait voulu le publier, les éditeurs jugeaient que la prostitution des enfants et l'héroïnomanie étaient des thèmes marginaux. « Nous avons fait du porte-à-porte avec le manuscrit sous le bras. Un grand éditeur l'a refusé en disant qu'il était invendable, se souvient Kai Hermann. Une autre maison nous a conseillé d'en faire une sorte d'étude de cas, d'ouvrage spécialisé avec des annexes scientifiques. »

Ces refus furent pour Christiane Felscherinow, qui avait alors 16 ans, une raison de ne plus vouloir continuer à collaborer avec Kai Hermann et Horst Rieck. « J'étais hyper déprimée et je pensais que ces deux-là me volaient juste mon temps. Personne ne veut entendre ça, et encore moins le lire. »

Mais quand a paru la série de reportages du Stern, *ça a changé. D'abord, une plus grande partie de l'opinion publique prit conscience de la réalité de la scène de la drogue. L'écho médiatique était énorme, à la suite de quoi le* Stern *s'est décidé à publier lui-même* Christiane F., *sous la direction de Henri Nannen et à 5 000 exemplaires pour commencer.*

Très vite, l'éditeur n'arriva plus à suivre le rythme des réimpressions.

« Il y a eu des problèmes de livraisons pendant des semaines entières, parce que l'éditeur avait tiré à beaucoup trop peu d'exemplaires et qu'il en fallait pour répondre à la demande », se souvient Christiane aujourd'hui.

La même année, Bernd Eichinger forgea un plan radical de reconstruction pour Constantin Film, une maison de production qui avait fait faillite en 1977. Il avait alors 29 ans, venait de terminer ses études à la Hochschule für Film und Fernsehen (HFF) à Munich et se prenait pour un génie du cinéma qui n'atteindrait pas 40 ans, fauché dans sa jeunesse par un destin tragique, comme c'était arrivé à beaucoup de grands artistes.

Déjà à l'époque, Eichinger n'attachait plus aucune importance aux festivals de cinéma, celui de Cannes par exemple. Il tenait les gens du métier qui s'y rassemblaient pour une communauté de représentants de commerce petits bourgeois sans charme ni inventivité et voyait le cinéma allemand, tout particulièrement, traversé par une crise profonde : il manquait de créativité et de liberté d'esprit ; dans la course aux financements et aux producteurs, on ne recherchait que l'approbation des commissions et des critiques au lieu de l'euphorie du public.

Pour Bernd Eichinger, la seule issue à cette crise était la création d'une industrie cinématographique autarcique, fermée sur elle-même et ainsi largement indépendante, autrement dit une entreprise qui soit à la fois distributrice et productrice. Constantin, fondée en 1950 par Waldfried Barthel, un producteur allemand, était l'unique institution avec laquelle on pouvait réaliser ce concept.

Quant à Ludwig Eckes, ancien fabricant d'eau-de-vie, il n'avait plus grand-chose à perdre avec la boîte. Alors en 1978, il a vendu à Eichinger 25 % de la Neue Constantin pour un million et demi de marks et a fait du jeune diplômé de la HFF son partenaire.

Eichinger voulait porter à l'écran des films qui polariseraient et provoqueraient l'opinion, des histoires qui refléteraient la vision de la vie de la jeune génération et offriraient tout simplement du grand cinéma. Et voilà qu'il y avait cette Christiane F.

Dans son histoire, Eichinger voyait une matière filmique profondément émouvante, alors il s'est mis, avec Roland Klick, à écrire un scénario. Mais au-delà du script, les conceptions des deux hommes divergeaient largement. Bernd Eichinger est d'abord allé chercher le scénariste et producteur Herman Weigel, son ancien camarade à la HFF, pour en faire son dramaturge ; et puis les trois se sont brouillés, parce que Klick, d'après ce que Weigel et Eichinger ont raconté plus tard, voulait attribuer les rôles à des acteurs qui auraient dans les 25 ans.

Mais ce qui était fascinant dans l'histoire de Christiane, c'est justement qu'il s'agissait d'adolescents. La collaboration et l'amitié de Eichinger et Klick en sont restées là – mais aussi le financement du projet de film, parce que Roland Klick, par une disposition provisoire, avait fait en sorte que tous les financements liés à sa personne ne puissent plus être investis dans le film. Ainsi, le film débutait avec un million de marks de déficit dans la production.

Le réalisateur qui remplaça Klick était aussi un ancien camarade de Eichinger : Ulrich Edel. Mais bien que les trois hommes aient formé une équipe rodée depuis l'époque de la fac, la production de Moi, Christiane F., 13 ans, droguée, prostituée *était loin d'être placée sous une bonne étoile. D'abord il y eut une dispute avec le cogérant de Eichinger, Karl-Heinz Böllinghaus, parce que celui-ci estimait la recette à 200 000 marks seulement, tandis que Eichinger visait au moins 800 000. Ensuite, Eckes, le partenaire de Eichinger, voulut se retirer. Eckes et Böllinghaus étaient plus âgés que Eichinger, ils étaient d'une autre génération, et, tout comme les éditeurs des maisons d'édition établies, ils ne pouvaient imaginer que l'histoire d'une enfant prostituée et héroïnomane puisse intéresser un large public. C'est le Suisse Bernd Schaefers qui racheta les parts de Eckes.*

En outre, la réalisation du film rencontra des problèmes purement pratiques, comme la question de la distribution des rôles, restée longtemps sans réponse. Eichinger était aussi peu d'accord avec Edel qu'à l'époque avec Klick – jusqu'à ce que le hasard conduise finalement Natja Brunckhorst, une écolière berlinoise, aux essais de casting. Elle avait été tirée de l'école entre midi et deux – en fait pour auditionner dans le rôle de la sœur de Christiane. Mais quand Eichinger la vit, il sut tout de suite : Christiane, c'est elle !

Natja Brunckhorst était une Christiane conforme à celle du livre : longues jambes fines, longs cheveux bruns, elle ressemblait sacrément à la vraie. D'après ses déclarations, il y avait aussi des parallèles dans leurs biographies : « J'étais une enfant vraiment solitaire. Et alors tu te retrouves dans une situation où, subitement, tu vaux quelque chose. Où tu reçois des louanges. Où, tout d'un coup, quelqu'un est là qui s'occupe de toi. J'avais même un assistant social qui me suivait, je l'envoyais toujours me chercher du chocolat avec de la crème, en pleine nuit à la gare du Zoo. J'ai adoré avoir des gens qui s'occupaient de moi. » C'est ce qu'a expliqué l'actrice à la veuve de Eichinger, Katja Eichinger, pour la biographie de son mari, parue en 2012 sous le titre BE.

Le réalisateur et producteur est mort le 5 janvier 2011. Il n'avait que 62 ans, il a fait un infarctus lors d'un dîner avec sa famille et ses amis à Los Angeles. Parmi ses plus grands succès : L'Histoire sans fin *(1984),* Le Nom de la rose *(1986),* La Chute *(2004 – dont il a aussi écrit le scénario),* Le Parfum *(2006, il a écrit le scénario également),* La Bande à Baader *(2008).*

Moi, Christiane F., 13 ans, droguée, prostituée *a été le début de cette grande carrière – un coup de tonnerre auquel, en 1980, personne ne s'attendait.*

Mais revenons au tournage : le cameraman travaillait de manière très précise, mais aussi très lente. Le tournage a tiré en longueur, de sorte que les vacances d'automne étaient finies et que les jeunes acteurs durent retourner à l'école. Ainsi, on ne pouvait tourner qu'entre la sortie de l'école et la tombée de la nuit, qui arrivait de plus en plus tôt. Pour beaucoup de lieux cités dans la vraie histoire, il n'y eut pas d'autorisation de tourner : par exemple pour les scènes qui se passent à la gare du Zoo. Le cameraman s'est mis dans un fauteuil roulant et a caché sa caméra derrière un carton.

Puis il y eut le premier cadavre du tournage. Quand l'équipe voulut préparer la station de S-Bahn Bülowbogen pour le tournage, ils trouvèrent un mort : overdose. La police est venue le chercher avant que le premier enfant arrive sur les lieux du tournage. Et tandis que le réalisateur Uli Edel, perché sur une échelle, réfléchissait à l'endroit où il fixerait sa caméra, il trouva un petit paquet renforcé au scotch. Il l'ouvrit, vit que c'était de l'héroïne, et au même moment trouva devant lui un junkie qui tenait un canif en tremblant. Il avait dû se faufiler entre les barrières de sécurité : il arracha le paquet des mains de Edel et partit en courant.

John Lennon fut le deuxième mort qui devait ralentir le tournage de Moi, Christiane F. *La vraie Christiane avait sniffé sa première héroïne après un concert de David Bowie au Internationales Congress Centrum à Berlin-Charlottenburg. Ce moment changea sa vie et, comme Bernd Eichinger tenait beaucoup à l'authenticité, il ne vit pas d'autre solution que de demander à David Bowie, lui-même connu pour son problème avec l'héroïne, de jouer personnellement dans cette scène. Bowie a donné son accord, mais il jouait à ce moment-là dans une mise en scène à Broadway. Eichinger dépensa donc ses derniers marks pour payer un vol Berlin-New York et une équipe américaine. Le 9 décembre, jour prévu du tournage, John Lennon fut abattu devant le Dakota Building.*

David Bowie n'osa plus monter sur scène. Il craignait qu'il s'agisse d'un tueur en série ou qu'il trouve des imitateurs. Ce n'est que lorsque Bernd Eichinger eut engagé une troupe de gardes du corps qui sécurisèrent les lieux pendant le tournage de sa scène que Bowie retrouva son courage et « sauva » ainsi le film.

Dès l'année suivante, le film fut un énorme succès international. Outre ses cinq millions de spectateurs en Allemagne, il explosa le box-office aux Pays-Bas, en Belgique, en Grèce et en Espagne. Idem en France, et il devint le film allemand le plus célèbre de la décennie.

Pour l'adaptation anglaise, le film fut coupé de quatre minutes, mais la version intégrale existe en DVD aux États-Unis, réservée aux plus de 18 ans.

« Fouler le Walk of Fame du Chinese Cinema, c'était une première », se souvient Christiane, qui s'était envolée pour Los Angeles avec Uli Edel pour une tournée de presse de trois semaines à l'occasion du lancement du film.

La fille aux cernes sombres, farouche comme un poulain, était devenue une jeune femme sensuelle : toujours très gracieuse, mais en même temps robuste, sûre d'elle. Son pas était décidé, elle se tenait droit, l'air narquois, le regard espiègle. Ses grands yeux, d'un vert clair lumineux, étaient soulignés au khôl noir, ses ongles et ses lèvres charnues avaient un éclat tantôt rouge, tantôt brun. Et Christiane parlait comme elle vivait : vite, et toujours avec un petit côté casse-cou.

Elle avait rasé une partie de sa longue crinière et relevé sur la tête le reste de ses cheveux avec du gel. Avec ses habits sombres style punk, elle ressemblait un peu à la petite sœur de Nina Hagen. C'était une femme mystérieuse et merveilleusement belle.

La quête d'identité de Christiane F. semblait trouver une issue miraculeuse. La fille avec un joli visage et une histoire affreuse, qui avait toujours pris pour elle-même les décisions les plus stupides et philosophé avec une incroyable intelligence sur la condition humaine et les embûches de sa vie, était devenue le symbole de l'inquiétude et de la révolte de la jeunesse.

Sur Arte, elle discuta avec le metteur en scène de théâtre Frank Castorf sur les vertus féminines, on la vit assise aux côtés de Belmondo et Peter Maffay dans un talk-show ; sa réplique au cinéma, Natja Brunckhorst, fit la une du Spiegel, *qui titra : « Le mythe Christiane F. »*

Spiegel TV et Stern TV l'invitèrent tous les ans pour un entretien, on voulait apprendre d'elle ce qui se passait pour la jeunesse ; pourquoi des groupes terroristes tels que la Rote Armee Fraktion (RAF) se révoltaient-ils contre le système ? Est-ce qu'en République fédérale une promotion sociale comme la sienne était possible ? Y avait-il de l'espoir pour les fils et les filles de l'Allemagne, et, bien sûr, pour la junkie la plus connue du pays elle-même ?

De l'espoir, il y en avait. Mais allait-il se réaliser ?

En tout cas, Christiane ne se laisserait pas enrôler dans le monde propret de sa grand-mère, le « Stoltenberg-Country » de l'Allemagne du Nord, comme le suggérait la fin du livre et du film.

Après que l'ivresse de la gloire fut retombée, elle tenta sa chance comme chanteuse. Entre 1981 et 1983, elle se produisit aux côtés de Alexander Hacke, le guitariste des Einstürzende Neubauten, leur duo s'appelait Jeunesse sentimentale. En 1982, elle enregistra quelques disques solo dans le style de la Nouvelle Vague allemande, joua dans des films indépendants, Neonstadt *(1981) et* Decoder *(1983), et, chaque année, vécut quelques mois comme jeune fille au pair en Suisse.*

Mais, où qu'elle aille et quoi qu'elle fasse, son ancienne vie la poursuivait.

Elle ne se sortait pas de la drogue. Régulièrement, on pouvait lire qu'elle avait replongé. Toutefois, on ne sut jamais dans quelles proportions, il n'y avait pas de preuves. Les « connaisseurs » prétendaient que la célébrité soudaine et l'argent généré par le succès du livre avaient aggravé son addiction – selon l'analyse des uns, quand on suscite l'attention et la sollicitude grâce à sa maladie, on s'y accroche. Les autres voyaient dans les drogues le moyen pour elle de gérer la pression des médias, et avec l'argent qu'elle gagnait, il était tout d'un coup très facile de s'en procurer.

Est-ce qu'une seule des rumeurs de rechute de Christiane était vraie ? La presse engageait toujours de nouvelles recherches pour savoir combien de drogue elle prenait vraiment et quel était son destin à présent. Les caméras la suivirent sur les îles grecques, où elle vécut de 1987 à 1993, les journalistes lui rendirent visite après la naissance de son fils, Günther Jauch l'invita à s'asseoir sur le divan de son émission sur Stern TV et Sandra Maischberger la reçut dans son « Late Night Talk ».

Depuis 2008, Christiane F. n'a plus parlé à aucun journaliste, bien qu'ils aient essayé, à intervalles réguliers, de sonner à sa porte à l'occasion d'un nouveau dossier sur la drogue ou à la mort de Bernd Eichinger. Mais Christiane ne fait plus confiance aux journalistes – depuis le jour où les services de protection de l'enfance lui ont retiré la garde de son fils et que sa douleur a été étalée dans la presse people.

La Berliner Zeitung *avait convaincu sa mère de faire une série d'interviews, et d'autres médias payèrent un de ses amis pour obtenir des informations. Christiane a rompu avec les trois : avec les journalistes, avec cet ami et avec sa mère.*

S.V.

1

Putain de vie

Fibrose. À 51 ans, je suis à l'étape d'avant la cirrhose. Depuis 1989, mon foie est enflammé en permanence. J'ai une hépatite C, génotype 1A, la souche la plus agressive qu'on puisse attraper en Europe. Je n'ai aucune idée de où et quand je l'ai chopée. Je transpire en permanence, c'est insupportable, je suis toujours trempée, même par – 10 °C. Et en été je ne peux pas porter de t-shirt à manches courtes, à cause de ces affreux boutons rouges sur mes avant-bras. On appelle ça un angiome stellaire.

Et puis la bouche en carton et la constipation, parfois je ne peux pas aller aux toilettes pendant plusieurs jours. Ou alors je passe la nuit à vomir parce que quelque chose est enflammé dans mon métabolisme – l'estomac, la vessie ou les intestins – et que je ne supporte plus les antibiotiques. En plus, depuis un ou deux ans, j'ai le ventre qui grossit parce que mon foie gonfle et que je fais de la rétention d'eau. C'est pas une vie.

Il faudrait que je me soigne. Pour traiter l'hépatite C, les médecins injectent des interférons, un truc qui lutte contre l'infection. Mais pour que je puisse être traitée avec ce produit, il faudrait que je me fasse faire des prélèvements du foie pour voir à quel point l'organe est endommagé. Une biopsie. Ce sont de terribles douleurs, on ne les souhaite même pas à ses pires ennemis. Je n'arrive pas à m'y résoudre. Et je n'ai personne pour m'y pousser.

La suite du traitement n'est pas non plus une franche rigolade. Je devrais me faire piquer pendant des semaines, voire des mois, perdre mes cheveux, avoir la nausée tout le temps et sombrer dans la dépression. Les effets secondaires, non merci. Trop dur pour moi. J'ai vu ça chez une proche parente dont je tairai le nom. Elle aussi a attrapé le virus de l'hépatite C, elle non plus ne sait pas exactement comment. Mais elle a décidé de suivre une thérapie aux interférons – et l'a vite regretté. Selon la préparation avec laquelle on est traité, on a des démangeaisons sur tout le corps, et partout se développe de l'eczéma, on ne peut plus rien faire sans pommade à la cortisone. On perd du poids, des forces et de l'énergie. Dans le pire des cas, les antidépresseurs ne suffisent même pas, on fait les dépressions les plus noires, on est hanté par des pensées de suicide et assailli par des crises de panique. Il a fallu presque une année complète à cette parente pour se reprendre, sortir de chez elle et pouvoir vivre à peu près normalement. Moi, dans un an, je serai peut-être morte. Alors à quoi bon ?

J'ai peu de chances de guérison, je le sais. Et quelle « guérison » ? Au mieux, à la fin, je végéterai sans un centime, je ne pourrai plus me payer de soins ni une vie digne. C'est que je n'ai même pas de retraite ou de truc comme ça. Je recevrai seulement une sorte d'allocation dont l'essentiel servirait à payer le traitement aux interférons. Je ne veux pas d'un avenir comme ça ! Non, je préfère mourir rapidement que lentement et dans la pauvreté. J'espère seulement qu'ils me donneront des médicaments assez forts pour que je ne souffre pas trop.

Déjà que je suis complètement dépassée par le fait de devoir courir sept fois par semaine chez le médecin de la Hermannplatz pour avaler ma dose de méthadone. Avant, les médecins donnaient de la méthadone à emporter chez soi, mais c'est fini parce que désormais les produits de substitution se dealent comme les drogues. Certains pharmaciens, infirmières, médecins s'engraissent avec ce business – une aide-soignante du cabinet où je suis traitée en ce moment vient de se faire prendre en train d'en revendre à Kottbusser Tor et elle a été arrêtée. Elle aura bien arrondi ses fins de mois – au marché noir, le milligramme coûte un euro. Mais, les matins où j'arrive à peine à me tirer du lit, je trouve que ça les vaut.

Certains jours, je suis tellement crevée à cause de cette fibrose que j'ai du mal à rester consciente, parce que j'ai dû vomir toute la nuit et que je n'ai pas fermé l'œil. Alors je suis obligée de rester dans mon appartement. Je tremble de tout mon corps, complètement déshydratée, je tiens à peine sur mes jambes, j'arrive tout juste à aller aux toilettes. Comment j'irais chez le médecin dans cet état ? Impossible. Ces jours-là, j'aimerais ne jamais avoir essayé de drogue, ne jamais avoir connu cette sensation géniale d'être shootée, parce que ces souffrances sont le prix à payer.

Être en manque, à côté, c'est un jeu d'enfant. On finit par s'y habituer, on s'habitue à tout finalement. La différence, c'est que tu sais que si tu tiens le coup quelques jours, tu seras à nouveau en forme. Mon foie, lui, n'ira plus jamais bien. Il est foutu. J'en aurais besoin d'un nouveau, mais quel médecin va mettre une ex-droguée sous méthadone sur la liste des transplantations ? J'essaie de ne pas y penser, tant que les douleurs ne m'y obligent pas. Je fais en sorte de continuer comme avant.

Depuis que je suis tombée quelques fois de mon lit, je ne dors plus que sur un matelas à même le sol. Il est placé devant la télé, juste derrière on accède au balcon. Même l'hiver, je laisse la porte ouverte la plupart du temps – pour que Leon, mon chow-chow, puisse sortir, et parce que je fume souvent à la maison. J'ai besoin d'air frais pour respirer et moins transpirer. J'ai rarement froid, mais quand ça m'arrive, je ne mets pas le chauffage, vu les prix de nos jours. Non, je me love sous mes nombreuses couvertures et je me prépare quelque chose de chaud. Je sais être radine en ce qui concerne les dépenses qu'on peut éviter. L'hiver, je débranche le réfrigérateur et je range quelques aliments dehors sur le balcon. J'ai grandi dans une extrême pauvreté, je ne peux pas jeter l'argent par les fenêtres.

Je n'ai pas d'armoire et que très peu de meubles. Mais ça n'a rien à voir avec l'argent. C'est parce que j'ai déménagé très souvent, sans doute douze ou quinze fois dans ma vie. Monter, démonter, charger, décharger, je ne veux plus m'infliger ça, chaque fois j'ai trié davantage. Si ça se trouve, je devrai bientôt quitter aussi Teltow. Trop de gens savent où j'habite, tous les deux mois je trouve devant ma porte des journalistes qui ne se sont pas annoncés ou juste des gens dont je ne veux pas chez moi. D'ailleurs je serais gênée, c'est souvent le bordel dans l'appartement, tout traîne partout, je n'ai pas de tiroirs, pas de casiers, et même pas de tupperwares. Par contre j'ai beaucoup de tapis, pour ne pas rayer le parquet. Et c'est important que tout soit propre. Je fais régulièrement le ménage, je désinfecte même. Avec un chien, je suis obligée. Le bordel d'accord, mais pas la crasse.

Une petite table de nuit, une lampe sur pied, des lunettes loupes achetées à la droguerie, tabac, cendriers, peut-être un peu de thé – presque tout ce que je possède se trouve à portée de main autour de mon lit, pour que je puisse l'attraper si je vais vraiment mal. La salle de bains n'est pas loin, à peine quatre mètres, il n'y a pas de couloir. À gauche de mon matelas, il y a la cuisine ouverte, avec deux chaises et une table. Et beaucoup, beaucoup de livres.

Un mur de bibliothèque de deux mètres sur deux est rempli de documentation animalière, de livres de cuisine et de romans du genre *Le Diable s'habille en Prada* de Lauren Weisberger, *L'Ombre du vent* de Carlos Ruiz Zafón et *Confessions d'une pharmacienne* de Ingrid Noll. Ce que je préfère, ce sont les récits de vie, qu'ils soient romanesques ou bien réels comme *L'Enfant de la jungle*, *Zones humides* ou *La Massaï blanche*.

Des livres comme les miens en fait, qui ont d'une façon ou d'une autre un rapport avec moi. C'est quand on s'y reconnaît et qu'on peut en tirer quelque chose pour soi que la lecture fait le plus plaisir. *Dieu ne vient plus en Afghanistan que pour pleurer* de Siba

Shakib, par exemple. J'ai pleuré toutes les larmes de mon corps en lisant ce livre. Mais il m'a aussi donné de l'espoir. C'est une histoire vraie, et si cette femme a pu être si forte, je peux l'être aussi. Il s'agit du destin d'une jeune Afghane, Shirin-Gol. Son nom signifie « douce fleur », mais sa vie est dure et affreuse. Sa famille vit dans une pauvreté épouvantable et son frère, comme beaucoup d'hommes dans l'Hindu Kush, est accro au jeu. Un jour qu'il ne pouvait pas rembourser ses dettes de jeu à un ami, il lui donne sa sœur en compensation. L'homme n'est pas du tout antipathique à Shirin-Gol, mais c'est alors qu'arrive le pire : après un accident du travail, le type devient opiomane, et Shirin doit se prostituer pour nourrir la famille. La guerre, la famine, la pauvreté, l'oppression, c'est tout ce qu'elle connaît. Et elle doit toujours fuir – les soldats russes, les Pakistanais, les talibans. Elle est aussi violée, ce qui arrive à tant de femmes en Afghanistan. On a du mal à imaginer la situation : l'ONU arrive dans le pays, soi-disant pour libérer le peuple de la dictature et du terrorisme, et puis leurs soldats violent les femmes. Atroce. Mais, malgré tout, Shirin ne désespère pas d'avoir une vie meilleure et s'occupe de manière touchante de tous ses enfants – même de ceux qui sont nés de la prostitution et du viol.

Je peux vraiment me plonger dans de telles histoires. C'est comme une fuite, mes problèmes me semblent moins graves ensuite. Il m'est difficile de chercher de l'aide à l'extérieur, ce qui tient avant tout au fait qu'il est très dur pour moi de faire confiance. Toute relation, même avec son médecin, ça veut dire une responsabilité. Tu dois y aller régulièrement, tu dois te tenir à ce qui t'est prescrit, sinon tu fais perdre du temps au toubib et à toi-même. Souvent, je ne me fais pas confiance quand il s'agit de répondre aux attentes des autres. J'aimerais tellement pouvoir être ponctuelle, fiable. Mais je me connais, avec moi ces trucs-là ne marchent pas. Ne marchent plus, malheureusement.

Les livres, c'est mon automédication. Dans mon imagination, je suis libre, il n'y a pas de limites et pas de devoirs, je peux faire et laisser faire ce que je veux, je ne déçois personne. Ça me fait du bien. Je crois au fait que le corps va bien quand l'âme est saine, et inversement. La lecture m'aide. Mais ce sentiment agréable disparaît aussi vite que l'histoire est finie. Alors toute ma petite misère revient sur le devant de la scène.

Pour moi, la qualité de vie, c'est la somme de la façon dont je me sens, de l'influence de mon entourage sur moi et de la situation de ma famille. Tout ce qui constitue quelqu'un. Mais je n'ai plus rien de tout ça. Tout a foutu le camp. Je n'ai plus d'amis, et « Christiane F. » me colle aux baskets.

Je ne sais jamais si on est sérieux avec moi, très vite on me traite sans égard et de manière abjecte, parce que tout le monde croit que je me la joue avec ce truc de Christiane F. Et quand je me mets vraiment à pleurer, alors on se fout de moi, genre : « Et maintenant elle chiale en plus, et elle va me faire croire ça ? » Ce sont des moments où je regarde par la fenêtre et où je me demande : « Est-ce que ça ferait hyper mal si tu sautais, là, maintenant ? »

Peut-être que l'alcool est une manière lente de se tuer, c'est même sûr. Évidemment, je sais que boire, surtout avec la méthadone, c'est la merde. La combinaison des deux provoque des problèmes respiratoires, et un jour ça fera trop pour mon foie ou mes poumons. Mais sans alcool, et même sans mon herbe, la vie sur terre ne serait plus supportable. Plus du tout, depuis que mon gamin n'est plus là.

2

LE RÊVE AMÉRICAIN

Je n'avais jamais vraiment pu m'habituer à la vie à la campagne. La première fois, à 15 ans, quand on m'a envoyée quelques semaines chez ma tante et ma grand-mère, ça allait, parce qu'aucune plainte déposée, aucun sevrage, aucune perte de connaissance, aucun séjour en clinique n'avait pu me détourner de l'héroïne. De ce point de vue, la tentative de ma mère de me sortir du milieu était bonne. Mais ma grand-mère et moi, ça ne collait pas du tout. Elle se baladait en *dirndl*, le costume traditionnel bavarois, bien que nous vivions dans le Schleswig-Holstein. Elle était fan de la Bavière, adorait Franz Josef Strauß et était conservatrice jusqu'à la xénophobie. Quand Hitler est arrivé au pouvoir, ma grand-mère avait 11 ans. Juste le bon âge pour suivre le vent. De toute sa vie, elle n'a jamais perdu cette mentalité.

Mon grand-père était un homme solide. Il avait possédé une imprimerie et un journal dans l'est de l'Allemagne, jusqu'à ce qu'il soit exproprié après la guerre, à l'époque de la RDA. Ma grand-mère l'avait quitté parce qu'elle le prenait pour une couille molle. Un jour, il avait parlé devant des invités du temps où il était prisonnier de guerre, et il avait dit que les Polonais étaient en fait des gens très gentils : alors ça a été fini, apparemment. Ma grand-mère détestait aussi tout ce que j'incarnais, tout ce que je faisais et la façon dont je m'habillais.

Au début, je me baladais en talons hauts et jeans moulants, jusqu'à ce que je n'en puisse plus d'entendre dire que j'avais l'air d'une pute. Pour ma grand-mère, j'étais un scandale sur pattes : que j'arrête de manger parce que je n'avais plus faim même si l'assiette n'était pas vide ; que je fasse mes devoirs plutôt la nuit parce que je n'avais pas la paix l'après-midi ; que je fume et boive, et ma manière de m'exprimer. Il fallait que je fasse attention à chaque mot : il suffisait que je dise « merde » pour que ça pète aussitôt.

Tout ça ne me rendait pas la vie facile avec elle, elle était très sévère et attachait du prix aux vertus prussiennes. Chez elle, j'avais l'impression d'être en visite, je ne me suis jamais sentie sa petite-fille. Jamais comme à la maison.

Ma tante, mon oncle et mes cousins vivaient aussi avec nous. Les garçons étaient sympas, mais ma tante était comme sa mère, elle essayait tout le temps de me dire ce que je devais faire et ne pas faire. Le soir, il fallait que je sois à la maison dès neuf heures et demie, quand j'avais le droit de sortir. Je ne supportais pas de telles restrictions, ça me tapait complètement sur les nerfs. Chacun voulait exercer sa force sur moi et m'obliger, par des règles et des interdictions, à filer droit.

Évidemment, ça n'a pas spécialement contribué à ce que je me sente en famille – ni à me donner envie de m'intégrer à cette vie campagnarde. Je trouvais que je faisais tache là-bas. On s'emmerdait à Kaltenkirchen. Je me serais bien défoncée pour oublier que j'étais dans ce bled. C'était très vert, ça me plaisait, j'aime la nature. La place du marché était très belle, avec des plantes de toutes les couleurs, comme un parc. Mais on a vite fait le tour quand on est adolescent, très vite on ne sait plus où aller. Enfant, on peut jouer dans la rue, il n'y a pas beaucoup de voitures. Mais ado, tu peux juste traîner à la gare ou près de la fontaine. On alors dans une de ces boîtes pourries où on passe surtout de la variété.

J'imagine que j'étais exotique là-bas. J'arrêtais pas de me faire draguer, par n'importe quel type. Ils passaient leur temps à me siffler ou à faire une remarque à la con dans mon dos. Je trouvais les mecs beaucoup plus grossiers et agressifs qu'à Berlin. Et les filles étaient beaucoup plus soumises, elles fricotaient même avec ceux qui ne leur faisaient pas envie – de peur que, sinon, il ne leur arrive rien. À la campagne, les rôles sont encore très définis, ça me rebutait à un point tel que je ne laissais plus aucun type m'approcher. Pas de câlin, pas de sexe, rien de tout ce que j'aurais voulu avoir.

Après avoir passé à Berlin pratiquement trois ans sans aller en cours, maintenant j'essayais de me concentrer sur l'école. Je voulais faire quelque chose de ma vie, pour pouvoir m'arracher de Kaltenkirchen. C'était mon objectif principal. Pourtant, j'ai rapidement été virée du collège – pas parce que je ne m'en sortais pas ou que j'étais à côté de la plaque, mais parce que, trois semaines après la rentrée, le directeur a reçu mon dossier de Berlin, où mes jours d'absence, mon addiction et mon casier judiciaire étaient minutieusement consignés. Il m'a dit qu'il ne pouvait pas me garder, parce que je ne correspondais pas à ses exigences.

Je me suis retrouvée dans une école de nuls. À la campagne, t'es rien si tu fais pas un collège classique. Évidemment, ça m'a fait à nouveau sortir des rails, ça m'a enlevé toute motivation. Alors je me suis remise à traîner – avec quelques amis et beaucoup d'alcool. Nous nous retrouvions le soir et buvions des litres de vin ou de rhum coca. Deux ou trois fois je me suis envoyé du Valium, mais je n'ai pas touché à l'héro. Faut dire que j'étais encore en conditionnelle.

J'avais été condamnée par le tribunal d'instance de Neumünster à six mois de prison pour mineurs avec sursis à cause de violations répétées de la loi sur les stupéfiants. Bien sûr, on m'avait flanqué un agent de probation dans les pattes. Cela dit, il se montrait peu, et quand il venait je le confiais à ma tante, qui le gavait de café et de gâteaux – il adorait surtout ses nids d'abeille. Il n'avait rien à me reprocher.

Je vivais dans une famille, tout était réglo dans la maison, il y avait des bois de cerf accrochés aux murs, mon grand-père paternel avait été régisseur d'un domaine après l'expropriation.

Grâce à un garçon sympa qui allait au lycée et qui me donnait envie d'apprendre, une sorte de prof privé, j'ai finalement terminé l'école avec de très bons résultats.

Ensuite, le livre *Moi, Christiane F.* et la série d'interviews ont paru à l'automne 1978, et j'ai vu en devanture d'un marchand de journaux de Kaltenkirchen mon portrait sur une énorme affiche du *Stern*.

J'ai immédiatement compris que tout ça allait foutre le bordel dans ma vie. Mes problèmes familiaux et mon histoire de drogue étaient maintenant publics. Pas de marche arrière possible. Tout d'un coup, j'étais une célébrité.

Pendant trois mois, Kai Hermann et Horst Rieck étaient venus me voir tous les jours chez ma grand-mère, après l'école. On travaillait à peu près quatre heures, jusqu'à ce que je sois épuisée. Mais ces entretiens me faisaient l'effet d'une thérapie. Quelque part, toutes ces questions m'aidaient à mieux comprendre tout ce qui s'était passé à Berlin. Mais, exactement comme dans une thérapie, quand on fait tout remonter à la surface, c'est excessivement éprouvant.

Horst était bon pour faire les recherches, et Kai écrivait. Ce que nous étions en train de sortir publiquement, c'était vraiment hard, je ne l'ai compris que plus tard. J'ai juste raconté aux deux journalistes tout ce que j'avais vécu – et rétrospectivement, je m'étonne que personne de la famille n'ait été présent pendant les entretiens. Ni mon père ni ma mère ne sont jamais venus, ils n'ont jamais demandé comment ça se passait, de quoi nous parlions, ce qui était mis sur le papier. Beaucoup des trucs que j'ai lâchés à ce moment-là, je le regrette aujourd'hui. Surtout pour mon père, qui apparaît comme un loser tout juste bon à donner des coups.

C'est qu'il était beaucoup trop jeune, il avait à peine 18 ans quand je suis née. Ça n'excuse certainement pas son comportement, mais ça le rend un peu plus compréhensible – et supportable. Aujourd'hui encore, j'ai mauvaise conscience de l'avoir foutu à poil devant tout le monde. Mais mes parents auraient pu nous épargner ça s'ils s'étaient intéressés à ce que je racontais aux journalistes.

Après la sortie du livre, je suis devenue le premier sujet de conversation dans le coin et, même quand je sortais à Hambourg, beaucoup de gens me reconnaissaient. Au début, c'était un peu bizarre, parce que je n'avais rien de spécial, au fond je n'avais même fait que des trucs négatifs. Je ne savais pas non plus très bien de combien d'argent j'allais disposer tout d'un coup.

Le jour de mes 18 ans, j'ai eu accès à un compte où il y avait autour de 400 000 marks !

Et comme mon livre était en tête de la liste des best-sellers, on me proposa une place dans la branche où j'étais devenue quelqu'un : j'ai commencé une formation de libraire dans une librairie de Kaltenkirchen.

Nikolai Walter travaillait à la Commerzbank en face de la librairie. Il était super mignon. Tout le monde l'aimait, et les femmes lui couraient après. J'étais censée le brancher avec une de mes collègues, mais dès qu'on s'est rencontrés, on s'est tout de suite tellement plu qu'on s'est mis ensemble. Dès ce moment, nous sommes toujours allés ensemble à la Markthalle de Hambourg, dans sa Mini Cooper. C'était l'enfer sur l'autoroute, avec cette voiture petite, vieille et à ras du sol. On se serait cru dans une voiture pour enfants, les autres bagnoles avaient l'air gigantesque, et on sentait la moindre bosse sur la route.

Nikolai détestait lui aussi à peu près tout à Kaltenkirchen. Malgré ça, notre relation n'a pas duré longtemps. Quand il est entré à l'armée, je n'y ai plus rien compris, ni à lui ni au reste. Pardon ? Le service militaire ? À Munich ? Très peu pour moi. Déjà à Berlin, je pouvais pas. Et Nikolai ? Il était banquier, jeune et mince, un beau gosse, pas un type qui se roule dans la merde. Rien n'y a fait.

Alors je me suis remise à aller à Hambourg, toute seule la plupart du temps, et quand il était là le week-end, il se sentait con parce que j'étais plus proche des autres mecs que de lui. Lui aussi les aimait bien, il voulait les fréquenter. Passer d'un coup de la vie de village à la grande ville, c'était quelque chose, et avec des musiciens en plus ! C'est un peu comme prendre le métro dans une banlieue londonienne et sortir en plein Soho : tu découvres tout d'un coup un monde immense et de toutes les couleurs. Mais bon, ça n'allait plus entre Nikolai et moi. Alors, sur un coup de tête typique de l'adolescence, j'ai chopé un autre type, Jackie Eldorado. Je m'étonne encore aujourd'hui de ma naïveté sans fond à cette époque. Dès que j'ai été majeure, j'ai arrêté la pilule. Ma mère m'avait forcée à la prendre quand elle avait appris ma relation avec Detlev, à Berlin. Avec le recul, je dois avouer que c'était une bonne idée, sa décision m'a épargné bien des problèmes. Mais adolescente et même jeune adulte, ça n'était pas du tout clair pour moi, et je ne voulais plus prendre la pilule, un point c'est tout. C'était ma façon de résister et d'être libre. Après toutes ces histoires carabinées que j'avais vécues avec les clients quand je faisais le tapin à Berlin, après toutes ces maladies vénériennes dégueulasses, j'étais déjà bien heureuse de pouvoir prendre du plaisir à une sexualité normale.

Jeune femme, je ne savais absolument pas ce qu'était la contraception. J'avais raté les cours d'initiation à l'école, parce que je faisais le trottoir – il faut imaginer !

Je ne voyais rien, je ne comprenais rien, mais je jouais à l'adulte qui sait exactement ce qu'elle veut. Et pour commencer, je chope Jackie Eldorado.

Parfois je me demande ce qui se serait passé si le livre n'était pas sorti. Je n'aurais certainement pas obtenu la formation à la librairie, on me l'a offerte que parce que j'étais Christiane F.

Une fois, j'ai eu la possibilité d'étudier l'économie domestique pendant un an. Après ça, j'aurais pu devenir couturière. J'ai essayé de faire de la décoration de vitrine pendant quelques semaines, mais ça n'était pas pour moi. J'avais besoin d'êtres humains autour de moi, pas de mannequins et de tissus. Je crois que si le livre n'était pas sorti, j'aurais épousé Nikolai et nous aurions eu deux enfants. Nous aurions vécu une vie calme et au ralenti, et nous aurions fait attention à l'argent. Ce n'est pas derrière un guichet de banque que tu deviens riche, et puis je ne suis pas faite pour une carrière normale. Je ne suis pas fainéante, il faut toujours que j'aie quelque chose à faire, mais je ne peux pas suivre les chemins balisés, je me laisse toujours détourner par mes sentiments et mes envies, je ne pense pas tellement aux objectifs lointains.

Quand je suis arrivée à Kaltenkirchen, je n'avais pas la moindre idée de ce que j'allais devenir. Je n'avais absolument aucune perspective, je ne savais pas quoi faire de moi, je n'osais rien engager. Un cas complètement désespéré. De ce point de vue, c'est une bonne chose que le livre me soit tombé dessus, ça a commencé à me sortir de mon trou – et ça m'a menée à Hambourg, dans un monde complètement nouveau, et à ma coloc de musiciens.

C'est à la Markthalle de Hambourg, en 1980, que j'ai fait la connaissance de mes colocataires. C'est là qu'avaient lieu autrefois les concerts à la mode, la majorité organisés par Klaus Maeck. On y traînait de toute façon, il y avait des bars et des salles de jeux, c'était le point de ralliement de beaucoup d'artistes. Le week-end, je prenais le train de chez ma grand-mère à Kaltenkirchen, la ligne Altona-Kaltenkirchen-Neumünster, pour sept marks. Vingt-cinq kilomètres jusqu'à Hambourg Eidelstedt – et de là j'allais à la Markthalle.

Aucun propriétaire normal ne voulait de locataires comme nous : quatre hommes et une fille réputée pour être une junkie, même si elle était devenue riche. Les Geniale Dilletanten, comme nous nous appelions à l'époque (avec une faute d'orthographe) – juste des chômeurs, aux yeux de beaucoup de bourges de Hambourg. Le « Génial Dilettantisme », qui se lançait contre toute la tradition de la pop et qui, « dilettante » dans son style d'écriture, se revendiquait comme tel, était sur la bonne voie pour révolutionner l'histoire de la musique. Et nous, loin devant, avec des projets de films et de musique super cools.

Je portais alors des bottes cloutées, du fard à paupières noir, et j'avais la moitié du crâne rasée. Les mecs avaient des coupes iroquois ou dans le genre, ils portaient des habits sombres et avaient le plus souvent le regard somnolent.

Les proprios nous regardaient et imaginaient tout de suite les soirées à la came et les partouzes – alors nous avons fini par louer d'anciens locaux de la rédaction des *Nouvelles de St. Pauli* au-dessus d'un sex-shop, qui donnaient directement sur le Reeperbahn. Au 12, Hein-Hoyer-Straße, un immeuble Art nouveau magnifique, plafonds hauts et stucs, un ancien bordel.

La chambre la plus belle et la plus calme était occupée par Klaus Maeck, qui avait ouvert, sur l'Alster, le *RipOff*, le premier magasin de disques punk, et qui cofonderait plus tard Freibank, une maison de disques indépendante. Il avait 30 ans, ce que, du haut de mes 18 ans, je trouvais super vieux. Tout était à son nom, il était le plus âgé, un peu comme notre gourou. J'avais payé les 6 000 marks de caution, je les déduisais simplement de mon loyer.

Frank Martin Strauß, alias FM Unité, était le troisième de l'association. Il était membre de plusieurs groupes de musique connus, comme Abwärts, Palais Schaumburg et, plus tard, les Einstürzende Neubauten. C'était le jeune frère du comédien Ralf Richter. On l'appelait « Mufti » ! Il y avait aussi, arrivé de Berlin, Jochen Hildisch, qui s'était rendu célèbre sous le nom de Jackie Eldorado, le premier musicien punk de Berlin. Il avait fait la une des journaux quand, à l'occasion d'un concert *live* au bord de la Spree, en 1977, il avait léché de haut en bas la jambe de pantalon d'Iggy Pop. *Last but not least*, il y avait aussi le chanteur de Abwärts, Frank Ziegert, dont j'étais à l'époque méga fan. J'en ai presque eu le souffle coupé quand j'ai appris que j'allais vivre avec le chanteur de mon groupe préféré.

La disposition de l'appartement était simple : un long couloir et cinq pièces, qui donnaient toutes sur la rue. Il y avait un lavabo dans chacune, qui datait de l'époque du quartier rouge. Juste en entrant, il y avait sur la gauche une assez grande niche, qui avait dû être la réception autrefois. C'est là qu'on rangeait les vélos. À côté, il y avait des toilettes pour les invités et, en face, la première pièce, les quatre autres suivaient du même côté. La dernière était notre pièce commune, les instruments de musique et les produits ménagers y étaient entreposés. Il y avait toujours d'autres musiciens qui logeaient pour un temps chez nous ; ils avaient assez d'argent pour enregistrer je ne sais quel morceau dans le studio Hafenklang, mais pas assez pour payer un loyer. Parmi eux, il y avait Campino, dont le groupe s'appelait à l'époque ZK, et pas encore les Toten Hosen.

Le studio Hafenklang est un magnifique lieu de culture et de musique à Altona. C'est une des dernières maisons du XIXe siècle, qui rappelle aujourd'hui à quoi ressemblait Altona à l'époque, avec ses rues étroites et ses escaliers biscornus qui descendent jusqu'aux berges de l'Elbe. Depuis le studio, on peut voir les bateaux sur le fleuve, c'est juste beau. Udo Lindenberg et les Einstürzende Neubauten y ont habité et travaillé. Dans les années 1980, la maison était le point de rencontre des artistes créatifs, parce qu'il y avait là-dedans le premier studio d'enregistrement 24 pistes de la ville. En plus, à l'époque, des concerts avaient toujours lieu dans la cave, organisés par les gérants du studio.

Outre les Neubauten et Abwärts, les groupes de l'époque s'appelaient les Krupps, le Freiwillige

Selbstkontrolle et Palais Schaumburg. C'est le label hambourgeois ZickZack qui fit leur promotion ; issu du magasin de disques RipOff dans le quartier Karo de Hambourg, il fit partie, avec quelques autres à Düsseldorf, Berlin et Hanovre, des premiers labels innovateurs importants qui marquèrent la culture musicale en Allemagne.

C'était l'époque des punks et de la Nouvelle Vague allemande, et notre appartement improvisé dans les anciens bureaux de la rédaction des *Nouvelles de St. Pauli* en était l'épicentre !

Au début, je ne me rendais pas compte que les autres colocataires avaient beaucoup moins d'argent que moi et qu'ils étaient bien moins connus. Je les admirais et je me sentais super bien avec eux. Je poursuivais ma formation dans une filiale hambourgeoise de la librairie et le week-end je travaillais pour Klaus. Soit à la Markthalle, où je m'occupais, dans les coulisses, des artistes dont Klaus organisait les concerts, soit nous étions au 31 de la Feldstraße, dans le Karolinenviertel.

C'était le RipOff, qui s'appelle aujourd'hui le Ruff Trade Record ; un magasin de disques punk et un label que Klaus gérait avec Jochen et Alfred. Alfred Hilsberg était critique pour les magazines spécialisés *Musik Express* et *Sounds*. Il a marqué de son empreinte le concept de Nouvelle Vague allemande. Il a surtout beaucoup influencé la scène musicale de la fin des années 1970 et du début des années 1980.

La nuit, au RipOff, nous ficelions des paquets à envoyer aux grands magasins de disques. Klaus aimait bien m'avoir avec lui, parce que grâce à ma formation je m'y connaissais en comptabilité et je pouvais régler sa paperasse.

Mais j'ai bientôt été surmenée par la formation et ce job du soir : je ne me couchais presque plus et j'ai commencé à sniffer de la coke pour me tenir éveillée.

Beaucoup de mes amis prenaient de la coke, mais il n'y avait pas d'héro. Ils ne voulaient pas en entendre parler. Du coup, la coke, c'était tous les jours. Nous fumions des joints aussi. Mais à cette époque, concernant l'héro, j'étais clean.

Un soir, à la Markthalle, après avoir pris de la coke dans les toilettes, j'étais au flipper avec Frank et Mufti quand j'ai vu un type habillé d'une manière incroyable. Son pantalon était fait du tissu qu'on utilise pour le revêtement intérieur des voitures. Il portait des bottes de caoutchouc transparent, et on voyait les trous de ses chaussettes. Autour du cou, il avait un vrai col romain de prêtre ! Avec ses cernes sous les yeux et son visage blafard, il avait l'air de revenir d'un enterrement punk, où il aurait fait lui-même le sermon. C'était Blixa Bargeld, le chanteur des Einstürzende Neubauten.

À l'époque, ces mecs étaient encore complètement inconnus. Après un show de Campino et de ZK, où à peu près tout ce qui était à portée de main avait valdingué dans les airs, ils n'avaient plus osé se montrer sur scène. Ce concert à Hambourg devait être leur premier en dehors de Berlin ; c'était une opportunité importante, qu'ils ont d'ailleurs fini par saisir. Leur manière de jouer était incroyable. J'étais dans tous mes états et j'ai harcelé Klaus pour qu'il fasse un contrat aux garçons. De fait, cette rencontre musicale est devenue une longue amitié et un vrai partenariat.

Klaus a été longtemps le conseiller et le producteur des vidéos des Neubauten, il a fondé quelques années plus tard la maison de disques Freibank avec Mark Chung, le bassiste du groupe.

Le guitariste des Einstürzende Neubauten s'appelait Alexander Hacke. Quand nous nous sommes rencontrés, c'était encore un ado, il vivait chez sa mère à Berlin-Buckow, à Neukölln donc. Je le trouvais vraiment mignon. Au début, nous nous écrivions seulement des lettres, parfois nous glissions des photos dans l'enveloppe ou de petits souvenirs artistiques. Quand Alex a eu fini l'école, il a emménagé chez nous dans la colocation. Là, nous nous sommes mis ensemble.

Juste après, je suis partie aux États-Unis. Bernd Eichinger avait adapté mon livre au cinéma, le film était un gros succès en Europe et devait sortir en Amérique. Natja Brunckhorst, qui jouait mon rôle, avait à peine 14 ans. Son père voulait absolument faire la tournée de presse américaine avec elle et causait des problèmes, alors Eichinger et Uli Edel, le réalisateur, ont préféré me demander à moi.

Herman Weigel, le scénariste, Edel et moi avons voyagé en première classe jusqu'à Los Angeles ! Bernd vivait à Hollywood, nous l'avons retrouvé plus tard. Ça a démarré sur les chapeaux de roue. Dès l'atterrissage, une énorme limousine nous attendait. « On va pas tout de suite à l'hôtel », a dit Uli lorsque nous sommes montés dans la voiture. « Et on va où ? » ai-je demandé. Quand j'ai appris que nous avions rendez-vous avec Rodney Bingenheimer sur KROQ, la station de radio rock, j'ai complètement halluciné.

« Vraiment ? Trop génial ! Je connais ses enregistrements, tout le monde les connaît, c'est le délire total ! » Bingenheimer a été déterminant pour l'époque rock, punk et new wave américaine. Il a été l'un des premiers à faire enregistrer des groupes comme Blondie, les Sex Pistols et les Ramones. De là ils sont entrés dans l'histoire de la musique.

Le studio de KROQ était étonnamment petit. C'était bourré de disques partout, les murs étaient isolés avec des boîtes d'œufs. Il y avait l'ingénieur du son derrière la vitre, sinon personne d'autre que nous. Et les gens appelaient, des Américains qui avaient vu notre film. Parfois, je ne savais juste pas comment réagir. Heureusement, Uli Edel était là, il a répondu à une partie des questions. Ou il traduisait pour moi.

Dès le départ, je me suis très bien entendue avec Rodney. Quand il a proposé de me montrer la ville, j'ai évidemment accepté tout de suite. Il est passé me prendre le soir au Château Marmont, et nous avons fait les meilleurs bars et restaurants. Mais je devais être rentrée à vingt-deux heures, c'est normal, je n'avais que 19 ans.

C'était bizarre, en Allemagne je faisais la fête depuis des années, alors qu'aux États-Unis je ne pouvais entrer nulle part. À partir de 21 ans, les amis ! C'est ça l'Amérique… Une fois, nous sommes allés dans une boîte où on ne servait pas d'alcool ; qu'un truc comme ça existe, ça dépassait mon imagination. Quant à Bingenheimer, il ne buvait pas, ne fumait pas, ne prenait pas de drogue, rien. J'étais entre de bonnes mains, Uli et Bernd le savaient.

Dans cette boîte, nous avons vraiment rencontré Billy Idol et bu un jus de fruit avec lui. « Personne ne me croira », pensais-je à ce moment-là.

Dès le lendemain, nous avions un premier rendez-vous à huit heures et demie. Les mecs de la télé avaient trouvé un lieu approprié pour l'interview, une piscine d'hôtel carrelée tout en noir. À l'époque, j'avais les cheveux teints en noir, et je trouvais ça parfait à l'image. Nous étions donc assis dehors, en plein air, dans la cour intérieure de l'hôtel, quand soudain une porte s'est ouverte et un bébé en grenouillère est entré en trottinant, il filait droit à la piscine. Derrière lui est arrivée une baby-sitter noire. Le bébé, c'était Cosma Shiva Hagen, elle avait à peine un an et avait réussi à ouvrir la porte toute seule.

Derrière le bébé et la nounou, Nina Hagen est arrivée, nerveuse. Elle a d'abord passé une tête et nous a vus assis sur les chaises, prêts pour l'interview, Uli et moi. J'ai dit : « C'est pas vrai ! Où qu'on aille, les Berlinois sont partout. » Et Nina a répondu : « Hé, t'es qui, toi ? »

C'est comme ça que nous nous sommes rencontrées et que nous sommes devenues copines. On s'éclatait ensemble, elle me prenait dans sa Buick turquoise avec chauffeur pour aller faire du shopping et voir les défilés de mode dans de grands lofts industriels. C'était presque impossible d'avoir une vraie conversation avec elle, elle était dans sa « phase ovni », si bien que chaque discussion finissait dans le néant extra-terrestre. Mais on s'éclatait quand même et on s'enfumait la tête.

À Los Angeles, tout le monde fumait des joints sans tabac. Fumer ? Non. Mais kiffer, oui. « T'as salopé tout le joint », m'a-t-on dit une fois où j'avais roulé avec du tabac.

Un jour, nous sommes allées voir Rodney dans son studio – et nous avons fait l'animation avec lui, à l'improviste. Ce jour-là, Nina est devenue une star en Amérique.

Nous faisions l'émission, Nina, Rodney et moi, et les auditeurs me demandaient ce que j'écoutais comme musique. Alors j'ai mis une cassette que j'avais apportée d'Allemagne. Dessus, il y avait une reprise par Nina de *99 Luftballons.*

Bingenheimer a tellement adoré qu'il a repassé la chanson dans une de ses émissions suivantes, amoureux de cette *popsong* venue d'Allemagne. C'est comme ça que Nina a conquis le marché américain.

Une autre fois, nous sommes allées chez Bingenheimer, pour finir la journée. Il vivait dans un studio chic, avec tout le bazar technique. Mais petit, modeste par rapport au luxe que tu trouves par ailleurs à L. A. Bingenheimer était à fond dans son boulot. Son évier était plein de photos : lui avec Blondie, lui avec Boy George, lui avec les Rolling Stones. Il m'a presque fait de la peine quand j'ai vu ça. Il avait l'air de s'identifier complètement, mais le culte des stars c'est un peu irréel. Qu'est-ce qui reste quand le micro est débranché ? Ou les projecteurs ? Lors de mes voyages suivants aux États-Unis, je l'ai souvent rencontré, il était de plus en plus clair pour moi que cette vie aux côtés des stars, c'était tout ce qu'avait Rodney. Il n'avait ni femme ni enfant, personne. Dans le fond, il était complètement seul.

On m'adorait aux États-Unis, tout ça était génial. Un matin, je me suis réveillée et c'était le bordel au Château Marmont, sur le Sunset Boulevard : police, ambulances, paparazzi et équipes télé partout. J'ai rejoint Uli Edel dans sa chambre, et il a appelé la réception. Que s'est-il passé ? John Belushi, un des Blues Brothers, était mort dans la nuit à l'hôtel, il avait pris du Speedball. Il a été dit que j'aurais complètement paniqué à la nouvelle de son overdose, et qu'Uli et moi aurions même changé d'hôtel, parce que ça m'aurait retournée. Mais c'est des conneries. À l'époque, je ne savais même pas qui était John Belushi. Nous logions au Château Marmont, mais tu déménages pas de là juste parce que quelqu'un que tu connais même pas est mort !

Il y a bien une overdose qui m'a bouleversée à cette époque, c'est celle d'un de mes cousins de Kaltenkirchen. Deux ans après notre dernière rencontre, il est mort d'une overdose d'héroïne. Aucune idée de comment il en était venu à y toucher, mais en tout cas il n'avait pas les amis qu'il fallait : ils l'ont laissé là, mort sur un banc dans le parc. Ça a été terrible. Évidemment, mon oncle et ma tante ont pensé que c'était de ma faute. Mais je n'avais rien à voir là-dedans, nous n'avions même jamais parlé de drogue ensemble.

Enfin, tout ça était loin, et, entre-temps, nous avions pris l'avion pour New York. Nous logions au Park Inn, 23e étage, j'avais une suite immense. J'étais heureuse que Klaus Maeck arrive. Il avait affaire à New York, du coup j'ai demandé aussitôt une autre chambre, avec deux lits. Je n'avais plus envie d'être seule.

À L. A., ça ne m'avait pas du tout dérangée de devoir toujours répondre aux mêmes questions. On s'occupait gentiment de moi, j'étais une éponge en anglais, et j'étais contente de comprendre et de m'exprimer de mieux en mieux. Moi, ne pas pouvoir parler ? Impossible !

Après ce beau séjour à Los Angeles, je suis arrivée dans un New York gris, agité, où les gens m'ont tous paru super tendus et stressés. Ça m'a tellement énervée que je suis repartie trois jours plus tôt que prévu. Je ne sais plus trop comment ça s'est passé, mais j'avais mon billet, je suis allée à l'aéroport et je suis juste partie, rentrée à la maison. C'était la première fois que je m'absentais si longtemps.

J'ai atterri à Hambourg vers cinq heures du matin. Klaus était resté, et j'avais des problèmes avec mon énorme valise. À l'époque, j'étais une demi-portion, avec mes 53 kilos, et j'avais rapporté un tel bazar (des trucs aussi absurdes qu'une tête de mort phosphorescente) que j'ai failli ne pas arriver jusqu'au taxi. En ce temps-là, les valises n'avaient pas encore de roulettes.

Arrivée à la maison, j'ai aussitôt réveillé Alexander : « Réveille-toi, je suis de retour, et j'ai la valise pleine de trucs. » Il s'est levé d'un bond, m'a embrassée et m'a demandé comme un petit garçon : « Oh oui, allez, ouvre ! Qu'est-ce que tu as là ? Montre-moi ce que tu as rapporté ! »

Cette manière d'être m'a vraiment manqué avec mes futurs copains, cette candeur, ce naturel. Le plaisir de la vie et de la découverte.

L'année suivante, nous sommes allés ensemble aux États-Unis. Ça n'était pas des vacances, je n'ai jamais pris de vacances de ma vie, je déteste ce mot. Tu dois avoir des trucs à faire, une raison quelconque. Et on en avait une : la zique. À force de vivre avec tous ces musiciens, l'idée m'était venue d'essayer d'être chanteuse solo. Sous le nom d'artiste de Christiana, j'avais enregistré un disque dans le style de la Nouvelle Vague allemande et fondé le groupe Jeunesse sentimentale avec Alex. Nous avons fait entre autres un concert à Berlin en 1981, dans le cadre du festival des Géniaux Dilettantes.

Dans une boîte branchée de Berlin, au Risiko, nous avions fait autrefois la connaissance de Rick et de sa copine, elle était fille d'immigrés espagnols et lui norvégien. Ils vivaient à Pasadena, une banlieue de L. A. faite pour moi. De petites maisons préfabriquées avec jardin devant, beaucoup d'arbres et de palmiers, des montagnes et du soleil. Je me sentais chez moi là-bas. Quand on me demande où je me suis sentie le mieux, je réponds : à Pasadena.

Là-bas, nous avons enregistré de la musique ensemble : les chansons *Wunderbar / Der Tod holt mich ein* et *Gesundheit*.

Mais, pour être honnête, j'ai pris la musique aussi peu au sérieux que la comédie. Bien sûr, je me suis amusée, et bien sûr, j'étais fière, mais je savais bien que je n'étais ni une super chanteuse ni une actrice géniale. Malgré tout, ce fut une grande époque pour Alexander et moi – aussi parce que j'ai rencontré mon idole de jeunesse, David Bowie.

La maison de production de Eichinger m'avait appelée, le film avait été achevé à la fin de 1981, Bowie et moi devions le visionner et faire des coupures. Ça se passerait à Lausanne, là où habitait ma star ! Il avait un domicile cossu en Suisse romande. J'étais excitée comme jamais de ma vie, j'ai embarqué ma copine Franziska et quelques grammes de coke. Nous avons pris l'avion pour Genève, puis on a fait le tour du lac en train jusqu'à Lausanne, où un chauffeur est venu nous chercher à la gare en 4 × 4 noir.

J'avais une de ces trouilles, j'ai dû me poudrer le nez plusieurs fois.

Bowie possédait un petit chalet. Le « château du Signal » était une maison sympathique et sans prétention, en brique, avec un seul corps de bâtiment et un garage dans lequel on ne mettait pas plus de deux voitures. La cour intérieure, très verte, était en fait un toit-terrasse planté de végétation. Les fenêtres en pyramide qui sortaient de l'herbe laissaient deviner que le bâtiment n'était que la partie visible de l'iceberg, et qu'il devait y avoir une aile souterraine. Se protéger visuellement est important quand on est une star du calibre de Bowie : tout autour de la propriété, de nombreux arbres empêchaient de voir la maison, si ce n'est du ciel.

Mais je n'ai vu la maison que sur des photos dans une revue. À Lausanne, j'ai logé dans un hôtel.

Quand le 4 × 4 noir s'est arrêté devant le lobby, je n'ai pas osé monter : je savais qu'il était dedans !

J'avais les mains moites et le cœur battant. J'ai respiré profondément plusieurs fois, puis j'ai mis un pied sur le marchepied de cette énorme voiture ! Était-ce bien réel ? Puis un autre pied. Incroyable, je rêve ! Il était là, assis sur les sièges en cuir noir, comme un roi. Nous étions tous les deux seuls dans la voiture. Je n'ai appris que plus tard que c'était un grand honneur, il ne recevait que très rarement sans sa manager, Coco Schwab, pire qu'une mère poule, et ses assistantes.

Je n'en croyais pas mes yeux : il était plus petit que moi, plus mince, et il portait une moustache comme celle qu'avait mon père. Hallucinant. David Bowie, avec une moustache ?

Mais j'étais encore bien trop excitée et dépassée par les événements pour comprendre à quel point j'étais déçue. D'abord, je n'ai pas pu décrocher un mot. Bowie a remarqué que la rencontre me mettait à côté de mes pompes. Il m'a demandé comment j'allais et si j'avais fait bon vol. J'ai répondu oui. Et à part ça, pendant tout le trajet, je n'ai pas arrêté de regarder par la fenêtre d'un air intimidé et n'ai pas osé faire une seule autre phrase. Après quinze minutes d'un silence gênant et pénible, nous sommes enfin arrivés au cinéma.

Pour moi, Bowie était la star de mon film.

Après la projection, il a aussitôt disparu, et nous, nous avons repris l'avion pour Berlin. Deux ans plus tard, Bowie a sorti sa chanson *Let's dance*, et ma fascination, après la déception visuelle, en a encore pris un sacré coup. J'avais admiré l'artiste, l'homme-chien exotique de la couverture de Diamond Dog. Le fou, le décalé. Mais ce temps-là était révolu, et lui n'était plus ce que la petite fille que j'étais avait vu en lui.

Avec l'âge, j'ai trouvé que sa musique s'était démasquée : de l'électro *mainstream* !

Aujourd'hui, je le considère comme un génie de la finance, qui maîtrise totalement le business. Il possède plusieurs entreprises qui n'ont rien à voir avec la musique, et il est l'un des artistes les plus riches de la planète. Mais artistiquement, il n'est que moyennement doué, je trouve. Il est son propre produit marketing, il fait des mélodies pour les masses. Quand je m'en suis rendu compte, ça m'a fait un choc. Parce que je voyais partir en fumée une illusion à laquelle j'avais pu encore m'accrocher dans les périodes noires. Un sentiment vital était mort.

Pas encore tout à fait décidée à m'avouer qu'il n'était pas ce que je croyais, j'ai essayé d'obtenir des billets pour son concert à la Waldbühne de Berlin, en 1983. L'agent m'avait promis de m'envoyer deux places avec accès aux coulisses, mais je n'en ai reçu qu'une, une entrée normale. Je ne voulais pas y aller seule, qui va tout seul au concert ? Et j'étais verte : mon film a rendu Bowie encore plus célèbre, surtout en Europe. J'étais vraiment déçue et énervée. Quel sans-gêne !

Je ne suis pas allée au concert et, plus tard dans la soirée, je me suis retrouvée au Dschungel, comme d'habitude. Et il était là. Bowie. Nous ne nous étions pas vus depuis deux ans, mais il m'a reconnue et m'a demandé comment j'allais. Alors je lui ai raconté ce qui s'était passé, et il m'a lancé : *« Are you ready for an awesome trip tomorrow ? »*, t'es prête pour un super trip, demain ? Tu parles que j'étais prête !

Le lendemain, à midi, une limousine est venue me chercher chez moi, dans la Reuterstraße, et m'a conduite à l'aéroport de Tegel. Je suis montée dans le jet des Rolling Stones, avec Bowie et toute l'équipe. Bowie l'avait emprunté. C'était quoi cet avion ? Incroyable ! Il n'y avait pas vraiment de sièges là-dedans, juste une douzaine en cas d'urgence. À la place, d'énormes lits ronds, draps de satin, et un bar bien fourni. Des tabourets, une chaîne stéréo, beaucoup de disques. Quand je suis allée aux toilettes, j'ai halluciné – tout était grandiose. Une pissotière en marbre dans les airs !

À côté, il y avait une immense chambre, qu'on pouvait fermer à clé. L'équipe était de super bonne humeur, ils se reposaient et commençaient à boire les premiers gin tonics, sans faire attention à l'heure. Mais le clou dans l'avion, c'était Bowie : il était assis dans un coin et fixait le sol devant lui. Et je n'avais pas le droit de lui parler, parce qu'il avait une épouvantable peur de l'avion. Enfin, c'est ce que prétendait Coco Schwab. Après l'atterrissage, elle l'a sorti très vite de l'appareil, et du coup je n'ai pas pu lui dire au revoir.

Et puis j'ai suivi son groupe jusqu'au stade, j'ai pu assister au concert depuis les coulisses, avec Bowie qui venait me voir entre deux chansons pour me demander si ça me plaisait vraiment ! Quand le concert a été fini, ils sont tous partis très vite, et personne ne s'est plus préoccupé de moi. Ils m'ont plantée là, je ne savais même pas dans quelle ville j'étais. Il fallait bien que je m'avoue enfin que nos rencontres étaient aussi superficielles que nos conversations. Bowie et moi, ça n'a jamais dépassé le *smalltalk*.

C'est à peu près à ce moment-là que j'ai vécu ma première rupture avec Alex. J'avais fini au pieu avec mon dealer de cocaïne. Il s'appelait Gerd, c'était le mari de Marion, les deux étaient fans de heavy metal et, dans le contexte des années 1980, de vraies provocations sur pattes. Elle avait les cheveux plats, mais avec beaucoup de dégradés et de crans. Ils étaient teints en violet à l'exception d'une mèche noire qui lui tombait sur le visage et cachait ses yeux maquillés de noir. Marion portait un pantalon de satin tigré noir et blanc, et des bottes de cow-boy rouges. Son mari ressemblait à Keith Richards : visage fin et creusé, coiffure hirsute, le plus souvent un chapeau. Où qu'ils aillent, ils avaient leur dalmatien avec eux.

À l'époque, Marion et Gerd s'étaient fait beaucoup d'argent à Hambourg en arrosant les grands groupes de poudre. C'est comme ça que j'ai fait la connaissance de Genesis. Nous étions censés livrer la came et repartir, mais nous sommes finalement restés toute la nuit. Au cas où quelqu'un aurait les idées mal placées : non, Phil Collins n'était pas là !

Un jour, Marion a atterri au lit avec un rocker. Quand Gerd l'a appris, il s'est jeté sur moi, de désespoir. Je lui ai dit : « Gerd, je sais ce qui t'arrive, mais ce n'est pas une raison pour te consoler avec moi. Je ne coucherai pas avec toi juste parce que ta femme s'envoie en l'air dans la pièce à côté. » Et puis, je ne sais ni comment ni pourquoi, nous avons quand même couché ensemble.

Avec ses conneries, Marion est tombée enceinte ! Mais Gerd lui a pardonné. Il a adopté la gamine et ils ont eu un autre enfant ensemble. C'était beaucoup plus important qu'un coup d'un soir. Pour moi, c'est un très bel exemple qui prouve qu'on peut pardonner à quelqu'un qui vous trompe. Ça change une relation, c'est sûr. Mais ça peut aussi la rendre plus profonde et plus mature. Ça peut arriver. Pour moi, l'important c'est que mon mec soit aussi mon ami, je demande plus que du sexe à mon partenaire. Mais peut-être faut-il avoir atteint un certain âge pour en arriver à cet état d'esprit. Quand on est jeune, on pense que c'est le bon et qu'on va passer sa vie avec lui. Mais on ne sait pas du tout ce que ça veut dire, une vie. Combien de temps dure une vie, nous le savions autrefois encore moins qu'aujourd'hui. C'est long comment, une vie ?

À l'époque, j'ai vraiment foutu la merde. Avec Alexander. J'étais la première femme avec qui il avait couché, et voilà que je lui explique en passant, au petit déjeuner, l'histoire avec Gerd. Je croyais à l'époque que c'était bien, que l'honnêteté c'était le plus important. Mais ça lui a brisé le cœur.

3

Toxitus

Un jour, j'ai trouvé un black planté devant la porte de l'appartement, un carton dans les bras. Je vivais encore en colocation à quatre à Hambourg, mais les musiciens étaient souvent en tournée, au studio ou en concert. Dans ces cas-là, je m'installais quelques jours chez Miriam et Guido. Je ne voulais pas rester seule, je n'ai jamais aimé ça. Et ce black que je ne connaissais pas était planté là, il voulait voir Miriam et Guido, il n'a rien dit de plus, même pas son nom. Mais ils n'étaient pas là. Apparemment, ils avaient promis au type qu'il pouvait entreposer une caisse dans le grenier. Que fallait-il que je fasse ? Le mec était sur le seuil avec son carton et me fixait. J'avais un peu peur de lui, alors je l'ai laissé monter sa livraison, puis il est reparti en bafouillant un « salut ». Et puis j'ai essayé de l'oublier.

Je me demandais ce qu'il y avait dans ce carton. Et, un jour, mon intuition est devenue une certitude, une fois que j'étais en visite chez Miriam et Guido et que je suis rentrée dans la cuisine. Guido était assis à table, il avait devant lui une feuille dépliée de papier argent, comme celui des paquets de café. Ce qu'on appelle un *paper*. Et il grattait la poudre marron qui était dessus. Il me disait ne pas avoir compris que le black, qu'il connaissait du quartier, parlait d'héroïne quand il avait demandé s'il pouvait utiliser leur grenier pour en faire un bunker. Maintenant, le type avait été arrêté, et Guido et Miriam voulaient vérifier prudemment le contenu du carton déposé au grenier. Ça leur avait mis un coup. Ils ne voulaient rien avoir à faire avec l'héro. Et même maintenant qu'elle avait atterri chez eux par kilos, ils ne voulaient pas la vendre. Mais on ne peut pas jeter un truc comme ça à la poubelle, alors ils l'ont remise dans le grenier.

En plus de la colocation à Hambourg, où nous étions la plupart du temps pour la musique, Alexander Hacke et moi avions un tout petit appartement à Kreuzberg, rien que pour nous deux. Nous faisions beaucoup d'aller-retour, mais, dans le fond, j'étais souvent seule. Les mecs partaient régulièrement sur la route, Klaus Maeck et les autres colocs aussi. Une fois, je suis retournée habiter quelques jours chez Guido et Miriam. Dans la journée, ils étaient au travail, ils gagnaient leur vie comme musiciens et, du coup, ils étaient aussi dans le milieu.

Et puis, je ne sais pas pourquoi, je suis montée au grenier. Je ne saurais pas expliquer ce qui m'y a poussée.

C'était comme si mon inconscient voulait profiter de l'occasion pour me décharger de la pression que je ressentais depuis des semaines, depuis ma rencontre avec cet inconnu.

J'ai d'abord essayé de me tromper moi-même. J'ai lu le *Bild* qui était sur la table de la cuisine et je me suis teint les cheveux en rouge brun, parce que le soir même je rejoignais Alexander à Berlin et que je voulais me faire belle pour lui. Je n'arrivais pas à décider ce que je devais faire. D'un côté, une partie de moi voulait absolument se shooter, mais de l'autre je savais très bien toute la souffrance et la merde que ça provoquerait. Bon. Qu'est-ce que je peux dire ? Peu de temps après, je suis montée et je me suis mis quelques grammes dans la poche. À ce moment-là, ça faisait cinq ans que j'étais clean.

Mais je n'ai pas touché à cette héro pendant longtemps. Deux ou trois semaines plus tard, quand je suis retournée chez Guido et Miriam, je l'avais toujours dans mon porte-monnaie. Je ne peux pas dire que j'aie été héroïque ni que j'aie résisté à la tentation, non, je n'y ai juste plus pensé. J'étais sous le charme d'Igor, mon chien, le bon gros chow-chow que Kai Hermann m'avait offert quand j'avais débarqué à Hambourg.

Igor et moi, ça a été le coup de foudre, j'avais supplié sans arrêt Kai de me le laisser. Mais il refusait de me le donner, et je ne pouvais pas lui en vouloir. J'ai quand même essayé chaque fois que je rendais visite aux Hermann dans leur ferme de Lüchow-Dannenberg. Et un jour, j'étais toute nouvelle à Hambourg, Kai et sa femme ont fini par céder : « C'est pour que tu ne te sentes pas toute seule dans ta nouvelle ville. » C'est un des plus beaux cadeaux qu'on m'ait jamais fait.

Les animaux avaient toujours été pour moi une famille de remplacement. Ça avait commencé avec Ajax, le dogue marron qu'on voit au début du film. Maintenant, j'avais Igor, et le pauvre souffrait atrocement d'un gonflement de la prostate. Du coup, pendant un moment, j'ai été détournée de mes propres faiblesses.

Donc, quand je suis entrée dans la cuisine de Guido et Miriam, il y avait un demi-gramme de poudre brune sur la table. Ils avaient versé l'héroïne dans l'évier, mais il en restait un peu sur le papier, et ils l'avaient grattée – pour leur propre usage. « Bah, on peut bien en prendre un peu », disait Guido. Puis il a mélangé la poudre brune à de la blanche et a commencé à sniffer.

Miriam l'a imité, et je n'ai plus hésité une seconde. J'en crevais d'envie et tentais de me rassurer : une fois après tant d'années, qu'est-ce que ça peut faire ?

Quand j'ai mis la came dans ma narine gauche, ça a brûlé terriblement. Le goût était amer, l'odeur métallique, et je me suis sentie mal tout de suite. En moins d'une minute, j'étais penchée au-dessus de la cuvette des chiottes. J'étais tellement clean que je ne supportais plus rien. J'ai vomi sans pouvoir m'arrêter, même quand j'ai eu l'estomac vide. La bile sortait, je ne me suis même pas étranglée.

« Génial, trop génial », pensais-je à chaque spasme. Il n'y a que l'orgasme qui soit plus génial que la shoote. Comme ça m'a manqué, pendant toutes ces années.

Les battements de cœur et la respiration deviennent plus lents quand tu es shooté, les fonctions gastriques et musculaires deviennent plus faibles, ton corps tout entier se calme. C'est parce qu'il sécrète des endorphines, comme quand il jouit ou réprime la douleur. La peur, le froid, la faim, tout ce qui est négatif, tu ne le sens plus. D'abord les douleurs s'apaisent, puis tu te retrouves dans un état de douce euphorie.

Je sais, ça a l'air dingue : tu dégueules tes viscères, mais tu as l'impression que c'est la plus belle sensation du monde.

Ça faisait longtemps que je m'étais pas sentie si relax, loin de l'ici et du maintenant, lourde et légère à la fois. Miriam et Guido s'étaient sentis mal aussi, ils avaient vomi dans l'évier de la cuisine. Ils avaient rincé la gerbe et puis s'étaient rassis à table pour rouler des cigarettes et ouvrir des bières. Je me suis assise avec eux et je me suis grattée comme une folle avec une brosse à cheveux, ça démangeait de partout, furieusement, le cul, les bras, les jambes. Je connaissais ce genre de démangeaisons, c'est parce que le sang ne circule plus correctement dans les veines.

Mais ça aussi, c'est un sentiment divin, comme des fourmis dans tout le corps. Ça démange partout, et c'est extraordinaire.

Ce fut une soirée géniale, nous avons fini par nous endormir dans le salon, devant la télé. Quand j'ai quitté l'appartement, je ne me suis pas inquiétée de ce qui venait de se passer. À ce moment, j'étais sûre que je ne retomberais pas dans la dépendance. C'était trop génial pour ça.

Quand tu commences à devoir te piquer, tu ne prends plus ton pied. Quand tu es obligée de nourrir le singe, alors arrive l'addiction, parce que tu ne ressens plus de flash, tu dois juste te piquer encore et encore, juste pour te sentir normale, et lutter contre le manque. Et là c'est la merde.

Il me restait très peu de came. Le petit paquet dans mon porte-monnaie contenait environ un gramme. Quand tu commences, tu as besoin d'à peu près

10 milligrammes pour un shoot, pour fumer ou sniffer, peut-être 25 milligrammes. Dans le temps, à la gare du Zoo, il m'avait fallu jusqu'à quatre grammes par jour pour ne pas être en manque, répartis en six à huit seringues. Selon mon expérience de l'époque, un gramme, c'était rien. Vingt-quatre heures après avoir quitté Guido et Miriam, il ne restait plus rien.

Il n'y avait que l'appartement vide qui m'attendait à Berlin. Alexander était en tournée ou un truc dans le genre. Quand il est rentré deux jours plus tard, je n'arrivais même plus à me réjouir, parce que j'étais complètement shootée. J'avais retrouvé le milieu – parce qu'on se sent mieux que lorsqu'on est tout seul.

La scène de la drogue avait dépassé depuis longtemps la seule gare du Zoo et s'était répartie sur toute la ville, les drogués et les dealers se retrouvaient encore dans les stations de métro, dans la Kurfürstenstraße, dans le parc de Hasenheide de Neukölln ou au parc Görlitzer. Mais, pour échapper aux poursuites de la police, de plus en plus de junkies avaient commencé à consommer de l'héroïne dans des appartements privés, dans certaines piaules il y avait jusqu'à plus de 30 camés qui traînaient ensemble.

Aujourd'hui, on appelle ce phénomène le *gallery shooting*. L'avantage, c'est qu'on peut s'occuper les uns des autres.

Beate m'a emmenée dans un de ces appartements près de Hasenheide. C'était une copine de l'époque de la gare du Zoo, une fille sèche, petite (elle ne mesurait qu'un mètre cinquante) ; à 20 ans, elle était déjà entièrement recouverte d'inflammations dégueulasses et d'abcès sur tout le corps. Elle en faisait 40, mais elle gagnait encore assez d'argent en se prostituant pour financer son addiction.

En plus de Beate, il y avait aussi Hatice, une Turque adorable, qui pesait déjà 80 à 90 kilos sept ans plus tôt, et qui en avait pris depuis 20 ou 30 de plus. Quand elle riait, elle ressemblait au chat d'*Alice au pays des merveilles*.

Et Hatice riait souvent, depuis qu'elle s'était débarrassée de son mari.

Ce petit gros, un Turc, avait été dealer, Hatice se prenait des coups et devait faire le tapin pour son mari. Elle n'avait pas 30 ans et, à part son addiction, elle n'avait rien. Alors elle est restée chez son tyran. Le stress de la séparation aurait été trop grand pour elle, sûrement aussi que son mec ne l'aurait pas laissée partir si facilement. Un jour, un dealer rival l'avait abattu. Et depuis, Hatice allait de mieux en mieux.

Comment son corps a supporté tout ça, ça reste une énigme pour moi. Elle buvait beaucoup, fumait et s'enfilait, en plus de la cocaïne, toutes les drogues qui passaient. Elle avait la quarantaine, elle recevait l'allocation chômage et était gravement malade. Mais elle avait de l'humour et elle riait beaucoup. Elle disait toujours : « Quitte à mourir, au moins que je sois hors d'usage. » Et pourtant, elle avait l'air toujours plus épanoui. C'était sympa avec elle.

Il y avait aussi Joséphine, une fille super pauvre qui, elle, n'arrivait pas à se sortir de son mec violent. Le mec n'avait rien de spécial, il était juste con et particulièrement agressif. Ce sauvage d'un mètre quatre-vingt-dix vivait dans un foyer d'accueil pour SDF à Friedrichshain. Un branleur répugnant, bourré toute la journée, qui jurait haut et fort. Et il la cognait.

Un jour, elle s'est effondrée en larmes sur le quai de la station Schönleinstraße. Elle était comme tétanisée. Elle était à bout – mais pas parce qu'elle aurait voulu plaquer son bourreau, seulement parce que malgré ce qu'il lui faisait, elle avait désespérément peur qu'il ne l'aime pas comme elle aurait voulu.

Elle était aussi dépendante de lui que de la drogue. Aucun passant n'est allé vers elle pour lui proposer de l'aide. C'est ce qu'elle m'a raconté, je n'étais pas avec elle ce jour-là. La plupart des gens sont trop rebutés et effrayés par les junkies. Et on voyait bien que Joséphine était une camée. Elle avait la peau pâle et desséchée, des cernes, et pesait à peine 50 kilos pour un mètre soixante-dix. Ses beaux cheveux longs et roux n'étaient plus qu'un énorme sac de nœuds, de douleur elle en oubliait de se peigner. Quand c'est devenu si emmêlé que ça a commencé à lui faire mal, nous avons dû la raser.

Heiko, son cogneur, était toujours dans le milieu. La plupart du temps, il était assis à côté de nous sur un banc de la gare d'Anhalt ou dans le parc de Hasenheide, où nous fumions ensemble des cigarettes l'après-midi. Il était juste assis là, râlait sur tout et n'importe quoi, injuriait les gens par derrière. Il puait à vomir, un mélange d'odeur de vieille sueur et d'alcool lui sortait par tous les pores, il avait les ongles sales et trop longs. Il se lavait les cheveux toutes les quatre semaines, et encore.

Aucune idée de ce que Joséphine lui trouvait. Elle voulait une famille, elle aurait bien aimé avoir un enfant. Même après s'être effondrée, elle n'a pas réussi à le plaquer. Au lieu de ça, elle noyait son malheur dans l'alcool. Dès le matin, elle était tellement bourrée qu'elle n'arrivait plus ni à marcher ni à parler. Elle avait toujours une canette de bière à la main et une fois qu'elle avait pris son premier shoot de la journée, elle restait par terre, complètement à l'ouest ou en train de vomir. Elle n'avait que 32 ans, mais elle était déjà complètement foutue.

Nous avions encore deux amis, Paco et Fritz, de jeunes gars sympas, début vingtaine. Comme moi, ils étaient toujours propres et bien habillés. Pour vivre, ils vendaient le *Motz*, un journal de SDF.

Et comme évidemment ça ne suffisait pas et qu'ils avaient besoin de 600 à 700 marks par jour pour nourrir le singe, ils faisaient le trottoir. Sur la Joachimstaler, à la station Turmstraße et au zoo. C'est aujourd'hui encore les coins de prostitution homosexuelle. Maintenant, beaucoup de ces mecs se font appeler *callboys*, ils attendent dans la rue mais se déplacent aussi chez le client, qui leur passe commande sur le mobile. Aujourd'hui, à la gare du Zoo, ce sont surtout de très jeunes hommes d'Europe de l'Est.

Entre-temps, l'héroïne est devenue beaucoup moins chère. De nos jours, tu ne paies plus que 40 euros le gramme, à l'époque c'était deux fois plus cher.

Alexander était souvent en déplacement, mais il a quand même remarqué très vite que quelque chose n'allait pas chez moi. En moins de deux semaines, j'étais repassée à trois ou quatre grammes par jour. Aujourd'hui, je pense que si c'est allé aussi loin, c'est que j'essayais de combler le vide qui me faisait si peur.

Alex avait 17 ans. Il avait du succès, tournait dans plusieurs pays. Les femmes faisaient la queue pour l'approcher. C'était une star maintenant, jeune et désirable. Il fallait qu'il fasse son expérience, et je savais que je ne pourrais pas l'en empêcher.

Une nuit, je suis rentrée beaucoup plus tard que lui à la maison. Tout était déjà éteint, et je savais qu'il était déjà au lit. Je suis allée à la salle de bains, je me suis fait un shoot pour la nuit et je me suis couchée près de lui. Le lendemain, il m'a dit qu'il m'avait demandé où j'avais été, qu'il s'était fait du souci. Je n'avais pas été capable de lui répondre, j'étais tellement dans le jus que je n'avais même pas remarqué qu'il me parlait. J'ai dû rentrer dans la chambre comme un zombie, les yeux ouverts mais absente, c'est le plus souvent comme ça. Je n'ai rien dit.

Quelques jours plus tard, il m'a demandé : « Dis-moi Christiane, t'es remontée à quelle dose ? » Sa voix tremblait. « Je maîtrise », ai-je répondu, aussi indifférente que possible, et j'ai avalé une gorgée de chocolat. Alors son désespoir a éclaté. Il a balancé des coups de pied dans mes deux sacs de bouffe pour chien et a répandu des croquettes dans tout l'appartement. Puis il s'est assis sur le canapé, à bout, les yeux fixes et l'air triste. Je le regardais, c'était un adolescent, complètement inexpérimenté, contrairement à moi. Alors j'ai compris que je lui foutrais en l'air sa jeunesse.

Comme je l'aimais, je n'ai pas pu partir comme ça. Nous avons continué à enregistrer de la musique et nous sommes encore allés ensemble aux États-Unis. Les Neubauten partaient en tournée en Amérique, je voulais en être, bien sûr. J'avais peut-être encore un peu d'espoir de sauver notre relation. Mais ça a fini en désastre, parce que j'ai commencé à fumer aussi de l'opium, pour la première fois.

J'ai fait beaucoup de sales descentes dans ma vie, mais la pire a sans doute été cette fois-là aux États-Unis. Quand j'ai pris l'avion, j'étais à 60 pilules et quatre grammes d'héroïne par jour. Incroyable, il y en a qui meurent avec moins que ça. Je n'ai vraiment aucune idée de comment j'ai survécu. Je m'envoyais des Rohypnol comme des Smarties, et du Mandrax, du Stadas, du Valium, normal, quoi. Cet engourdissement léthargique, c'est ce que tu cherches. Mais pour les autres, c'est terrible. Je le sais aujourd'hui.

Alex ne pouvait pas gérer. Je regrette aujourd'hui ce que je lui ai fait subir. Il me criait dessus : « Tu passes ton temps couchée ! Pire, tu végètes carrément ! On peut même pas te parler ! »

Je voulais décrocher de cette merde. Pour redescendre, je me suis acheté de la codéine au marché noir, on se sevrait avec ça à l'époque. Il n'y avait pas encore de traitements de substitution, seulement des antalgiques qui rendaient le manque plus supportable. À la fin, j'étais dépendante de tout.

Aux États-Unis, j'ai pris cinq grammes d'héroïne avec moi, mais au bout de deux jours j'avais tout utilisé. Sur ce genre de vols, mon chignon me servait de cachette pour les seringues préparées à l'avance. À l'époque j'avais beaucoup de cheveux, j'y mettais facilement deux seringues. L'avantage, c'est que tu pouvais te faire une injection rapidement s'il se passait quelque chose d'inattendu.

J'avais pris un vol plus tôt, toute seule, pour être quelques jours en tête à tête avec mon manque, car j'étais bien décidée à m'en sortir et à me rattraper, pour Alex, pour moi, pour nous. Les choses se sont passées autrement.

Je logeais chez Rick et sa copine, et mes bonnes résolutions se sont vite envolées. Hector Coggins vivait juste à côté, un artiste très beau, qui faisait des installations : les cheveux sombres, le visage juvénile, large d'épaules, des lunettes. La première fois que je l'ai vu, il portait seulement un jean, son torse nu était luisant de sueur et d'huile parce qu'il bricolait ses œuvres dans son garage.

Ce côté crado m'a attirée tout de suite.

La porte était ouverte, et comme je trouvais le spectacle excitant, je suis entrée. Hector était vraiment sympa et a essayé de m'expliquer son art. « *My work represents destruction, pain and death* – Mon œuvre représente la destruction, la souffrance et la mort », me dit-il, et je n'ai pas besoin de préciser que nous nous sommes retrouvés tout de suite sur la même longueur d'onde. Ses installations, continua-t-il, exprimaient la pulsion de beaucoup de gens qui se sentent plus vivants en expérimentant des trucs qui pourraient en fait les tuer, ils sont exaltés par des choses qui à la fin les font chuter. « Quand les hommes sont confrontés à la mort, ils se mettent souvent à être plus intensément attachés à la vie. » Jusque-là je n'avais jamais réfléchi aux raisons pour lesquelles je m'infligeais des trucs qui finalement ne me faisaient que du mal, pourquoi le morbide me fascinait. Et Hector me fascinait. Moi aussi je le fascinais. Je le sentais.

La vie ordinaire me donnait un sentiment de vide, inconsciemment je recherchais toujours l'excitation, pour me sentir plus vivante – et puis les moyens de me faire redescendre.

Et Hector était excitant, en sa présence je me sentais comme embarquée sur un grand huit en état d'ivresse. J'avais le vertige, je sentais des picotements dans mon ventre. Son corps était d'acier, comme ses œuvres. Je trouvais ça hyper sexy, et je voulais absolument coucher avec lui. Nous sommes sortis du garage par la porte de derrière et avons directement filé dans son lit. Aujourd'hui, je crois que j'ai trompé Alex parce que je me disais qu'il le ferait aussi. Je savais qu'il n'arrivait pas à assumer le fait que j'aie replongé. Je savais que nous ne sauverions plus notre couple. Il était trop jeune pour une telle merde psychologique. Il me quitterait pour une autre. Et c'est ce qui est arrivé.

Nous sommes encore allés ensemble à San Francisco, il devait y travailler, et moi je traînais et rencontrais des gens – toujours les bons, évidemment. À la fin d'une longue soirée en boîte, j'ai atterri chez des inconnus dans un appartement inconnu, et j'ai fumé de l'opium. Quand je sortais seule, je tombais toujours sur des junkies, d'une manière ou d'une autre.

Une fois, j'ai pris de la coke toute la nuit avec les Van Halen, le groupe américain de hard rock. Il paraît que *Jump* fait partie aujourd'hui encore des tubes les plus influents de l'histoire du rock – et j'étais là quand cette histoire a été écrite. C'était lors d'une soirée privée organisée par AC/DC dans un château pompeux de Californie.

C'est Rodney Bingenheimer qui m'a amenée là-bas, il y avait tout un tas d'autres musiciens célèbres. C'était la mode des petits grains de riz en pendentif avec ton nom gravé dessus. Les grains de riz, dans une bouteille miniature accrochée à un collier de cuir, pendouillaient au cou des gens qui aimaient ça. Les mecs de Van Halen, ce n'étaient pas des grains de riz qu'ils avaient dans les bouteilles, mais de la cocaïne. Je trouvais ça plutôt inventif.

Un an plus tôt, le chanteur d'AC/DC était mort étouffé dans sa propre gerbe, après une soirée très arrosée où circulaient beaucoup de drogues. Mais dans le milieu des musiciens, c'est aussi normal que dans celui de la drogue. Depuis, le groupe avait un autre chanteur, Brian Johnson, et toute la bande était déchaînée quand elle faisait la fête. Le guitariste, Angus Young, portait un uniforme d'écolier, ce qui est devenu l'image de marque du groupe. Dans cette villa décorée de stuc, de dorures, de tapis épais et de sols de marbre, ils étaient aussi shootés que s'ils avaient été sur scène – ils faisaient tourner leurs cheveux sur la musique, on dansait sans frein, beaucoup étaient à moitié nus.

D'autres n'arrêtaient plus de parler : sous cocaïne, tu as des poussées d'énergie énorme. Tu es remontée comme une pile et tu déblatères comme une mitraillette, et plus la soirée avance, plus tu racontes n'importe quoi. C'est pour ça que je ne me souviens plus très bien du contenu des conversations. Danser n'est pas tellement mon truc non plus, mais j'aimais bien observer le bordel.

Pour bien comprendre combien le monde des cokés et celui des héroïnomanes sont à l'opposé l'un de l'autre, il faut savoir qu'il y a junkie et junkie. Les héroïnomanes ne sont pas aussi agressifs que les cokés et, contrairement à eux, ils n'ont la plupart du temps rien à voir avec le crime organisé. Ils piquent leur porte-monnaie aux passants, ça oui. Et ils se bastonnent pour un morceau de chocolat. Mais les accros à l'héroïne ne sont pas des maquereaux ni des passeurs, au pire ils se prostituent eux-mêmes pour se payer leur matos. À l'inverse, les cokés sont toujours à cran et prêts à tout pour avoir leur dose, tu sniffes un coup et tu ne peux plus t'arrêter.

Avec l'héroïne, c'est autre chose. Tu te piques parce que sinon la douleur physique est insoutenable. Les cokés veulent éprouver des sensations fortes et se sentir puissants, les héroïnomanes veulent avoir la paix.

Les camés à la cocaïne sont un genre de personnes très différent, ils ne sont pas vraiment mon genre.

Une autre nuit, dans une autre boîte, une femme, à peine plus âgée que moi, est venue vers moi et m'a demandé ce que je voulais : *« What's your best trip : heroin, cocain, ecstasy ? – We don't know about this in Germany »*, ai-je répondu. Nous ne connaissions vraiment pas ça. J'ai acheté le matos en poudre pour sept dollars, c'est le prix d'un trip au LSD. La poudre était en capsule, comme un médicament. Un temps, on faisait ça aussi avec l'héro, je trouvais ça super parce que tu peux calculer exactement une moitié.

En tout cas, j'ai essayé l'ecstasy pour la première fois. L'effet arrive à peu près trente minutes plus tard et se prolonge quelques heures. L'envie de danser monte irrépressiblement. Tu te sens incroyablement forte, tu ne ressens ni la fatigue, ni le froid, ni le chaud. Contrairement à l'héroïne, tu te sens chargée à bloc et tu commences à mâchouiller et à faire des grimaces de façon incontrôlée. Tu aimes tout le monde et tu le fais savoir, toutes les inhibitions disparaissent, et ça chatouille dans le ventre, les bras, les jambes, sous les pieds, partout.

Ce n'était pas mon truc. Je recherche plutôt les drogues qui te posent, pas celles qui te boostent. Mais à l'époque, j'étais toujours à la recherche du prochain shoot. De shoots qui soient plus puissants que mon cœur brisé. Ça a failli me tuer. Plus tard, en Allemagne (Helmut Kohl venait d'être élu chancelier), j'ai parlé à mes amis de la nouvelle drogue, l'ecstasy. Peu après, un pote est allé aux États-Unis et en a rapporté une pleine valise. À l'époque, ces substances n'étaient pas encore interdites en Allemagne, c'était le début des années 1980 et on faisait la fête à l'ecstasy. On en vendait aussi.

Pendant l'un de ses voyages, Alex a fait la connaissance de Tessa, une belle fille de Vienne, qui n'avait rien à voir avec le monde de la musique ou la drogue. Elle était belle, en pleine santé, et l'a enchanté. Même si je l'avais vu venir, je ne supportais pas l'idée qu'il m'abandonne. J'ai assommé ma douleur jusqu'à n'en plus pouvoir. Je tombais tout le temps dans les pommes et je restais à la maison, accroupie dans un coin. Je ne mangeais pas, ne buvais pas. Juste beaucoup d'alcool.

4

Anna

J'étais complètement vide, dans les vapes. C'est alors qu'Anna Keel est entrée dans ma vie, comme un ange gardien. Elle avait une bourse d'artiste et travaillait sur le Kurfürstendamm – justement chez Markus Lüpertz, l'artiste qui a aujourd'hui son atelier en face de mon vieil appartement à Teltow. Maintenant que nous sommes voisins, un jour, en passant, je lui ai dit qui j'étais. Il publie une revue qui s'appelle *Femme et chien.* « Eh salut, c'est nous, Christiane et Leon, moi et mon chow-chow. Femme et chien. » Je lui ai demandé s'il se souvenait de moi. Mais l'histoire avec Anna avait vingt-cinq ans. Markus et son équipe n'ont pas eu l'air spécialement enthousiaste. J'ai appris plus tard que le titre du magazine était trompeur, *Femme et chien* est une revue d'art et de littérature. Ils auraient pu me le dire, au lieu de me laisser plantée là comme si j'étais contagieuse.

Mais revenons à Anna : elle était artiste et mariée à Daniel Keel, un éditeur suisse déjà réputé à l'époque. Grande littérature et romans policiers faisaient le succès de Diogenes, sa maison d'édition. Les Keel évoluaient dans un tout autre cercle que moi, ils vivaient dans un quartier chic de Zurich. Je leur aurais bien donné meilleure impression de moi. Mais Heiko Gebhardt, un collègue de Horst et Kai au *Stern*, qui avait écrit, cinq ans plus tôt, une *happy end* à mon histoire – Christiane F. se retire clean, soi-disant, de la scène publique –, leur avait donné mon numéro de téléphone juste au moment où j'étais en train de replonger.

Anna avait une petite quarantaine. Elle m'a appelée, m'a expliqué qu'elle connaissait les types du *Stern*, qu'elle était la femme d'un éditeur suisse, mais qu'elle-même était allemande, et que mon livre était le seul qu'aient jamais lu ses fils, Jakob et Philipp.

J'ai ri : c'est clair, les parents font toujours des conneries. Anna pensait qu'elle devait rencontrer la femme qui fascinait ses enfants au point de se mettre à lire. Et c'est comme ça qu'elle m'a invitée dans son appartement à moitié meublé, quelque part dans Berlin-Ouest.

Je me souviens que j'ai pris un taxi à Lehniner Platz. Je pouvais me le payer à l'époque. Je donnais mes factures à mon expert-comptable, j'étais déjà déclarée auteur indépendant, je pouvais déduire mes frais des impôts. Je ne prenais que le taxi ou le vélo, et certainement pas le métro dégueulasse, où on tombe dans les bras du milieu de la drogue.

Quand je suis entrée dans l'appartement d'Anna, j'ai tout de suite été enthousiasmée. J'aime les pièces vides, j'ai moi-même toujours eu très peu de meubles dans mes appartements. Dans celui d'Anna, il n'y avait presque rien, juste un lit, une table et un plan de cuisine – très chic, très cher. La seule note personnelle, c'étaient les vêtements d'Anna qui traînaient partout, comme on fait quelquefois dans les hôtels.

Quelque part, je crois que la créativité a besoin d'espace. L'appartement avait deux pièces assez petites et une salle de bains. Pas de fleurs, pas de photos, mais il y avait dans un coin, près de la fenêtre, un sublime dessin à la craie sur un chevalet. C'était une colombe, tout dans les tons de gris. Nous avons discuté de son travail d'artiste, de mon livre, de mille choses, et la conversation s'est animée tout de suite. Et j'ai fini par demander : « Tu as quoi au frigo ? »

Sans attendre sa réponse, j'ai ouvert le réfrigérateur, et qu'est-ce que je vois ? Une colombe morte. Je trouvais ça génial, mais Anna a rougi et bafouillé. Elle m'a expliqué qu'elle n'avait pas son polaroïd sur elle et qu'elle avait besoin du cadavre pour dessiner. « S'il te plaît, ne pense pas que je suis folle », dit-elle. Et j'ai répondu : « Oh si ! »

Anna était douce et bonne. Une belle femme, blonde, charmante. Et pas du tout bourge. Ce que j'aimais chez elle, c'est qu'elle était toujours chic, mais décontractée. Elle avait les cheveux coupés en dégradé, et quand elle devait se préparer rapidement pour une occasion solennelle, quelques bigoudis suffisaient. En vingt minutes, elle était coiffée parfaitement.

Elle avait une vraie personnalité, et heureusement, parce que, comme tous les hommes de caractère fort, Daniel n'était pas facile. Ces hommes-là ont besoin d'une femme encore plus forte. Anna était comme ça, elle ne cédait jamais à ses caprices ou à ses angoisses, mais elle arrivait toujours à le rattraper. Elle n'était jamais fâchée par le fait qu'il soit toujours plongé dans son travail, elle avait le sien. Elle peignait des natures mortes, des nus, et prenait des photos incroyables. À cette époque, elle faisait des portraits photo comme une folle, des photos impressionnantes qui racontaient des vies entières. J'ai encouragé Anna à publier ses polaroïds. Il y a aussi une photo de moi dans ce livre. Elle l'a prise le jour où nous nous sommes rencontrées. Je pesais 53 kilos et j'avais un énorme dogue avec moi : Beate, une bullmastiff.

Sur la photo, je tiens la chienne d'une main, un café de l'autre, et je porte d'étranges fringues à l'américaine, avec rayures et franges. Je me les étais offertes pendant la tournée de promotion du film aux États-Unis.

Quelques mois plus tard, j'ai rendu visite aux Keel en Suisse, et tout naturellement j'ai habité chez eux. Ils étaient encore en location dans la Eleonorenstraße, dans une vieille maison à colombages, trois niveaux et des escaliers à hautes marches. Rien de pompeux, pas de rosiers, pas de jardinier, beaucoup d'œuvres d'art et de livres, et des piles de papiers partout.

On entendait le sifflement des trains, les cloches des vaches et une vieille dame au-dessus, qui jurait : « Faites donc pas tant de bruit ! » C'était la propriétaire, une acariâtre qui ne lisait pas les romans de Diogenes mais la Bible. Elle s'énervait parce que le soir, pendant le dîner, je racontais mes histoires avec feu, et que tous riaient à gorge déployée. La famille m'aimait beaucoup ; « Christiane, parle-nous encore de Berlin. » Les gens riches s'ennuient souvent à mourir : « Raconte-nous un truc fou. »

Je n'étais pas la première invitée qui vivait chez eux comme dans sa propre maison. Dans les années du printemps de Prague, leur cadet Philipp, qui était encore tout petit, devait dormir dans la baignoire parce que les parents avaient recueilli tout un tas de réfugiés tchèques. Tous des auteurs dissidents. Jakob, l'aîné, qu'on appelait Köbi, venait d'avoir 18 ans et avait quitté la maison des parents : j'ai hérité de sa chambre. En plus de nous, il y avait Carmelina, une employée de maison italienne, que je préférais à sa cuisine. Elle avait autour de 45 ans, n'était pas spécialement bonne cuisinière, mais elle était joyeuse et avait bon cœur, elle faisait pratiquement partie de la famille.

Anna est née à Chemnitz. Elle a épousé Daniel dans les années 1960 et n'a pas connu la RDA. Il y a des photos d'elle où on la voit, vers 20 ans, dans sa coccinelle Volkswagen, ses brouillons sur la banquette arrière. Rayonnante, vraiment trop mignonne. Quand elle m'a montré les photos, elle m'a raconté qu'après une dispute avec Daniel, elle avait pris la coccinelle et était partie. Ils s'étaient rencontrés grâce à leur amour commun de la peinture.

Comme artiste, il n'avait pas de talent, et c'est pour ça qu'il a fini par se consacrer à ceux qui étaient plus doués que lui. Mais il était imbattable quand il s'agissait de découvrir les meilleurs talents. Anna au contraire était très talentueuse, mais elle savait qu'elle devrait la mettre en sourdine si elle voulait rester avec Daniel. Au début, ils s'etaient violemment disputés à ce sujet, au point qu'un jour elle avait fait ses bagages et pris la route de Milan en coccinelle, pour devenir peintre là-bas. Mais il était allé la chercher, lui avait juré son amour et sa reconnaissance. Alors ils s'étaient mariés.

Leurs disputes étaient souvent touchantes. Un jour, j'ai vu Daniel, de colère, mettre en pièce une robe d'Anna. Il était assis sur le lit, des ciseaux à la main, et a découpé la robe en gros morceaux, haletant et grognant.

C'était une manière d'exprimer sa colère tout en restant calme. Parce qu'au fond, Daniel était un type tranquille. Un homme curieux, qui préférait écouter que parler. Un homme à qui on peut raconter son histoire pendant des heures. C'était parfait pour moi ! Une fois que je suis lancée… Parler, parler, parler, c'est ma meilleure thérapie.

Souvent, Daniel était assis là et écoutait en fumant un cigare. D'une certaine façon, il se reconnaissait un peu en moi : il avait échoué comme peintre et auteur, et moi comme musicienne et actrice. Il avait arrêté l'école et fait une formation en librairie, exactement comme moi. Dès notre première rencontre, il a dit : « Une libraire qui a arrêté ses études a le droit de dormir chez moi. Moi aussi, j'ai arrêté. » Nous nous entendions bien.

J'étais plus proche d'Anna, mais j'avais beaucoup de respect pour Daniel. Par exemple, je ne le prenais pas dans mes bras et ne lui faisais pas la bise avant d'aller me coucher. Selon moi, ça n'était pas approprié. Il a été le premier vrai père que j'aie eu.

Le week-end, il se retirait généralement avec des montagnes de manuscrits dans la villa qu'ils avaient louée en plus de la maison de la vieille dame. C'est là qu'il passait du temps quand il avait besoin de calme.

Je rencontrais régulièrement un ami de la famille, un homme à l'époque très malade qui prenait une grande quantité de médicaments contre la douleur. Je parle de lui parce que je le regardais souvent avec envie : si j'avais eu accès à sa pharmacie, je n'aurais pas pu me retenir. Ça n'a pas l'air très catholique, mais, à l'époque, je l'enviais de prendre ces antalgiques qui lui rendaient la douleur supportable.

Anna, qui trouvait refuge dans son atelier de la Hottingerstraße, avec chambre et salle de bains, est devenue pour moi à la fois une meilleure amie et une maman de substitution. Elle me prenait dans ses bras et me consolait quand j'avais des chagrins d'amour, elle m'encourageait à me nourrir sainement et à faire du sport ; elle m'a appris à cuisiner, nous échangions nos vêtements et elle me prêtait ses escarpins hors de prix. À Zurich, on peut faire un super shopping. Pour le reste, c'est une jolie ville, mais assez ennnuyeuse.

Les gens sont gentils, mais plutôt snobs. Malheur à toi si tu fais signe à un taxi en mangeant un bürli (un petit pain suisse) : personne ne te prendra. Au bout de trois semaines, je me sentais comme à Kaltenkirchen : je me faisais chier à mourir, du moins dans la ville. Il n'y a rien à faire, à minuit tout est fermé. Tu ne peux même pas improviser un restaurant, impossible sans réservation. Moi je ne peux pas, je ne sais pas deux jours avant si j'aurai faim le samedi à dix-neuf heures trente. Je préfère m'acheter des gambas sur le marché et me les préparer à la maison quand j'en ai envie.

Ça m'amusait d'autant plus de travailler pour les Keel. J'étais une sorte d'assistante. Par exemple, j'inspectais les fiches pour savoir quel auteur fêtait son anniversaire, je commandais des fleurs et les faisais livrer. J'en achetais aussi régulièrement pour la maison d'édition, le bureau de Daniel à la maison, l'atelier d'Anna et pour les dîners qui avaient lieu chez les Keel.

Deux ou trois fois par semaine, il y avait des dîners auxquels étaient conviés des auteurs et des peintres. Il y eut Federico Fellini, Georges Simenon, Patrick Süskind, Patricia Highsmith. À côté de sa femme, blonde et belle, Daniel faisait vieux, même s'il était souvent plus jeune que ses invités – à part Süskind, évidemment. À l'époque où j'habitais chez les Keel, *Le Parfum* était un énorme succès.

On pourrait croire que c'était un roman pour moi. Mon livre s'ouvrait sur les odeurs de pisse de Gropiusstadt. De manière générale il y a beaucoup d'odeurs dans ma vie. Mais je n'ai pas du tout aimé *Le Parfum.* Je trouvais Jean-Baptiste Grenouille répugnant et je n'ai rien compris à son univers. S'il y a bien quelque chose que je ne supporte pas, ce sont les odeurs corporelles. Tuer les gens pour conserver leur odeur, faut être barré. Ce genre de truc m'échappe, de même que la violence et les envies de meurtre.

Mais ça n'a pas dérangé Süskind. C'était un type plutôt réservé. Et mon opinion n'avait aucune importance, des millions de lecteurs pensaient autrement.

La plupart du temps, la cuisine était simple chez les Keel : spaghettis bolognaises ou poisson, par exemple. Le seul luxe, c'étaient les bonnes bouteilles de Bordeaux sur la table – et encore, elles avaient été offertes, disait Daniel en plaisantant. Ils n'étaient vraiment pas en représentation, même si les soirées étaient souvent théâtrales.

Ce sont de bons souvenirs, même si nous « les enfants », Philipp, Jakob et moi, n'aimions pas tellement ce genre de dîners. Comme il suffisait que l'un d'entre nous soit présent, nous nous relayions généralement. Et si nous n'arrivions pas à décider qui devait se sacrifier, nous tirions à la courte paille. Un soir où j'avais perdu, je me suis retrouvée assise à la gauche de Friedrich Dürrenmatt. Sa deuxième femme, plus jeune que lui, était à sa droite. L'homme assis à la gauche d'une femme est son cavalier, c'est comme ça. C'est Anna qui m'a appris tout ça. J'aimais beaucoup Dürrenmatt, mais pas ses livres.

Peut-être parce qu'à l'école on était obligé de réfléchir et de discuter pour savoir si on avait compris « correctement », je trouvais ça pénible. Pourquoi les gens ne peuvent-ils pas dire ce qu'ils pensent spontanément ? Je n'ai évidemment pas posé cette question directement à Dürrenmatt, mais j'ai juste fait remarquer que la littérature était quand même une affaire de goût. Dans un film, je me souviens de la réplique d'une éditrice qui disait : « Tu peux critiquer la personnalité d'un écrivain, il te dira qu'il peut changer. Mais il ne faut pas rigoler avec son travail. »

Le célèbre Dürrenmatt n'était pas habitué à de telles insolences. Quand j'ai dit que *Le Juge et son bourreau* m'avait ennuyée, il s'est mordu les lèvres, s'est raclé la gorge et a remis ses grosses lunettes sur le nez.

Anna et Daniel ont souri, je les ai vus. Quelque temps plus tard, ils ont déposé sur mon oreiller *La Ballade du Minotaure*, comme ils faisaient chaque fois avec les nouvelles parutions de leurs auteurs. Dans ce livre, le monstre à tête de taureau et mangeur d'enfants est un pauvre type, complètement paumé. Je n'étais pas encore allée en Grèce à l'époque, je ne savais rien d'Ariane et de Naxos. Mais le Minotaure de Dürrenmatt ne m'a pas spécialement intéressée.

Les fils Keel et moi l'appelions parfois « papi Dürrenmatt », parce qu'il avait les cheveux blancs, un gros nez et un gros ventre, et qu'il avait encore plus d'histoires à raconter que moi, qui animaient nos soirées et nous faisaient rire.

Par contre, je ne pouvais pas sentir sa femme, je pensais avoir compris pourquoi elle était avec lui. Je ne sais pas si finalement elle a hérité de tout. Mais si on n'est pas trop con, on reste jusqu'à la fin. Si je me souviens bien, elle a elle-même écrit un livre sur sa vie avec Dürrenmatt. Son attitude énervait particulièrement Patricia Highsmith. Elle aussi était sous contrat chez Diogenes. Elle avait eu un succès mondial avec *L'Inconnu du Nord-Express* et *Monsieur Ripley*, l'histoire d'un arriviste qui prend l'identité d'un autre et s'introduit dans la haute société, en marchant sur les cadavres.

Elle venait du Texas, fumait comme un pompier, et j'aimais ses manières un peu rudes. Mais ce n'était pas réciproque. Cependant, elle aimait encore moins la femme de Dürrenmatt et lui envoyait des trucs dans la gueule – verbalement bien sûr – chaque fois que l'autre parlait d'elle. Tout ce qu'elle faisait, tout ce qu'elle savait faire, qu'elle était comédienne, qu'elle était en pleine crise d'inspiration. Elle skiait aussi merveilleusement.

Plus tard, Anna m'a raconté que Dürrenmatt avait rencontré sa deuxième femme juste après la mort de la première, avec qui il avait été marié quarante ans. Quand je les ai rencontrés, ils n'étaient ensemble que depuis un an. Peut-être qu'elle lui a fait du bien et l'a aidé à surmonter son deuil. Des années plus tard, un ami à qui j'avais parlé de ces rencontres à Zurich m'a montré un article du *Zeit* dont le titre était : « Les veuves d'écrivain, la salmonelle du monde littéraire ». Mais laissons cela.

Avec ma grande gueule de Berlinoise, j'ai bien plu aux autres. « Eh, j'ai six fourchettes devant moi ! J'en fais quoi ? » Ils riaient comme des bossus, ils ne pouvaient pas croire que j'étais sérieuse.

Un jour, nous étions à la Kronenhalle, le restaurant le plus cher et, d'après eux, le plus chic de Zurich. C'était le rendez-vous des acteurs, des artistes et des écrivains. Yves Saint Laurent, Oscar Kokoschka, Andy Warhol, Max Frisch et d'autres, tout le monde se retrouvait là.

En tout cas, j'avais devant moi une assiette vide et au-dessus de moi un original de Picasso. Picasso, il faut le savoir. J'ai dit : « Picasso, ok super, mais la bouffe, elle est où ? » Et ces bourges de Zurichois, ils riaient sous cape. Je suis comme ça, je parle et je réfléchis après.

Mais les cercles dans lesquels j'évoluais alors n'étaient vraiment pas les miens. C'était clair pour nous tous. Artistes, écrivains, banquiers et horlogers, nous nous respections, bien sûr, mais contrairement à beaucoup d'autres, rencontrer des gens riches ou renommés m'a toujours laissée froide. Je n'aime pas ce côté soigné et distant avec lequel ils abordent les autres. Comment se rapprocher si tu passes ton temps à te vouvoyer, à te serrer la main et que tu ne te prends jamais dans les bras ?

Il est certain que ce n'étaient pas des amis, mais des associés, des employés, des gens entre lesquels il y a toujours quelque contrat à négocier. Je respecte absolument, c'était plutôt rigolo, et je suis reconnaissante d'avoir pu vivre ça. Mais c'était la vie d'Anna et Daniel, pas la mienne.

Loriot était un ami proche de Daniel Keel. Les Zurichois, c'était trop pour Loriot, exactement comme pour moi. Ce n'était pas que nous ne les aimions pas, mais nous autres, Allemands, nous réfléchissons plus vite, du moins nous parlons plus vite que les Suisses. Pendant une escapade d'auteurs à Sils-Maria, nous avons aussi marché plus vite.

À Sils-Maria, Anna, Daniel, leurs deux fils et moi avions rencontré l'écrivain Urs Widmer. Nous avions marché un kilomètre et demi jusqu'à sa baraque, où nous avions mangé des saucisses et des rösti au coin du feu. C'était chaleureux et agréable. J'aurais pu m'endormir. Toute la journée, la tête m'avait tourné à cause de l'altitude, j'étais morte de froid et je m'ennuyais un peu. Je ne voulais absolument pas ressortir pour retourner à l'hôtel.

Puis Loriot a débarqué et nous avons fait le chemin du retour ensemble. Nous nous étions déjà vus une fois à l'opéra de Zurich, mais il était totalement concentré sur la musique alors que je buvais beaucoup trop de champagne, et du coup nous n'avions pas beaucoup parlé. Et là nous marchions, loin devant les autres, la neige s'entassait à trois ou quatre mètres de haut à droite et à gauche. Mais nous nous étions tout de suite plongés dans notre conversation, oubliant les maux de tête et le froid. Ce qui était impressionnant chez lui, c'est qu'on ne voyait pas sur sa tête quand il faisait une blague. J'aime beaucoup l'humour pince-sans-rire, et Loriot avait des manières qui amusaient et touchaient à la fois. Son sens de l'observation et son humour démasquaient sans pitié le côté laid des gens, mais sans jamais les blesser.

Ce jour-là, dans les montagnes de Sils-Maria, il n'était pas spécialement d'humeur à plaisanter. Nous avons parlé du monde de l'édition, mais aussi du tragicomique de l'existence. Je lui ai avoué que j'en avais après les antalgiques d'un ami des Keel, au lieu de m'intéresser à ses souffrances. Loriot comprenait ça, je pense.

Il ne m'a pas jugée, il a juste réfléchi à haute voix, il disait que les gens ne pouvaient créer de lien avec les choses qu'en créant un lien avec leur contraire. Que c'est plus facile de se confronter aux choses graves et négatives en plaisantant dessus plutôt qu'en en parlant sérieusement. Et aussi qu'on se sent plus vivant en présence de choses mortellement dangereuses. Quand il a dit ça, j'ai pensé à Hector Coggins.

Loriot m'a aussi raconté combien il était difficile pour lui d'être critiqué sans aucune retenue par la presse people. La *Berliner Zeitung* et le *Bild* le trouvaient toujours mauvais. « Tu sais Christiane, me dit-il, tu ne dois pas prendre trop à cœur ce qu'écrit la presse sur toi. Tu dois faire la différence entre ton métier et ta vie. »

Et j'ai pensé à l'époque : avec moi, il s'agit toujours de ma personne, de Christiane F., je n'ai pas de boulot. Je n'en ai plus, grâce au ciel. Je n'ai plus ce « boulot » grâce auquel je suis devenue « célèbre » autrefois.

Daniel Keel invitait souvent ses auteurs à des excursions comme celle-ci, pour parler business. J'ai compris à cette époque que les gens du monde littéraire aiment et entretiennent le côté sensible des choses. Pas seulement l'imagination, mais aussi la bonne bouffe, les vins rares et les cigares. À Sils-Maria, nous avons dormi dans un hôtel d'un autre âge. Un tel établissement était typique des Keel. Ils n'ont pas choisi le palace m'as-tu-vu, mais un hôtel au chic discret dans lequel David Bowie était déjà descendu.

À première vue, le Waldhaus a l'air tout simple. Mais on est trompé par sa première impression. Il y a quelques candélabres dans le lobby et certaines pièces. Mais par « luxe », on n'entend pas ici les suites avec jacuzzi ou les petites cuillères en or. Service excellent, aimable, et surtout un ralentissement du temps : pour moi, c'est le plus grand luxe qu'on puisse trouver aujourd'hui.

Au Waldhaus, les meubles sont très simples, en bois sombre, les banquettes sont grises, bleu foncé, marron. De nombreuses pièces sont décorées de bois, il y a une bibliothèque avec une table d'échecs. Les hommes l'ont prise d'assaut, ils ont bu du thé et fumé des cigares. Là-bas, les formes et les couleurs sont sobres, je pensais que c'était du style Biedermeier. Mais Loriot m'a expliqué que c'était du Belle Époque, typique de la nouvelle richesse industrielle de la grande bourgeoisie autour de 1900.

Dans les caves de l'hôtel, il y avait des bains, où Philipp et moi avons nagé une fois, tous les deux, seuls.

Officiellement, j'étais la jeune fille au pair de la famille Keel. Mais bon, Philipp avait six ans de moins que moi et Jakob était déjà éduqué. Qui a besoin d'une jeune fille au pair dans ces cas-là ?

En fait, je m'occupais des invités plus que des enfants. J'organisais les arrivées, les départs, les navettes. Qui a besoin de quoi, une sieste, des fleurs, des médicaments ? J'ai fait le coursier pour la maison d'édition et j'ai organisé les voyages comme une secrétaire. J'ai bien aimé ce travail, je ne pouvais pas passer la journée à rester assise et à bavarder, il fallait bien que je fasse quelque chose !

Avec le recul, je crois que les parents Keel voulaient aussi que je fasse prendre conscience aux garçons de la chance qu'ils avaient.

Les Keel, qui détestaient le côté décadent, se sont retrouvés avec moi un peu plus les pieds sur terre. J'y suis surtout parvenue avec Jakob. J'espère que Philipp ne m'en voudra pas aujourd'hui si je dis qu'il était un petit loser avec une compulsion d'achat. Surtout les flippers, il adorait ça.

J'ai tous les défauts, mais je ne suis pas cupide. Je n'ai jamais eu de problème dans mon rapport avec l'argent. La meilleure preuve, c'est que je vis encore aujourd'hui des droits d'auteur que j'ai gagnés il y a trente-cinq ans grâce à mon livre. Bien sûr, il y a eu régulièrement des rentrées d'argent, par exemple avec le film : quand il est sorti en Blue Ray, j'ai encore touché une petite somme. Mais j'ai toujours placé mon argent, dans des assurances-vie, des plans d'épargne logement. Et quand je ne m'y connaissais pas, je cherchais un conseiller qui m'aidait à gérer tout ça.

J'ai toujours été comme ça, et les Keel l'avaient remarqué. Quand nous allions ensemble au musée ou au théâtre, je portais souvent les affaires ou les bijoux d'Anna. Elle me les prêtait, mais je n'ai jamais demandé, et je n'ai jamais fait d'ostentation en les portant. Ce n'était pas important pour moi, je voulais juste m'adapter un peu, rien de plus. Quand nous sortions avec Loriot ou Fellini, je ne pouvais tout de même pas arriver en jean et ceinture à clous. Mais personne ne m'a jamais prise en flagrant délit de cupidité, ni autrefois ni aujourd'hui.

Naturellement, les Keel auraient bien aimé que je sorte un autre livre chez eux, mais ce n'était pas la seule chose qu'ils voulaient de moi. Une fois, Kai Hermann m'a rendu visite quelques jours en Suisse, Heiko Gebhardt aussi, son collègue du *Stern*. Kai a parlé avec moi quelques jours. Je crois qu'il a remarqué qu'à cette époque j'étais sérieusement sous héro. Et ni l'un ni l'autre n'avaient plus envie de travailler avec moi. Ils en avaient marre. Mais pour les Keel, ce n'était pas grave que le livre n'ait pas eu de suite. Ils ne m'ont jamais donné le sentiment que j'avais moins de valeur à leurs yeux à cause de ça. Je ne serais pas un auteur Diogenes, mais je pouvais tout de même rester chez eux.

J'ai repris de l'héro. Ce n'était pas les Keel, le problème. C'était moi. Je ne sais pas pourquoi, mais j'étais toujours assez bête pour replonger. J'aurais pu saisir plusieurs fois ma chance, mais cette merde a tout foutu en l'air.

Köbi ne fumait pas de joint, mais un ami à lui avait du bon hasch. Il était serveur à la Kronhalle et nous jetait des regards de conspirateur quand nous étions assis à table avec les parents Keel.

Ce qui unissait les deux garçons était une histoire à peu près similaire. L'ami de Köbi venait d'une famille d'horlogers, mais l'affaire familiale ne l'intéressait pas. À l'époque, ils ne voulaient pas suivre les traces de leur père.

Finalement, Philipp a endossé ce rôle. Il est auteur, sculpteur et peintre, mais aussi patron de l'entreprise. J'ai lu dernièrement que, depuis sa fondation, la maison d'édition a lancé sur le marché plus de 200 millions d'exemplaires !

Köbi reste à distance des affaires quotidiennes, mais siège au conseil d'administration. Lui aussi marche un peu sur les pas de son père.

Cet ami de l'époque, le serveur, je l'aimais beaucoup. Nous nous retrouvions parfois, sans que les autres le sachent, nous fumions ensemble, nous essayions des robes et des escarpins. Nous nous sommes vraiment amusés !

Malgré tout, je n'ai jamais arrêté l'héro. Enfin, au début, si. Pendant les trois premiers mois à Zurich. Une fois, Philipp m'a surprise dans la cuisine en train de bouffer des kilos d'appenzeller : c'était ma compensation, je ne faisais que déplacer mon addiction.

Mais dès que je rentrais à Berlin, le fromage devenait moins bon, et l'héroïne meilleure. Pendant ces trois ans en Suisse, de 1982 à 1985, je suis rentrée régulièrement pour m'occuper de mon appartement de Neukölln et récupérer le courrier. Et puis j'avais craqué pour un mec qui carburait au speed sur la scène berlinoise. Greg, un Anglais que j'avais rencontré environ six mois après la fin de mon histoire avec Alex.

Je ne sais plus ce que je lui trouvais à l'époque, mais j'étais raide dingue de lui. Il était venu à Berlin avec son père, un musicien qui était déjà drogué, il n'a fait que l'imiter. Autant que je sache, toute la famille est clean aujourd'hui, il faut dire que le speed, c'est autre chose que l'héroïne. Ça booste un peu comme la cocaïne, mais tu peux décrocher facilement.

Une fois, j'ai même invité Greg à Zurich. Anna a tout payé, pour que je me sente bien. À sa place, j'aurais fait la même chose. Les Keel préféraient m'avoir sous les yeux que de me savoir n'importe où avec un type inconnu, prenant des drogues inconnues. Comme des parents. J'étais leur fille prodigue.

Une chance que Daniel n'ait jamais rien su de tout ça. Il ne savait pas que je fréquentais le milieu à Zurich. Mais moi, je ne pouvais pas faire autrement : Zurich est une petite ville qui a un gros problème de drogue, et quand tu es junkie, tu t'en rends compte tout de suite. Alors évidemment, il fallait que je voie ça. Dans toute ville, c'est à la gare que tu trouves les camés. Je n'ai pas eu de mal à trouver le parc Platzspitz[1], pas loin de la gare. Un truc inouï.

Je n'avais jamais vu ça : dans le Platzspitz, tout se passait ouvertement. En plein milieu du parc, il y avait un pavillon où des gens campaient toute l'année. Ils avaient monté des tables, posé des cuillères dessus, et vendait leur came : « J'ai de la brune, qui veut y rajouter de la blanche ? » Tout ça en suisse-allemand, bien sûr.

Je ne sais pas si c'est encore comme ça aujourd'hui, mais je décris mon souvenir tel que je l'ai conservé : tu peux te servir en public, c'est aussi visible qu'un stand de saucisses. Les shoots se font sur place, des centaines de gens traînent là sur le sol. Beaucoup d'entre eux ont le corps recouvert de plaies, d'autres ont l'air mort.

---

1. Scène ouverte de la drogue à Zurich. (*N.d.T.*)

Le sol est jonché de millions de seringues. On dirait une décharge. Faire tout ce que tu veux sans être poursuivi ou arrêté, ça ne m'était jamais arrivé. Quelquefois, Anna ne savait même pas que j'étais encore à Zurich. Je dormais ici et là, chez des gens. Et puis la deuxième année, elle a commencé à vouloir en savoir plus : « Mais qu'est-ce que tu fais au juste au Platzspitz ? » Et j'ai répondu : « Viens avec moi, je te montrerai. Vous aussi, vous avez votre gare du Zoo. »

Alors nous avons pris sa voiture, une petite Honda Civic, et nous y sommes allées. Nous avons garé la voiture loin du parc, pour que même un P.-V. ne puisse pas nous trahir. Mais à peine étions-nous à l'arrêt que des flics étaient là, à vouloir vérifier nos sacs à main et nos cartes d'identité. Avec près de 2 000 junkies dans le coin, il y a beaucoup de flics qui tournent et qui font sans cesse des contrôles de routine. Anna avait la trouille : « Si Daniel apprend ça ! »

Du coup, elle n'a jamais vu le Platzspitz, mais je lui ai raconté ce qu'elle avait raté. Elle était choquée, me posait de plus en plus de questions, y compris sur mon passé. Tout d'un coup, j'ai vu qu'elle pleurait. Ce que j'avais vécu l'avait touchée jusqu'à la moelle. À partir de ce jour-là, j'ai décidé d'être très prudente sur ce que je lui racontais de moi et de ma vie.

Un jour, Anna a lu quelque chose sur une certaine madame Miller dans un magazine, et elle a cru avoir trouvé la solution à mes problèmes ; madame Miller faisait de l'hypnose, et l'article racontait que grâce à elle, un type s'était fait opérer du genou sans anesthésie ; que la thérapie de madame Miller pouvait mettre fin à toutes les souffrances, même psychiques. « Regarde ça, ça t'aidera sûrement », a dit Anna, et elle m'a aussitôt pris rendez-vous pour dix séances. Une séance coûtait 500 francs suisses, du racket pur, car madame Miller m'a assise sur différentes chaises de massage électronique en répétant comme un disque rayé : « Maintenant vous êtes très calme. Votre corps et votre esprit se détendent. »

C'était sympa, on me tripotait et je pouvais m'assoupir. Mais je n'étais pas tellement plus avancée : au contraire, je me demandais l'effet que ça ferait sous héroïne. Le fait que les Keel s'occupent si gentiment de moi avait peut-être un lien avec leurs propres conflits. Lors de mes dernières visites, Anna n'a pas tellement pu me prêter attention. Peut-être qu'elle ne le voulait pas, peut-être que c'était devenu trop lourd pour elle.

Alors j'ai logé dans l'appartement d'une connaissance d'Anna, et Daniel ne savait même pas que j'étais en Suisse. Mais après être venue une fois sans leur dire, je savais que je ne voulais plus aller chez eux. Ils avaient déjà des problèmes par-dessus les oreilles, et ils n'avaient pas besoin de Christiane F. en plus. Même si Anna ne l'aurait jamais dit. J'étais devenue un fardeau.

Un étrange bazar

Avec des planches pourries et sur des chariots à bagages volés à la gare centrale toute proche, ils ont bricolé des stands de vente où s'étalent des cuillères dans lesquelles ils font chauffer les cocktails. « Coke, coke, de la bonne coke », on se croirait sur le marché de la semaine. D'autres vendeurs vantent à gorge déployée leur « brune », des barbituriques, du whisky ou de la bière.

Des centaines de toxicomanes – les Drögeler, *comme les appellent les Zurichois – se pressent dans ce parc, certains jours ils se retrouvent jusqu'à 3 000.*

Ils sont assis sur un tapis de seringues, dans les parterres de fleurs et derrière les buissons, ils s'enfoncent des seringues dans les bras et les jambes sous les yeux des passants curieux. Certains s'arrachent les vêtements à la recherche d'une veine intacte sur leurs corps envahis de plaies purulentes. L'hiver aussi. Ils se piquent à l'aine, dans le cou, parce que les autres veines sont déjà enflammées. Des corps à moitié nus gisent en plein air – bleuâtres de froid, certains sont déjà morts.

À seulement dix minutes à pied de l'éclatante rue de la Gare, sur l'étroite promenade des quais, entre le Musée national suisse et l'endroit exact où la Sihl se jette dans la Limmat, ce décor macabre est celui de la scène de la drogue la plus vaste et la plus visible d'Europe. Vers la fin des années 1980, le parc du Platzspitz est devenu le point de rencontre des toxicomanes qui avaient été chassés d'autres lieux. Longtemps tolérés par la police et les politiques, des drogués sont arrivés de toute la Suisse et de l'étranger. La plupart vivaient dans la pauvreté et finançaient leur addiction en volant ou en se prostituant. Sur la rive, plusieurs petits villages ont été construits avec des cartons et des détritus, car la plupart des toxicomanes étaient alors sans logis. Ces logements provisoires ont été régulièrement rasés par la police, mais les autorités ont bientôt craint que le Platzspitz ne devienne une zone de non-droit.

La scène était devenue brutale, surtout depuis que la cocaïne avait remplacé l'héroïne sur le marché.

Les passants étaient agressés et dépouillés, des cadavres de drogués descendaient le cours du fleuve. Lors d'une bagarre entre toxicomanes, par exemple pour une couverture ou un morceau de chocolat, certains avaient été attachés, bâillonnés et noyés.

À la sortie qui mène au quai de la Sihl commence la « rue au Hasch », où l'on vendait du cannabis. Il y avait des gens qui faisaient des mélanges, d'autres qui établissaient le contact avec les fournisseurs, d'autres qui attiraient le client. Des bandes de dealers venus de pays ravagés par la guerre civile organisaient et contrôlaient le commerce par la violence. À l'autre bout de la chaîne commerciale il y avait les Filterlifixer *– des gens tombés si bas qu'ils échangeaient des seringues, des aiguilles et autres accessoires contre les filtres de cigarette qui avaient servi à filtrer la drogue pendant le remplissage de la seringue.*

Ils en extrayaient les restes de substance pour leur usage personnel – VIH et hépatite C compris.

Le soir, la scène devenait le théâtre d'une foule de fantômes tout autour du Rondell, un pavillon éclairé au milieu du parc. Certains drogués erraient en titubant, d'autres gisaient hallucinés sur la pelouse ou vomissaient dans les buissons. Les cris du marché se faisaient entendre jusqu'au petit matin. Puis la police vidait le pavillon pour que les jardiniers puissent jeter les ordures de la nuit dans la Sihl.

Lorsque, à la fin des années 1980, ces tristes scènes ont fait la une de la presse internationale et que le Platzspitz, au cœur de la riche Zurich, a souffert d'une terrible réputation (on l'appelait le Needle Park*), on a créé le Zipp, un projet zurichois d'intervention contre le sida. Dans les anciennes toilettes du parc, des médecins, des secouristes, des travailleurs sociaux et des volontaires distribuaient des seringues propres, des compresses et des crèmes cicatrisantes. Trois ou quatre fois par jour, ils devaient réanimer des* Drögeler *inconscients, traiter des abcès et pratiquer des tests VIH.*

Ils échangeaient, contre des canules usagées, jusqu'à 15 000 seringues par jour, dispensaient des conseils sur les traitements à la méthadone, informaient sur les aides sociales et les programmes de désintoxication. D'autres organisations fournissaient les drogués en repas chauds et boissons. C'est ainsi que ces hommes et ces femmes ont essayé de contenir la toxicomanie et les maladies.

Overdoses, infections, sida et hépatites : la consommation de drogues est devenue la première cause de décès des personnes d'âge moyen. Zurich avait le taux de porteurs du VIH le plus important d'Europe. Pour résoudre le problème, certains politiques réclamaient une légalisation contrôlée de l'héroïne, les autres exigeaient l'internement et la désintoxication obligatoire des Drögeler. *Experts et travailleurs des rues étaient contre la coercition et le nettoyage du Platzspitz. Selon eux, c'est justement sur un lieu central qu'on peut contrôler et aider les toxicomanes.*

Mais le préfet cantonal voyait les choses autrement et, le 5 février 1992, il a procédé à un assaut et à un nettoyage du parc. Avec des matraques, des lances à eau et des balles de caoutchouc, la police a lavé le Platzspitz de ses ordures, de sa puanteur et de ses cadavres – et poussé toute sa faune en détresse à s'éparpiller dans le centre-ville.

L'expulsion des toxicomanes hors du parc n'a eu pour résultat que leur installation dans la gare désaffectée de Letten. La misère s'y est répandue dans de telles proportions que même la population non toxicomane a sombré dans la détresse – bientôt, les riverains devaient, pour rentrer chez eux, marcher parmi les seringues et les excréments, les ordures et l'urine. Les femmes étaient importunées par les clients de prostituées et on transformait les enfants en coursiers pour livrer la drogue.

Pendant l'été de 1994, le quartier de la gare de Letten était à ce point délabré que les services d'hygiène durent le débarrasser des rats, des guêpes et des ordures. La situation semblait échapper au contrôle de la police : sur l'année, il y eut deux cents jours d'interruption de l'accès aux cellules de détention de la police, faute de place. Et pourtant, les cellules étaient réputées pour être surpeuplées, recevant parfois le double du nombre prévu de détenus. Dealers et drogués défiaient la politique et la police. Alors la violence s'est accrue : sur la plus grande scène de la drogue d'Europe, une guerre des gangs éclata entre Libanais, Albanais du Kosovo et Nord-Africains pour l'obtention de parts de marché. Zurich a lancé un appel à l'aide à la ville de Berne, les habitants et les entreprises barricadèrent portes et fenêtres, on a même débattu sérieusement sur une possible intervention de l'armée.

Le gouvernement suisse a déclaré problème national la situation du quartier de Letten et a appliqué de vastes mesures préventives dans tout le pays, il a renvoyé les consommateurs extérieurs au canton dans leurs cantons d'origine et a ouvert des centres de consommation de drogue.

Répression, prévention, thérapie et premiers secours : les quatre piliers de la politique engagée alors ont largement contribué en février 1995 à la fermeture du quartier de Letten, qui a représenté un tournant dans la situation de la drogue et une amélioration de la qualité de vie à Zurich.

C'est seulement en juin 1993 que le Platzspitz a été rouvert au public. Contrôles policiers et fermeture des lieux après vingt et une heures devaient empêcher la renaissance de la scène de la drogue. La situation zurichoise s'est depuis fortement modifiée. Il n'y a plus aujourd'hui de scène ouverte, la criminalité liée à la drogue a diminué, et les toxicomanes sont moins paupérisés.

Dix ans après la fermeture de Letten, Zurich a dressé son bilan : sa politique restrictive avait fait ses preuves, mais elle devait continuer à améliorer la politique contre la drogue ; elle s'était tellement concentrée sur la lutte contre la scène ouverte que les autres évolutions avaient presque été mises en sommeil. La ville avait été trop hésitante en ce qui concernait la prévention des soirées où circulait la drogue. Et elle avait pratiquement abandonné à la justice le traitement de la consommation de cannabis.

Depuis 1995, la consommation d'héroïne a fortement reculé. La fréquentation de chacun des quatre centres de consommation de la ville a atteint 50 à 100 toxicomanes par jour. Les 1 500 places offertes par les programmes engagés sur l'héroïne et la méthadone ont toutes été bien occupées, et le nombre des seringues distribuées chaque jour est passé de 15 000 à 1 500.

Mais la baisse de la consommation d'héroïne ne signifie pas que moins de drogue circule dans l'ensemble. Entre-temps, la circulation de cocaïne est devenue la plus importante parmi les drogues dures, elle dépasse même celle de l'alcool et du cannabis.

Zurich ne rêve pas d'une société idéale exempte de drogue, mais d'une scène de la drogue tolérable pour la ville.

Comparé à l'époque de la liquidation du Platzspitz, il n'y a pas aujourd'hui moins de consommateurs de drogue. Mais le comportement des consommateurs, l'accessibilité et la nature des drogues ont en revanche fortement changé.

La police estime à 5 000 le nombre actuel de toxicomanes lourds dans la ville, beaucoup d'héroïnomanes se sont bien intégrés et ne se font plus remarquer. La clochardisation, caractéristique typique de la scène ouverte, a pratiquement disparu.

Les programmes de substitution, les centres de consommation et les offres adaptées d'aide sociale et d'aide aux personnes âgées ont considérablement amélioré la situation sanitaire et l'intégration des personnes concernées.

S.V.

5

PLÖTZENSEE, PRISON DE FEMMES

Septembre 1985. La police de Berlin m'a chopée avec cinq grammes d'héro, et ils m'ont foutue au trou. Il paraît que la maison du type qui me les avait vendus était sous surveillance. Le fait est que j'ai été arrêtée peu après. C'est incroyable comme les flics peuvent te mettre par terre. Super rude. Surtout que la plupart des junkies n'ont que la peau sur les os.

Pourquoi cette brutalité ? Avec moi, ils n'y sont pas allés trop fort, parce que je suis une femme et que je me suis défendue. Mais je suis vraiment verte de voir comment la police traite les toxicomanes.

Ce qui est également terrible, ce sont les cellules de détention provisoire, en allemand on abrège en « GeSa ». Elles sont misérables, le carrelage est vieux et moisi, les lits en bois sont suspendus à des chaînes de métal fixées dans le mur. Ça pue atrocement le mec qui ne se lave pas. Personne ne mérite l'enfer de la GeSa. Tu entres là-dedans, on te jette ton matelas par terre et une couverture à chevaux dont tu ne sais pas quand elle a été lavée pour la dernière fois.

Au fond de la cellule il y a des flaques, parce que tout le monde n'a pas forcément l'envie ou la discipline de pisser dans un bocal. Alors ça pue aussi la pisse. J'ai fait l'impasse sur tout ça et j'ai attendu l'interrogatoire.

Le grand chef de la brigade des stup' s'appelait M. Brecht. Ce type avait fait connaissance avec mon père la première fois qu'il m'avait arrêtée et interrogée. J'avais alors 13 ans, du coup l'interrogatoire était illégal parce que j'étais mineure et qu'un responsable légal aurait dû être présent. Ils m'avaient chopée en pleine nuit dans la rue. J'avais du LSD et du hasch sur moi, alors ils m'ont fait pisser dans un bocal. À l'époque, un test d'urine positif suffisait à vous faire coffrer. Alors ils m'ont coffrée et se sont dit : génial ! On va faire craquer la petite.

Ils m'ont gavée de cacao et de gâteaux, et ont fait comme s'ils appartenaient aussi au milieu. Ils m'ont donné l'impression qu'ils savaient exactement comment les choses se passent. Et puis ils ont sorti un gros dossier d'un vieux tiroir et m'ont montré des photos. À ce moment, j'étais encore en quête de reconnaissance et j'étais très impressionnée par ces hommes. Évidemment, j'ai balancé tout ce qu'ils voulaient.

Et puis mon père a déboulé. Ni bonjour ni merde. Il a juste dit qu'il venait me chercher et que tout ce que j'avais dit n'avait aucune valeur. Il avait raison, ils ont tout effacé. N'empêche, je lui suis encore reconnaissante de ce qu'il a fait là. Qu'il n'ait même pas attendu qu'on lui dise d'entrer, qu'il ait juste fait irruption comme ça.

Quand, dix ans plus tard, je me suis retrouvée dans le même bureau de la brigade des stup', il n'y avait personne pour venir me chercher. Mais entre-temps, j'avais appris à maquiller la vérité à mon avantage. J'ai donc expliqué à la police que je n'avais rien voulu vendre, juste vidé un bunker pour mon usage personnel. J'avais observé deux Arabes dans le parc de Hasenheide et j'avais pillé leur entrepôt quand ils étaient partis.

J'avais bien fait ça une fois, mais, cette fois-ci, ce n'était pas vrai. J'espérais n'être accusée que de détention de drogue, et pas de trafic. Mais à l'époque, mon avocat a fait une erreur. Il aurait dû savoir que le dealer était déjà en bas pour témoigner contre moi.

Alors j'ai dû passer devant le tribunal et je suis retournée dans cette cellule dégueulasse de la GeSa dans la Gothaerstraße. Et le lendemain matin, ce Brecht est arrivé, il est entré dans la cellule et m'a dit : « Alors comment va ton père, cette tête d'œuf ? » Je ne l'oublierai jamais. Puis il s'est accroupi devant ma couchette et a dit : « Alors Christiane, on va faire quoi là ? Tu vas aller au trou maintenant. »

Moi : « Eh ben allons-y, si c'est ce que vous voulez. »

Lui : « Il était temps. Sinon tu n'apprendras jamais. Les petits délinquants comme toi se prennent toujours pour des caïds. En taule, la réalité c'est autre chose, ma chère. » Je n'ai plus rien dit.

Évidemment, mon procès a été rapide : ce n'était pas le premier cette année-là. En mai, j'avais déjà été prise avec de la drogue sur moi et condamnée à une amende de 3 000 marks. Et maintenant que je me retrouvais encore là, je me disais : Putain, ils n'ont pas plutôt envie de s'occuper de vrais criminels ? Deux fois que je suis là, et je ne suis qu'une junkie. C'est quoi ce délire ?

Et c'est dans cette disposition que je suis arrivée devant le tribunal. J'étais habillée comme une sixième Rolling Stones ou la fiancée du rocker, avec mon jean déchiré et une veste de cuir blanc à franges. Aujourd'hui je comprends combien c'était à mon désavantage. Avec la tête que j'avais, c'est clair que je devais aller au trou.

Le jugement est tombé au bout de quelques heures. Quand j'ai entendu de la bouche du juge que j'étais condamnée à un an de taule, je me suis affalée sur mon siège sans même attendre que les autres se rassoient. Je pensais : Putain mais c'est pas vrai ! À qui nuit mon addiction, à part à moi-même ? Putain mais qu'est-ce qu'ils me veulent ?

Et puis le juge m'a proposé une alternative. Quand même. Je pouvais suivre une thérapie. Mais je ne cède pas au chantage : la taule ou la thérapie ? Ça ne marche pas comme ça avec moi. Ils m'ont envoyée en prison. Point.

Lorsque Anna a appris tout ça, elle a complètement flippé. Je n'avais encore jamais vécu ça : elle a aussitôt pris un avion et elle est arrivée de Suisse comme une folle. Entre-temps, on m'avait transférée à la prison de Moabit. Anna m'a rendu visite et m'a promis de me sortir de là. Et de fait : deux jours plus tard, les surveillants sont venus me chercher et m'ont relâchée.

Anna avait réussi à acheter ma liberté pour 15 000 francs suisses – avec l'assurance qu'elle me prendrait sous sa tutelle et me ferait suivre une thérapie à Zurich jusqu'au début officiel de ma détention. Trois mois plus tard, le 2 janvier 1986, je retournais en prison. En attendant, j'étais interdite de séjour à Berlin.

Alors Anna m'a ramenée en Suisse avec elle. Et elle a cru à mes mensonges, je lui avais dit que les accusations de la police étaient fausses. Comme personne d'autre ne se souciait de moi, j'ai rapidement fait venir mon copain Greg, et on s'est shootés tout le temps. Évidemment, je n'ai pas fait de thérapie.

Quand je me suis livrée à la police en janvier 1986, ils sont venus me chercher directement à la sortie de l'avion. Quelle connerie ! J'étais terriblement gênée, parce que tous les passagers me fixaient du regard, c'était très désagréable. Je disais : « C'est quoi ce truc ? J'étais en route pour me livrer, de toute façon. » C'était le premier de l'an, j'étais rentrée exprès un jour plus tôt pour aller chercher quelques affaires à l'appart.

J'avais quelques valises chez les Keel, et comme je ne savais pas ce qui se passerait après la taule, j'avais tout pris avec moi. Mais ils m'ont passé les menottes et ont fouillé mes bagages. Ils sont tombés entre autres sur un paquet de sextoys. Greg et moi étions équipés en godes et en menottes. Super gênant.

Par-dessus le marché, j'avais mes règles. Après avoir été embarquée menottée, je suis retournée à la GeSa, Gothaerstraße, encore une fois ce bureau répugnant, ce M. Brecht et son atroce gentillesse. D'abord la fouille au corps : on enlève tout ! J'ai dit que j'avais mes règles et que, ne supportant pas les tampons, je portais des serviettes hygiéniques.

Malgré ça, j'ai dû me mettre complètement à poil et me baisser. Tu t'accroupis, tu écartes les jambes et tu tousses. C'est comme ça qu'on vérifie si tu n'as rien de caché dans le vagin. Les policières disaient :

« Toussez encore une fois.

— Vous voulez que je vous pisse le sang sur le sol ?

— Toussez encore une fois s'il vous plaît !

— Arrêtez ! Ça veut dire quoi, ça ? Je ne vous ferai pas en plus le plaisir de devoir nettoyer par terre. » Et j'ai remonté mon pantalon. Une des fonctionnaires a ri. Pendant toute la chose, elle avait mangé son sandwich au pâté.

Je me suis retrouvée dans cette cellule dégueulasse de la GeSa, en attendant d'être transférée. Et qu'est-ce qui s'est passé alors ? Le conducteur du panier à salade était le père d'une camarade de classe de ma sœur. Dans le passé, ce type avait refusé que j'approche sa fille parce qu'il pensait que je pouvais avoir une mauvaise influence sur elle. Et c'est justement sur lui que je tombe, c'est lui qui me conduit en taule.

Nous nous sommes reconnus immédiatement : à 23 ans, j'avais la même tête qu'à 15. Mais il n'a rien dit, nous sommes restés silencieux pendant tout le trajet.

À Plötzensee, je n'étais pas assez cruelle. Je n'aime pas commander aux autres, les corriger, les insulter et leur taper dessus. Pas comme la Tollkühn. Son nom était déjà tout un programme : en allemand, ça veut dire à peu près « follement téméraire ». C'était une diablesse comme dans les livres. Anna Tollkühn. Grande, brune, massive.

Hommasse, les traits du visage très durs, des pieds immenses et des cheveux hirsutes qu'elle rasait différemment chaque fois qu'elle retournait en taule. Et chaque fois, elle a appris une nouvelle langue, à commencer par l'anglais et l'espagnol. Elle était si agressive qu'on la faisait rentrer dans la cellule avant ses camarades. Cette fois-ci, elle apprenait le russe. La Tollkühn était en permanence tellement tendue qu'elle avait toujours les épaules relevées, prête à frapper. On la foutait régulièrement en taule pour drogue, agression, homicide volontaire ou coups et blessures ayant entraîné la mort. Même sortie de prison, j'ai eu encore longtemps peur de cette femme. Quand je la voyais par hasard quelque part dans Berlin, je m'esquivais vite fait pour qu'elle ne vienne pas me parler. Avec elle, il n'y avait jamais de bonne réponse.

Au réfectoire, la table numéro un était occupée par la Tollkühn et ses sbires, une douzaine de femmes de son genre. Elles faisaient régner la terreur dans toute la prison.

La table numéro deux était la plus intéressante. On y trouvait les plus belles femmes, dealeuses, receleuses, prostituées ou d'autres, dont les super-cheftaines attendaient quelque chose : drogue, tabac, contact ou n'importe quoi d'autre.

Si tu étais obligée de t'assoir à la table numéro trois, t'étais la conne de service, autant rester dans ta cellule, sinon tu voyais l'infirmerie plus souvent que tu aurais voulu. Tollkühn and co te dégommaient pour de bon. Elles ne reculaient devant rien, même pas cacher des débris de verre dans ta bouffe ou te donner un coup de couteau. Mais surtout, elles n'arrêtaient pas de te donner des ordres et punissaient la désobéissance en te cognant.

Mais beaucoup plus subtile était la violence psychique. Elles te foutaient une trouille bleue, menaçaient tes enfants, ton mec, ta santé, elles étaient vexantes, humiliantes, elles te détruisaient jusqu'à ce que tu t'écrases et fasses tout ce qu'elles attendaient de toi. Servir les cheftaines, c'était une question de survie. Ou alors, tu faisais aussi bien d'aller te pendre tout de suite.

J'ai compris dès le premier jour où était ma place.

Parmi les détenues, le bruit courait déjà que Christiane F. avait été coffrée, avant même que je mette un pied dans la prison. Je ne sais pas si c'était de la jalousie ou si elles croyaient que j'étais dangereuse, en tout cas mon arrivée a représenté une menace pour beaucoup d'entre elles. C'est pourquoi elles ont voulu mettre les choses au point dès le premier jour, pour que je comprenne qui commandait dans la prison.

Elles ont monté contre moi une fille enceinte, qui est arrivée vers moi armée d'une pelle. Carrément perfide : d'un côté, tu ne peux pas la laisser te tabasser, de l'autre tu ne peux rien faire pour te défendre, sous peine qu'un coup de trop mette en danger la vie du bébé.

Je venais tout juste de sortir de la cellule d'isolement. Dans toutes les prisons, tu commences par l'isolement et un examen médical à l'infirmerie, où on cherche les maladies infectieuses. On te fait automatiquement un test VIH et une radio des poumons pour voir si tu n'as pas la tuberculose.

J'étais en pleine santé, et je me suis fait un thé dans cet endroit où j'allais passer dix mois de ma vie. Juste à côté de l'entrée de chaque couloir, il y avait une petite cuisine avec deux fours et huit plaques de cuisson accessibles l'après-midi et le soir. Il y avait aussi des frigos où chaque femme avait son casier pour ses propres vivres.

J'infusais mes feuilles de menthe, c'était en fin d'après-midi. Tout d'un coup, j'ai entendu derrière moi une voix avec un accent russe : « Tiens mais c'est qui, ça ? » Devant moi se tenait une femme, petite, la tête plate, des poils noirs sur le visage, vraiment une sale gueule.

Je me suis dit qu'elle revenait juste d'une activité de travail en prison, parce qu'elle avait une pelle dans une main, un balai dans l'autre. Elle avait l'air en sueur, ses cheveux blond foncé poisseux de gras. J'avais envie d'éclater de rire devant son pantalon beige (on aurait dit un sac), son nez en patate et sa silhouette terriblement trapue, mais j'ai vite remarqué qu'elle n'était pas venue pour rire et qu'elle n'avait pas le sens de l'humour.

Malgré tout, je ne voulais pas être impolie, alors j'ai posé ma tasse et ma bouilloire, je suis allée vers elle et je lui ai tendu la main droite. « Moi, c'est Christiane », voulais-je dire, mais je me suis rendu compte d'un coup que, manifestement, elle le savait déjà : elle a jeté son balai par terre et a levé sa pelle sur moi. J'étais encore hors de portée, et le métal a heurté violemment le mur, à gauche de la porte. Verre blindé, super épais. On ne voyait pas un éclat, mais la pelle aurait réduit ma tête en bouillie si elle m'avait atteinte.

« Olga est enceinte. » C'était une voix de femme, j'ai su après que c'était celle de la Tollkühn. Aucune idée de ce qu'elles me voulaient, je n'ai pas eu la moindre occasion de réfléchir et encore moins de comprendre.

Olga venait de la Russie blanche, elle avait été coffrée pour délits de drogue et coups et blessures aggravés. Quand elle a frappé une seconde fois, j'ai esquivé, la troisième fois elle a lancé son arme : j'ai juste eu le temps de me pencher, et le truc est passé au-dessus de ma tête et a heurté les étagères de la cuisine. Ça a fait un boucan énorme, les casseroles et les verres ont volé en éclats sur le sol de béton armé. Puis les surveillants sont enfin arrivés, ils avaient entendu le bruit. « On a juste fait un peu de rangement », a dit Olga en levant les mains au ciel d'un air innocent, et elle est partie.

C'est seulement à ce moment que j'ai remarqué que j'avais une mauvaise éraflure à la tempe gauche, sinon rien. Évidemment, j'ai raconté aux surveillants ce qui s'était passé. Qu'est-ce qu'ils pouvaient faire ? Coffrer Olga ?

Le bâtiment sur le Friedrich-Olbricht-Damm s'appelle aujourd'hui JVA Charlottenburg, c'est une prison d'hommes. Les juges d'application des peines et les détenues avaient déménagé un an avant mon incarcération, qui a eu lieu en janvier 1986, et étaient passés de la Lehrter Straße à « l'institution carcérale féminine la plus moderne et la plus sûre d'Europe », comme on disait à l'époque. On l'avait construite parce que la prison de la Lehrter Straße était complètement délabrée. De plus, beaucoup de terroristes importantes s'étaient échappées de là au milieu des années 1970, c'est pourquoi on avait construit sur un immense terrain de 40 000 mètres carrés sur le Friedrich-Olbricht-Damm. La prison était sécurisée par un mur de cinq mètres de haut, garni de cinq miradors dans lesquels se tenaient parfois des policiers armés qui dominaient la situation.

Pas question de s'évader, même pas pour la Tollkühn. On pouvait soi-disant loger 300 femmes. Mais la moitié des lits étaient toujours vides. J'avais une chambre individuelle. Ça m'allait très bien, je ne voulais pas me mélanger, juste avoir la paix.

Mais la paix, tu ne l'as pas si facilement dans une prison, tu dois la mériter. Je l'ai obtenue en échange de quelques grammes d'héroïne.

Une copine à moi avait passé 50 grammes d'héroïne dans la prison. Les flics sont capables de prendre un avion d'assaut, mais trop cons pour fouiller correctement une dealeuse réputée. « Toussez s'il vous plaît ! », comme les flics de cette putain de GeSa avaient exigé de moi. Ça ne sert à rien si tu as des paquets entiers dans le bas-ventre. L'amateurisme des fonctionnaires qui avaient incarcéré ma copine, ça a été ma chance.

Cinquante grammes, c'est plus que la ration mensuelle d'un junkie hardcore. Mais en taule, tu ne peux pas être shootée tout le temps, sinon ça se voit tout de suite. C'est pour ça que ma copine m'a passé presque la moitié de son héroïne, et j'ai été assez maline pour bien choisir celles à qui j'allais en redistribuer une partie. En détention, presque tout le monde consomme des drogues dures. Presque personne ne fume des joints ou boit de l'alcool, il n'y a que de vraies victimes de l'héroïne et du crack, qui ne savent même pas ce que c'est que se faire un trip au LSD ou à l'ecstasy.

Quand tu as de la drogue, tu dois avoir la tactique pour la distribuer intelligemment. Derrière les barreaux, tu ne peux pas triper toute seule, sinon t'es morte.

Bien sûr, j'ai proposé à la Tollkühn. Enfin, pas directement, je ne voulais pas non plus qu'elle pense que je voulais me rendre sympathique, elle aurait abusé de la situation.

L'air de rien, j'ai raconté à sa meilleure copine, une très sale bonne femme qui avait été coffrée plusieurs fois pour vol qualifié et coups et blessures ayant entraîné la mort, que j'avais du matos, et que je le distribuerais bien parmi les filles avant que les flics ne le trouvent. Peu de temps après, elle est venue me voir de la part de la Tollkühn et m'a demandé combien je prenais pour un gramme.

Je ne lui en ai pas fait cadeau, fallait pas qu'elle pense qu'elle aurait quoi que ce soit à l'œil.

Je lui ai demandé 20 balles, beaucoup trop peu, mais en prison personne n'a beaucoup d'argent. Mais je voulais encore autre chose : qu'à l'avenir, elle fasse en sorte que les furies en cloque armées de pelle se tiennent à carreau.

Ça a fonctionné. À partir de moment-là, mes relations avec la Tollkühn, sans être particulièrement sympathiques, ont reposé sur quelque chose comme un respect mutuel.

En prison, plus de détenus qu'on ne pense ont de quoi se piquer. Mais la plupart fument la came ou la sniffent. Bien sûr, quand de la drogue circule en prison, la tension monte à un moment ou à un autre. C'est clair. Les gens deviennent extrêmement nerveux quand ils savent qu'il y a de la drogue. Il y a eu des bagarres et des chantages, finalement quelqu'un a soufflé aux surveillants que de la drogue circulait. Presque tout le matos a été confisqué, sauf le mien parce que je n'avais gardé que deux grammes et que je me les suis enfilés immédiatement. Après ça, je n'ai plus rien eu à voir avec ce truc.

En tout cas officiellement, pour les surveillants. Les détenues savaient évidemment d'où venait la came, ce qui me conférait un certain respect de leur part. À la cantine, je suis passée à la table numéro deux.

Mon boulot à l'entretien m'a aidée aussi à ne pas me retrouver tout en bas de la hiérarchie carcérale. J'étais celle qui rangeait, lavait et distribuait la bouffe. Ça a duré un moment avant que je me rende compte quelle fonction j'avais là. Les autres me refilaient toujours des trucs en secret – lettres, drogues, petits cadeaux, sucreries ou tabac. Je n'avais rien à faire, juste à les transporter. La plupart du temps, la destinataire était au courant et savait où l'expéditeur avait caché le contenu de l'envoi – par exemple sous les freins d'un chariot, sous une tasse ou dans la bouffe du destinataire. Je n'allais pas de cellule en cellule, je passais de quartier en quartier en poussant un chariot avec les plats. Ou alors chacun venait chercher auprès de moi sa bouffe personnelle à la cuisine – et son petit cadeau.

Quand j'ai pris conscience de la position que j'avais, je m'en suis servie à mon avantage quand il le fallait. Il m'arrivait de dire à l'une ou à l'autre : « Fais gaffe, ma jolie, si tu ne me fous pas la paix, je ne passerai plus tes lettres à ta copine. »

Bien sûr, je n'étais pas seule, les quartiers sont séparés par des portes verrouillées, on ne passe pas comme ça de l'un à l'autre. Il y avait toujours un ou une surveillant(e) pour m'ouvrir.

Malgré tout, c'était un poste de confiance, parce qu'on entre en contact avec les détenues des autres quartiers. Mais on ne peut pas tout se permettre. Par exemple je n'acceptais pas les lettres des « séparées ».

Les « séparées » sont des détenues incarcérées pour le même crime et qu'on sépare pour qu'elles ne puissent pas communiquer. Quand des séparées voulaient me refiler quelque chose, il fallait que je m'en débarrasse, le faire tomber du chariot d'un coup de coude ou un truc du genre. Si les gardiens des clés te chopent, tu perds ton boulot et aussi le respect des camarades ; parce que si tu fais pour les autres un truc qui peut te coûter ta propre tête, tu passes pour une nulle. Les matons qui nous ouvraient les cellules n'étaient pas non plus complètement débiles.

En prison, tu te réveilles le matin et tu ne sais jamais exactement de quoi sera faite la journée. Contre la monotonie, il y a toujours quelqu'un qui se débrouille pour que quelque chose d'excitant se passe.

Une bagarre, une livraison de drogue ou un suicide. En tout cas, on ne s'ennuie jamais.

Pour les planques et les cachettes, on était les meilleures, mais il nous est arrivé de galérer à cause de ça. Une fois, j'avais demandé par téléphone à Miriam de Hambourg de m'envoyer un peu de haschich. Quand le colis est enfin arrivé une ou deux semaines plus tard, j'ai cru que j'allais devenir dingue à force de ne pas trouver le matos. J'ai même commencé à penser qu'elle n'avait pas osé le mettre dedans parce que dans ce genre de cas l'expéditeur a lui aussi des problèmes avec la justice.

Mais je continuais à chercher et, avec ma copine Liane Mayer, j'ai déplié chaque bout de papier, défait méticuleusement chaque emballage. Miriam avait mis dans le colis des Toffifee[1], des chewing-gums, du thé

1. Friandises allemandes à base de caramel, de chocolat et de noisettes. (*N.d.T.*)

Earl Grey, une cartouche de Marlboro et des protège-slips. C'est seulement après avoir ouvert le dernier paquet de Marlboro, après avoir sorti et examiné chaque cigarette une à une, qu'on a fini par trouver ma came : Miriam avait coupé l'extrémité inférieure de quatre cigarettes et remplacé le tabac par du haschich.

En temps normal, cette quantité m'aurait duré au maximum une semaine. Mais en taule, tu ne peux pas fumer comme tu en as envie, et ça nous a permis de tenir deux mois à Liane et moi – du coup la fumette était toujours un moment un peu spécial et on s'en frottait les mains d'avance.

Et puis on trouvait ça hyper marrant de jouer aux plus malines avec les gardiens, de trouver des combines pour que personne ne remarque qu'on fumait. Le haschich est fait à partir du chanvre : les feuilles de cette plante, quand elles sont séchées, sont appelées marijuana ou herbe et on les fume comme du tabac, alors que le haschich est extrait de la résine du chanvre et est transformé en huile ou compressé pour en faire des blocs qu'on appelle shit ou plaquettes.

On peut l'émietter pour s'en faire un joint ou bien le fumer dans un bang. Aucune des deux possibilités n'aurait été assez discrète pour la prison, c'est pour ça qu'on utilisait un stylo. On mettait un petit bout de la plaquette sur la cendre chaude de nos cigarettes et on prenait un stylo à bille sans mine pour inspirer.

Je ne cachais pas nos réserves dans ma cellule, elles auraient disparu en moins de deux. Je ne gardais pas non plus le matos sur moi, je préférais le planquer dans l'encadrement d'une fenêtre. Un tas de couloirs de la taule n'étaient pas encore occupés, à l'époque, le bâtiment venait juste d'être construit. Mais il fallait tout de même nettoyer les parties vides de temps à autre. Alors tous les quinze jours, avec la deuxième femme de ménage qui faisait le boulot avec moi, je lessivais les couloirs et je faisais la poussière sur le mobilier en contreplaqué des cellules qui n'étaient pas utilisées. Dans ces moments-là, les gardiens n'étaient pas avec nous, ils nous enfermaient simplement dans les zones à nettoyer pendant qu'on était en train d'astiquer. Du coup je pouvais y cacher tranquillement ma dope.

On avait le droit d'emporter un petit poste de radio avec nous, je l'allumais et, dès que ma collègue avait le dos tourné, j'ouvrais une des fenêtres, je coinçais mon petit paquet de haschich sous un joint en caoutchouc et je refermais la fenêtre.

Je ne suis pas quelqu'un qui a besoin de posséder, je ne supporte pas les gens comme ça. Par contre, c'est important pour moi de savoir, par exemple, qu'un peu de came est bien planquée là où je l'ai mise. Tout de suite, je me sens mieux. Je ne pète pas les plombs dès qu'on m'empêche de fumer, même des cigarettes. Je suis capable de patienter sans problème. Mais pour ça, il faut que je sache que ça m'attend quelque part.

Nous avons aussi fabriqué nous-mêmes, notre alcool. On dévissait une plaque de Placoplatre du faux plafond et on cachait nos réserves là-haut. Pour la macération, nous utilisions des bidons à savon vides, nous les remplissions d'eau, de levure de cuisine, de pommes en tranches ou de cerises. Au bout d'une semaine, on pouvait boire le truc. La seule qui pouvait fournir les bidons, c'était moi, l'employée de maison.

Et puis il y a eu Tchernobyl, et j'ai cru que j'allais mourir. Pourtant, à l'intérieur, nous n'avons presque rien su. À vingt heures, il fallait fermer les cellules, silence. J'avais un droit de circulation de six heures du matin à vingt heures, ce qui veut dire que pendant la journée je pouvais sortir de ma cellule et aller travailler ou faire du sport. Le week-end, c'était jusqu'à vingt-deux heures et, quand il faisait particulièrement beau, les femmes avaient même le droit de bronzer dans la cour. Quand nous avons entendu dire qu'un accident nucléaire avait eu lieu en Ukraine, sans aucune précision – il n'y avait pas de télé dans les cellules à l'époque –, certaines d'entre nous ont paniqué.

Nous imaginions que les agents pénitentiaires prendraient leurs jambes à leur cou, quitteraient le pays et nous planteraient là, enfermées. Nous nous demandions ce qu'il adviendrait des détenues. Ils ne nous relâcheraient certainement pas.

Une réelle inquiétude régnait à Plötzensee, parce que nous ne savions rien. Quelques jours après la catastrophe, je devais balayer dehors. Mais il a commencé à pleuvoir, alors j'ai fait grève : « Non, il n'y a aucune raison que je travaille sous une pluie radioactive. Pour avoir dealé un peu, j'ai pas mérité une peine comme ça. » C'est ce que j'ai dit à la direction de la prison. Vu la situation, il n'y a pas eu de problème.

Avec mon salaire, j'ai acheté des litres de lait. Tout mon argent y est passé parce qu'on disait que c'étaient surtout les légumes et le lait qui étaient contaminés. Je croyais que le lait en boîte avait été épargné à cause de la pasteurisation. J'ai appris des années plus tard que c'était faux. Enfin bon, je me suis crue maline, j'avais 20 boîtes dans ma cellule. Ça a été régime au lait en boîte pendant deux semaines.

Et puis la fin du monde n'a pas eu lieu, même si pendant des années on n'a pas su exactement la gravité des conséquences de cette catastrophe. On ne pouvait plus rien manger, ni cueillir des champignons. La bouffe de la prison a été elle aussi adaptée aux mesures de sécurité. Nous ne trouvions pas ça évident, ça nous a plutôt étonnées. En période de crise, nous disions-nous, la société doit être plutôt contente de se débarrasser des méchants en leur refilant de la bouffe contaminée.

À boire, il n'y avait que du café et du thé. Le reste, on ne pouvait pas se le payer. Certes, il y avait du Coca et de l'apfelschorle, mais c'était trop cher. L'eau du robinet était gratuite, le café soluble et le thé étaient bon marché. Un Coca coûtait trois marks. Si tu n'avais pas de job en prison, tu ne pouvais pas te le payer.

J'ai rarement été en meilleure santé, physiquement et moralement, que pendant ces mois en prison. Le sevrage de l'héro et de l'herbe ne m'a pas été difficile. Là-bas, tout est différent.

Tu n'as pas les soucis qu'on a à l'extérieur. En taule, tu n'as pas un prof qui te crie dessus parce que tu n'es pas encore complètement réveillée à huit heures du matin et que tu te tiens la tête dans les mains. Les gens ne se réduisent pas aux erreurs qu'ils ont faites, parce que c'est à cause de ces erreurs que nous sommes tous là. En taule, tu n'as pas à prendre ton petit déjeuner toute seule parce que tes parents n'ont pas le temps, tu n'as pas à t'expliquer devant les voisins, la presse, la police. Pas d'impôts, pas de faux amis bourrés, pas de critique, tu n'es pas observée et jugée par les autres.

En prison, je me suis souvent sentie plus libre que lorsque j'étais en liberté.

Si j'avais pu prendre avec moi mon chien Poncho, je serais même restée plus longtemps. La taule est peut-être un cauchemar pour les autres, pour moi c'était le rêve !

J'avoue que la Tollkühn a essayé quelques fois de me pourrir la vie. Elle trouvait toujours un truc qui la dérangeait, de manière absolument imprévisible. Un jour, en récurant la cuisine, j'ai écouté la radio trop fort pour elle. J'ai eu droit à un procès expéditif : elle a jeté la radio dans le seau d'eau.

Mais ça n'était pas suffisant, elle m'a pris par le col et m'a avertie de ne plus jamais l'énerver avec ma musique de merde. C'était *Land of Confusion* de Genesis qui passait à la radio. Ça venait de sortir. Ce n'est que bien plus tard que j'ai fait attention aux paroles, et j'ai remarqué ce que disait Phil Collins : qu'il y avait sur terre bien trop de gens qui font des problèmes, et pas assez d'amour. Je ne sais pas du tout si c'est le texte qui la dérangeait, ou si la chanson n'était pas assez rock pour elle.

En prison, je travaillais même volontiers, plus volontiers que dehors. Parce que je ne sentais pas la pression de devoir prouver quoi que ce soit à qui que ce soit, de devoir remplir des exigences, de suivre des normes et de me soumettre à des évaluations.

Ce genre de choses me bloque, parce que je n'ai pas assez confiance en moi.

En prison, personne ne te force à travailler, ils ne te proposent même pas un job spontanément. Tu dois faire la demande toi-même, donner ton CV et passer un court entretien d'embauche. Mais j'avais appris ça pendant ma formation de libraire, ça a été facile. J'ai postulé parce que je voulais sortir de ma cellule, parce que sinon je me serais trop emmerdée.

Évidemment, j'avais de l'argent sur mon compte, à l'extérieur. Ma mère, qui avait encore une procuration à l'époque, aurait pu m'en apporter. Mais je voulais avoir quelque chose à faire. Et si je pouvais en plus gagner quelques marks, encore mieux !

Mon premier boulot, c'était à l'atelier de menuiserie. Le contremaître était hyper gentil, mais le travail était atroce, parce que je ne suis vraiment pas douée de mes mains. Mon premier travail a été de fabriquer une coupe à fruits, ce qui en soi peut être génial. Mais pas pour moi. On m'a donné un gros morceau de bois, je devais creuser, poncer et limer. J'ai poncé partout pendant des heures – jusqu'à en avoir mal aux mains. Mais j'avais beau faire tous les efforts possibles, ma coupe à fruits est restée tordue et bancale.

Si on veut être gentil, on peut dire que j'avais fait de l'art. Mais à vrai dire, c'était bon à jeter.

Les seaux, les caisses et les étagères fabriqués par les détenues dans les ateliers de la prison finissaient par atterrir sur le marché aux puces d'à côté. On ne pouvait proposer mes « œuvres » à personne. Alors je les ai jetées.

Je n'ai pas eu plus de succès avec les palettes de couleurs. Je devais apprendre les couleurs, les transitions, les mélanges, etc. Mais je suis quand même capable de juger ce pour quoi j'ai un don et ce pour quoi je n'en ai pas. Au bout de trois semaines, j'ai dit : allez, ça ne donnera rien ! Comme tout le monde est bien content d'avoir un boulot en prison, je n'ai démissionné de l'atelier de menuiserie qu'une fois que j'ai été prise pour le boulot d'entretien. J'ai gardé ce job jusqu'à ma libération.

Celle qui m'a succédé était une nouvelle venue, on disait d'elle qu'elle avait les dents jaunes parce qu'elle avait mordu son mari jusqu'à l'os.

Deux jours avant qu'elle arrive chez nous, nous avions lu dans le journal qu'une mère de Moabit était en préventive pour avoir, avec l'aide de ses quatre enfants, tué son mari et s'en être débarrassée à la cave. Il y avait deux journaux dans la prison, la *Berliner Zeitung* et le *Tagesspiegel*, et en lisant l'actualité criminelle, nous savions à l'avance qui allait bientôt arriver chez nous.

L'article de la *BZ* disait que toute une famille avait liquidé le père. Ça devait être un porc alcoolique qui les maltraitait. En tout cas, son cadavre avait commencé à puer, ce qui a alerté les voisins. Et la mère, qui a débarqué chez nous, avait des dents atrocement jaunes. « C'est parce qu'elle a rongé des os », a dit une fille pour plaisanter, et les autres ont surenchéri. Mais cette femme avait du répondant et elle s'est bien défendue contre les sales blagues. Elle répondait seulement : « Tu parles, même le chien n'en voulait pas du vieux, tellement il était répugnant ! »

Il n'y avait pas de véritable bureau de tabac en taule, mais une liste des articles écrite sur un carton, comme un menu de restaurant. Une fois rentrée dans ma cellule, j'avais tout le temps de calculer combien de tabac je pouvais m'acheter avec ce que j'avais gagné. Il fallait bien réfléchir, parce qu'on ne pouvait faire des achats que deux fois par mois. Les vendeurs venaient toutes les deux semaines : les prix qu'ils pratiquaient, c'était du vol. C'est pour ça que j'ai toujours bien préparé mes achats.

Et alors il s'est passé ce qui devait se passer : je suis tombée amoureuse d'une femme. Une surveillante. Elle s'appelait Mme Blume. Ça veut dire « fleur » en allemand… Il faut bien que l'amour s'épanche quelque part. J'avais le cœur qui battait quand je la voyais. Elle était petite, mignonne, bien entraînée, les cheveux courts blond foncé. Mais pas hommasse, elle avait des yeux noisette très doux et les traits de son visage étaient fins. Plutôt le genre de la jeune mère dynamique. Elle donnait l'impression d'être aux petits soins, de ne pas nous juger et de traiter chacun individuellement, selon ses besoins.

De temps en temps, c'était au tour de Mme Blume de m'accompagner dans ma tournée, alors je passais quelques heures avec elle à mes côtés. Comme son nom l'indiquait, elle sentait super bon, comme un bouquet de fleurs fraîches. À chaque fois, j'avais des picotements dans le ventre quand elle travaillait avec moi, à la fin je ne pensais qu'à une seule chose : quand reviendra-t-elle ?

En taule, tout le monde s'accroche à quelque chose. Pour la plupart, nous n'aurions aucun lien entre nous si nous n'étions pas enfermées ensemble. Et, inconsciemment, tu crées une sorte de lien, tu te donnes l'illusion que tu ressens vraiment quelque chose pour tous ces gens, qu'ils sont ta famille et tes amis. Tout au moins, c'était comme ça pour moi, et je crois que c'était comme ça pour la plupart.

Mme Blume souriait tout le temps, je crois que je l'aurais beaucoup aimée même à l'extérieur. C'était une bonne personne. Sévère, naturellement. Mais bonne. Ça me plaisait. Même si en principe je n'aime pas les femmes qui travaillent dans les prisons. Ça use vraiment, tu dois en avaler des vertes et des pas mûres, et ça ne fait pas de bien à la plupart des femmes. Nous sommes des êtres sensibles, et je crois que nous ne sommes pas vraiment nous-mêmes quand nous devons réprimer cette sensibilité. Ce sont les émotions qui nous rendent belles.

Malgré son boulot, Mme Blume était très sensible et, évidemment, elle avait remarqué que j'avais des sentiments pour elle. Peut-être n'était-ce pas la première fois que ça lui arrivait, vu comment elle réagissait. Elle ne m'évitait ni ne m'obligeait à parler, elle ne me traitait ni bien ni mal.

Elle était attentive à moi parce qu'elle respectait la façon dont je réagissais à la solitude en prison. Ni plus ni moins.

Mais du coup, je me sentais moins conne que si elle m'avait plantée là froidement ou même m'avait poussée à parler. Elle n'était pas assez méchante pour ça.

C'est tout ce qu'il y a à raconter. Il ne s'est rien passé de plus. Après ma libération, j'aurais pu essayer de l'approcher encore une fois. Mais j'étais dehors, et dehors, tout est différent. En tout cas, ça a été sympa de sa part de ne pas m'humilier, dans sa position ça aurait été facile.

Dans ma cellule, la nuit, j'écrivais des pages et des pages de lettres. En tout, j'ai reçu 425 lettres en prison, et j'en ai envoyé environ 500. Il y avait des lettres de fans, mais surtout d'amis et de mon amoureux par correspondance, Gode Benedix.

J'avais fait sa connaissance au Dschungel. C'était cette boîte délirante à Berlin-Schöneberg, restée culte jusqu'à ce que la scène techno berlinoise s'élargisse, au début des années 1990, après la chute du Mur. À l'époque, on disait que le Dschungel était l'équivalent berlinois du Studio 54 à New York. Souvent, en hiver, des dizaines de personnes faisaient la queue en grelottant, espérant qu'on les laisserait entrer. Pour moi ce n'était pas un problème, la plupart des videurs me connaissaient. Iggy Pop faisait la fête au Dschungel, tout comme Carlos Santana, Romy Haag et David Bowie, que j'adulais depuis l'âge de 14 ans.

Évidemment, Bowie ne venait pas aussi souvent que moi – entre-temps il ne vivait plus à Berlin mais à New York. Nous nous connaissions, mais malheureusement nous n'échangions que quelques mots insignifiants, il n'a jamais semblé possible d'aller plus loin. Je ne parlais pas bien anglais et j'avais un peu peur qu'il ne m'aime pas.

Récemment, pour son soixante-sixième anniversaire, Bowie a sorti une chanson sur Berlin et le Dschungel : elle s'appelle *Where are we now.* Et j'ai envie de répondre : toujours au même point, là où nous en étions alors.

À l'époque, Ben Becker, le gendre de Sander, fréquentait souvent le Dschungel. Otto y traînait aussi, on le trouvait régulièrement sous la table. Gode, c'était différent : pendant des années, il s'est tenu à l'entrée du Dschungel, près de la caisse, en costume-cravate. Videur et caissier en une seule personne. Et c'était un pote de Ben.

Au début, je n'ai pas trop osé m'approcher de Gode, je pensais : celui-là, c'est la taille au-dessus. Il portait de préférence du Vivienne Westwood et faisait des virées à Londres avec ses copains pour aller jeter un œil sur les nouvelles collections. Ils étaient toujours fringués à la mode, trop cools. Gode était aussi DJ et musicien dans un groupe.

Mais une fois en prison, j'avais prié un ami de demander à Gode si je pouvais lui écrire. Il a accepté, nous nous sommes rapprochés, même s'il ne m'a jamais rendu visite, je ne voulais pas. Nous nous sommes écrits au moins trois fois par semaine. Nous utilisions toujours le même papier à lettre. Et peu à peu, des petits nœuds ont orné les enveloppes, des petits cœurs ou des baisers au rouge à lèvres.

Nous ne nous y faisions pas des déclarations d'amour, nous nous tenions simplement au courant de ce que nous vivions. Je lui écrivais les observations que j'avais faites sur la prison et qui me marqueraient pour toujours, et lui me racontait les dernières histoires du Dschungel, de son envie de faire une carrière d'acteur en plus de la musique, comme Otto Sander.

C'est pour ça que, quand je suis sortie, c'est comme si nous avions passé ces dix mois ensemble. Nous nous étions vraiment rapprochés.

J'écris mieux que je ne parle. Quand j'aime quelqu'un, il m'est incroyablement difficile de lui parler directement, parce que j'ai peur d'être rejetée.

Alors je regarde par terre parce que je suis intimidée, je gigote beaucoup et je bégaie, c'est atroce, dans ces cas-là je ne m'aime pas et je crains que celui qui est en face de moi ne m'aime pas non plus. Par écrit, tout est beaucoup plus facile, parce que je peux recommencer du début si quelque chose ne me plaît pas. Et si aucune réponse n'arrive, je peux me persuader que ce n'est pas à cause de moi, mais d'un manque de temps.

Les dix mois à Plötzensee ont vite passé pour moi, je ne les ai pas trouvés si terribles, et puis on s'habitue à tout. Le psychisme a vraiment de bons mécanismes de défense, de telle sorte que dans les situations difficiles, on se raccroche aux belles choses. Même si on s'illusionne. Ce sont des mécanismes de refoulement qui vous aident. Voir ce qui est bien dans ce qui va mal, ça rend les choses un peu plus supportables.

J'ai eu des visites aussi. Miriam et Guido, mes colocataires de Hambourg, sont venus, et beaucoup d'autres amis du milieu à Berlin et à Zurich. Nina Hagen, et même Hector Coggins a fait une apparition. Incroyable ! Il était en Allemagne pour une exposition de ses œuvres, et il avait demandé à Alexander Hacke comment j'allais. Quand Alex lui a dit que j'étais en taule, Hector est passé. Il trouvait ça cool de me voir derrière les barreaux. Ça a dû l'inspirer d'une manière ou d'une autre.

À ma libération, il s'est avéré que j'avais été extrêmement économe, il me restait 800 marks à toucher. J'ai quitté Plötzensee avec tout un tas d'énergies positives. En plus de mon nouvel amour, c'était une nouvelle chance de m'en sortir sans héro à l'avenir. J'étais clean depuis dix mois.

Aussitôt dehors, nous nous sommes mis ensemble, Gode et moi, et je suis tombée enceinte de lui. Ça m'avait vraiment surprise, et quand je lui en ai parlé et lui ai demandé ce que je devais faire, il m'a dit seulement : « C'est toi qui sais. » Il était clair qu'il ne s'en occuperait pas. Alors j'ai avorté, à l'époque je ne me sentais pas capable d'assumer ça toute seule.

J'avais 25 ans, lui aussi. Plus tard, j'ai regretté cet avortement, mais quand un homme te dit : « C'est toi qui sais », tu sais à quoi t'en tenir.

Comme Ben et Gode étaient inséparables, celui-ci considérait un peu Otto Sander comme son père adoptif. Et nous étions souvent dans la maison de cette dynastie d'acteurs. Les Sander étaient plus hospitaliers que sympathiques : je crois que ni Monika, la mère de Ben, ni sa sœur Meret ne me supportaient vraiment. À l'époque, j'étais sûre que Meret avait flashé sur Gode. Mais elle avait sept ans de moins que lui, il la voyait plutôt comme sa petite sœur. Du coup, Meret a épousé un mec dont j'avais été la première copine : Alexander Hacke, le guitariste et bassiste des Einstürzende Neubauten. Gode et les autres sortaient aussi avec les mecs de Depeche Mode. À l'époque, ils habitaient à Berlin et traînaient le plus souvent au Damaschke Nachtclub, le DMC, une boîte qui ressemblait à des chiottes géantes. Tout était carrelé. C'est là qu'on se retrouvait.

Il y avait aussi Fetisch, le musicien et DJ d'avant-garde. Et sa sœur. Ces deux-là étaient orphelins, si je me souviens bien, ils ont dû vivre la hantise de tous les enfants : les parents sont allés au théâtre et ils ne sont plus jamais rentrés à la maison. Sur le chemin du retour, ils se sont pris un arbre en bagnole. Les enfants en ont bavé, et à ce que je sais Fetisch se bat encore aujourd'hui avec la drogue et autres tendances autodestructrices. Mais en bons frère et sœur, ils se sont toujours soutenus.

Elle (entre-temps j'ai oublié son nom), j'avais peur qu'elle me pique Gode. C'était une fille géniale, avec d'épais cheveux sombres, et directe. Comme la vie ne lui avait pas fait de cadeau, elle prenait ce qui lui revenait, mais d'une manière franche et honnête.

Pour finir, il y avait dans la bande ce Plez et son groupe, Hong Kong Syndikat. Il paraît qu'ils avaient besoin d'un guitariste qu'ils puissent exhiber – et surtout un prétexte pour éloigner Gode de moi. Pourquoi, je n'en sais rien, ils avaient l'impression que je nuisais à leur image. Ils l'appelaient sans cesse pour qu'il participe à toutes sortes de concerts du groupe. C'est ce qui est arrivé quand nous étions ensemble en voyage en Grèce.

6

Les îles de l'espoir

Pourquoi nous avions choisi la Grèce, je n'en ai plus aucune idée. En tout cas, nous avions emporté beaucoup trop de bagages, parce que je n'avais jamais passé des vacances à la plage. Je ne savais pas de quoi j'aurais besoin. Du coup, nous avions pris trois valises, pour trois semaines. Y compris les talons hauts, le maquillage et les bijoux. Que des trucs superflus. Que je n'ai jamais utilisés.

Surtout pas les trois premiers jours. Je n'avais pas voulu passer d'héro dans l'avion et, arrivée en Grèce, j'étais sévèrement en manque. Je n'ai pas arrêté de gerber et de chier, impossible de dormir.

Pendant ces nuits de manque, la Grèce m'a fait une impression atroce. Allongée, en sueur, je me tordais de douleur sur un lit en métal qui grinçait, dans une petite pension de Paros. Il n'y avait pas de télé, et la chaleur moite me tuait. Chaque nuit, je devais me taper les coqs qui chantaient et les mulets qui braillaient. Sans rien à quoi m'accrocher, dans un pays totalement étranger, et par-dessus le marché des cocoricos et des hi-han. Tu les entendais à des kilomètres.

Le troisième jour, j'ai dit à Gode qu'il devait au moins aller à la plage. Mais lui aussi était complètement mort, et pourtant il ne se droguait pas. En Grèce, une fois redescendu de l'agitation de la grande ville, il s'est rendu compte pour la première fois qu'avec son métier de DJ, il voyageait tout le temps, buvait trop et ne mangeait ni ne dormait assez. Gode était aussi mort que moi, mais d'une autre façon.

Nous avons donc passé les quatre, cinq premiers jours au lit. Et puis, au moment où nous aurions enfin pu nous reposer de toute cette merde berlinoise, ils l'ont appelé et il est reparti pour de bon.

Je lui ai dit : « Si tu pars maintenant, c'est pour toujours. »

Je crois que ça aurait vraiment pu marcher entre nous. Aujourd'hui encore, sa femme est sur ses gardes quand nous nous croisons par hasard dans la rue. Mais à l'époque, ça s'est passé comme ça. Il a pris l'avion et, en guise d'adieu, je lui ai refilé mes bagages superflus.

Après son départ, j'ai monté ma tente près d'une taverne, sur la Pounda Beach, une petite localité près de Logaras. Logaras et Golden Beach, sur l'île grecque de Paros, sont de magnifiques et vastes plages de sable, à l'est du port de Parikia. Le sable est blanc, l'eau turquoise et, quand le ciel est clair – et c'était à cette époque presque toujours le cas –, on peut observer au loin, sur l'île voisine de Naxos, les va-et-vient des ferrys. Naxos, comme Paros, fait partie des Cyclades ; c'est l'île où Ariane fut abandonnée, après avoir aidé le beau Thésée à tuer le Minotaure. Plus tard, je me suis souvent retrouvée dans ce mythe – aveuglée par l'amour, confiante dans les promesses d'un homme, et puis plantée là, toute seule.

Le propriétaire de l'endroit était un vieux communiste grec qui ressemblait à Karl Marx, avec sa longue barbe grise et sa crinière. Il avait épousé une femme de Hambourg et engagé un serveur berlinois. L'ambiance était super détendue, on se faisait même marquer les boissons, et il y avait de la musique en permanence. Les clients pouvaient mettre leur cassette dans le petit magnétophone posé sur le bar et, toute la journée, on écoutait Bob Marley, les Rolling Stones et les Allman Brothers – tout ce qui, en 1987, rappelait le bon vieux temps. Mon séjour à Paros, c'était de la pure détente.

Sur la plage, toutes les femmes regardaient ce grand Grec toujours accompagné de sa chienne Negrita. Il était très sec, et pourtant il avait l'air fort. Il portait juste un short sombre et de vieilles sandales de cuir brun. Il ne semblait même pas remarquer les touristes. Il vivait là, sur la plage, mystérieux, dans un arbre creux. Je rêvais d'avoir un copain avec un chien. J'ai toujours eu un chien, et la plupart de mes copains n'aimaient pas ça.

La chienne noire aux poils longs et aux petites oreilles et le grand type au petit sac à dos m'ont plu tout de suite. Lorsqu'ils sont passés devant ma tente, j'ai dit « salut ». Rien d'autre ne m'est venu. Il s'est arrêté et m'a regardée, sans aucune expression. Mais Negrita m'a reniflée et s'est laissée apprivoiser. Peu de temps après, je suis entrée dans l'arbre creux avec eux. Le lendemain matin, il m'a expliqué : « Les amours de vacances, c'est pas mon truc. » Alors j'ai oublié mon ticket retour pour Berlin. Il s'appelait Panagiotis.

Il s'était fait un petit paradis dans son arbre, un chez-soi de rêve, avec deux pièces et terrasse ! Les racines avaient tellement poussé qu'elles formaient deux cavernes. L'une était la pièce pour les animaux, où dormaient Negrita et un chat. Nous vivions dans l'autre.

Comme l'arbre était au milieu des dunes, sur une petite hauteur, nous pouvions faire du feu devant. Nous nous faisions toujours beaux pour l'occasion, et nous accrochions à l'arbre des douzaines de bouteilles en plastique remplies de sable et de bougies. Vu depuis la taverne en contrebas, c'était comme si tout l'arbre était illuminé.

Ce qui nous réunissait, c'était une sale enfance, avec des coups et beaucoup de solitude. À 10 ans, il devait déjà garder le troupeau de moutons de son père, dans un village pauvre à la frontière albanaise. La ville la plus proche s'appelait Igoumenitsa, un petit port pour les ferrys à 20 kilomètres de Corfou. Panagiotis devait souvent subir les colères de son père, quand quelque chose n'allait pas comme il voulait.

Un jour – il avait 15 ans –, des hippies en transit sont arrivés dans son village. Avec le tristement fameux Magic Bus, ils faisaient la route du *Hippie Trail*, qui a mené des milliers d'hommes et de femmes d'Europe en Asie du Sud par les terres, dans les années 1960 et 1970. Pour beaucoup, il ne s'agissait pas seulement de conquérir le monde pour pas cher, on trouvait aussi de la drogue bon marché sur la route. En Afghanistan par exemple, mais aussi à Goa.

Panagiotis interrogeait les voyageurs sur le monde qui s'étendait au-delà des frontières de son village, et il était fasciné par leurs histoires, leur liberté et leur indépendance. Alors il a décidé de partir avec eux, il a convaincu son père en lui disant que c'était une aventure au retour de laquelle il serait un homme, un vrai, et a promis à sa mère de revenir à la maison au plus tard l'été suivant. Aujourd'hui, il avait 30 ans, cinq ans de plus que moi, et depuis cette rencontre, tel Ulysse, il voyageait à travers la Grèce, d'île en île. Je me suis jointe à lui.

Quand Panagiotis avait rejoint les hippies pour fuir son village à la frontière albanaise, il avait aussi essayé leurs drogues – et leur putain d'héro. Il n'a rien eu besoin de dire quand je l'ai rencontré pour la première fois. Je l'ai regardé dans les yeux et j'ai su : c'était un drogué. C'est comme ça, les drogués s'attirent mutuellement. Peut-être parce que nous vivons dans un monde que personne d'autre ne comprend, ou parce que nous ne comprenons pas le monde des autres. Ou les deux.

Avant que nous fassions connaissance, Panagiotis avait passé six ans avec Marijanna, un petit bout de femme avec un sacré caractère et du même âge que lui. Elle avait une grosse poitrine, des cheveux sombres et une peau mate magnifique. Elle était plutôt sportive, contrairement à moi. J'aimais bien cette fille, mais elle avait une personnalité trop forte pour Panagiotis. Quand je l'ai rencontré à Pounda Beach, ils étaient déjà séparés, mais pas depuis très longtemps, et Marijanna ne voulait pas vraiment l'accepter.

Même après avoir fait ma connaissance et alors qu'elle savait que Panagiotis et moi étions en couple, elle ne voulait pas admettre qu'il l'avait quittée. Elle nous collait tout le temps aux basques et elle ne me prenait pas du tout au sérieux, à me voir galérer dans le sable avec mes escarpins. Elle se fichait bien de moi, ce que j'aurais sans doute fait aussi si j'avais été à sa place.

Au bout de quelques semaines, j'ai demandé à Christos, le plus jeune frère de Panagiotis, et à sa copine Maria, si ça valait le coup de se battre pour Panagiotis ou si Marijanna allait le récupérer de toute façon. Et les deux m'ont répondu : Non, avec Marijanna, c'est fini ! Mais ils m'ont aussi fait comprendre que je devais accepter sa présence à elle. Et ça, je n'étais pas prête à le faire.

Après avoir passé un séjour de rêve dans la magnifique région de Pounda Beach, on est partis pour Athènes, cette ville sale, bruyante et chaotique. On est descendus dans un hôtel situé directement sur le port du Pirée. Le lendemain matin, Panagiotis était parti en disant qu'il pensait rentrer dans la soirée. Maria et Christos devaient aller voir un dealer sur un ferry. Je me suis retrouvée complètement seule pendant quatre jours.

Cette baraque était tellement affreuse que Negrita et son petit restaient planqués sous le lit, morts de trouille. Les chambres étaient minuscules, huit mètres carrés peut-être, et les toilettes et les douches étaient dans le couloir. Je me suis retenue pendant un bail parce que je ne voulais pas sortir de la chambre. C'était une pension pour marins, et les autres clients traînaient souvent bourrés dans l'hôtel. Toute la journée, ça toquait à ma porte parce que ces sales types pensaient qu'ils pouvaient me baiser. Ils croyaient que

Panagiotis et Christos étaient mes maquereaux et qu'ils m'avaient laissée là pour que je puisse tapiner.

Je ne savais pas quoi faire de mes journées, je ne pouvais pas rester à l'intérieur, mais dès que je sortais, je me sentais encore plus seule. Au Pirée, ça bouchonne de partout parce que tout est en travaux, il n'y a pas un seul bout de pelouse, l'air est complètement pollué et le boucan de la ville est insupportable. Je connaissais Panagiotis depuis août, on était en novembre. Je ne savais pas ce qu'était devenu Gode, et lui n'avait aucune nouvelle de moi. Mais je n'avais maintenant plus qu'une envie : rentrer chez moi.

À un moment, Panagiotis a fini par m'envoyer son frère pour qu'il m'apporte de l'héroïne. Et là, j'ai su que quelque chose n'allait pas. Pourquoi est-ce qu'il ne venait pas lui-même ? Est-ce qu'il croyait que j'allais rester assise là, dans les vapes, à attendre qu'il rentre ? Pour moi, il était clair qu'il y avait une autre femme dans cette histoire, et je le soupçonnais d'avoir passé ces derniers jours avec Marijanna.

Finalement, j'ai pris un bout de papier sur lequel j'ai écrit *« OXI »* et que j'ai posé sur le lit. *« OXI »* a été le premier mot que j'ai écrit en grec. Ça veut dire « non ». Et puis je me suis débrouillée toute seule dans cette immense ville pour me faire envoyer de l'argent. J'ai téléphoné à ma mère, qui m'a fait un transfert de 1 000 marks sur un compte postal. Avec cet argent, je suis allée tout droit à l'aéroport pour prendre le premier avion pour Berlin. Tout est allé très vite, j'étais déjà enregistrée et débarrassée de mes bagages quand j'ai reçu un appel par le haut-parleur de l'aéroport. Je savais qui c'était : Panagiotis. Christos avait dû lui raconter combien j'avais été furieuse de le voir débarquer pour me filer la came et me passer le bonjour de la part de son frère. Panagiotis a bien pensé que j'allais me tirer, il est allé à l'hôtel où il a vu mon « *OXI* » et il est parti direct pour l'aéroport.

Je suis quand même montée dans l'appareil. Je voulais juste rentrer chez moi.

Et qui je trouve dans mon appartement de la Reuterstraße en arrivant ? Gode. On s'est expliqués et je me suis excusée des centaines de fois, parce qu'à ce moment-là je me sentais hyper mal. J'avais bien mérité de me retrouver toute seule dans une ville inconnue avec tous ces types dégueulasses qui avaient le feu au cul. J'avais envie que Gode me prenne dans ses bras, ce qu'il a fini par faire. Mais ça n'allait plus. Ce que j'avais fait avait fichu en l'air notre relation. Pendant tout ce temps, Gode était resté tout seul et il avait repris son job de portier et de caissier au Dschungel.

Et moi, j'étais toujours en train de courir après quelque chose sans même savoir ce que c'était. Je n'ai aucune idée de pourquoi j'étais incapable de rester en place, de pourquoi je pensais qu'il fallait que je bouge tout le temps. Peut-être parce que je suis une enfant de divorcés et que l'expérience m'a montré que ça ne valait pas le coup de s'attacher.

Pendant ce temps, Panagiotis, Maria et Christos sont partis en Inde. C'était déjà prévu du temps où j'étais avec eux, mais je ne voulais pas participer au voyage. Je disais qu'il était hors de question que j'aille là-bas parce que je n'en reviendrais pas vivante. J'y aurais laissé ma peau. Ils voulaient faire la tournée du Magic Bus. À l'époque, c'était un truc à ne pas manquer pour les hippies, on se transmettait les itinéraires et les endroits à voir seulement par le bouche à oreille. Tu ne pouvais pas juste entrer dans une agence touristique pour réserver un voyage sur le *hippie trail*, on en entendait parler le soir autour du feu de camp ou au café du coin, c'était quelque chose de magique.

Les voyages pour l'Asie partaient généralement des pays européens, souvent d'Amsterdam ou d'Athènes. Des types venus des États-Unis débarquaient au Luxembourg avec Iceland Air, qui proposait des vols transatlantiques pas chers, et ils continuaient ensuite par voie terrestre, par exemple vers Istanbul, Téhéran, Kaboul, Peshawar ou Lahore, quand ils n'avaient pas décidé de rejoindre l'Iran en passant par la Syrie et la Jordanie, pour aller ensuite à Goa, à Dhaka, à Bangkok ou à Katmandou.

Mais un paquet d'entre eux n'arrivaient même pas jusqu'en Inde, en Thaïlande ou au Népal. Ils passaient l'arme à gauche en cours de route à force de se doper. À Kaboul, il y avait même un cimetière pour les morts du Magic Bus, en tout cas avant la guerre en Afghanistan. Les autres types partis sur le *hippie trail* pouvaient s'y rendre en pèlerinage histoire de prier pour les leurs, de méditer ou de fabriquer je ne sais quoi d'autre.

C'est sans doute là que j'aurais terminé. Un tas de camés dans un bus Volkswagen au milieu du désert et des champs de pavot – je me serais shootée sans pouvoir m'arrêter, je n'aurais plus jamais voulu repartir. J'aurais fini par en crever. C'est pour ça que je n'avais pas voulu y aller.

Un an plus tard, c'était fini pour de bon avec Gode. Il en avait plein le dos de moi – et il y avait de quoi. J'étais salement accro, complètement camée. Il n'y avait vraiment rien à tirer de moi. On ne peut pas dire qu'il ne se soit pas battu pour me sortir de la drogue : il appelait même ma dealeuse pour la menacer. Une fois, il m'a forcée à lui injecter une dose d'héro, ce que j'ai fini par faire après avoir refusé pendant un moment. Il voulait me prouver qu'il était possible d'avoir une vie normale même avec de l'héroïne dans le sang. Mais il n'y avait plus rien à faire pour sauver notre relation. Sur le coup, j'ai essayé de mourir en faisant la grève de la faim. Je lui ai dit : « Si tu ne reviens pas, je n'avalerai plus rien. » Ça ne lui a plus fait ni chaud ni froid.

Alors je me suis rachetée un billet d'avion et je suis partie. C'était en Grèce que j'avais tout fichu en l'air et je me disais : Bon, maintenant tu vas retourner à l'endroit où tout est parti en vrille. Peut-être que là-bas, tu sauras quoi faire.

Quinze heures après avoir rompu avec Gode, j'ai débarqué à nouveau à Pounda Beach, exactement comme la première fois. Il faisait nuit quand je me suis installée à côté de la taverne. Tout était comme avant. Sac de couchage contre sac de couchage, des douzaines de gens pionçaient à la belle étoile, et tout le monde s'est mis à grogner quand je me suis glissée au milieu. J'avais amené une dose d'héro avec moi, planquée dans mon duvet, comme ça je pouvais tenir deux jours sans devoir trouver de dealer. Je me suis fait un petit shoot et je me suis mise à comater.

Au bout d'un moment, je me suis réveillée parce que je croyais avoir entendu une voix connue. Mais comme j'étais dans les vapes, je me suis simplement retournée, le visage vers le mur, et j'ai continué à dormir. Tout à coup, quelqu'un me saute dessus. « Christiana ! » a chuchoté plusieurs fois Panagiotis avant que je me rende compte que ça n'était pas un rêve. Il était arrivé d'Inde quatre jours avant moi. Là-bas, Maria était tombée gravement malade et avait failli mourir après avoir eu énormément de fièvre. À la fin, ils avaient vendu leurs passeports parce qu'ils n'avaient plus rien à manger, et ils avaient dû faire des pieds et des mains auprès du consulat pour pouvoir rentrer. Pendant la mousson, ils avaient eu de l'eau et de la boue jusqu'aux genoux, ça avait dû être un vrai cauchemar. J'avais eu sacrément raison de ne pas vouloir partir avec eux.

Je suis bien sûr restée avec Panagiotis. Nous vivions dans des huttes de bois que nous construisions nous-mêmes, ou parmi les hibiscus. Pour chasser les insectes et les scorpions, nous dormions sur des tapis de thym et d'origan, ou alors simplement sur le sable fin, au bord de la mer. Nous cherchions des escargots ou pêchions des moules. Le peu d'argent que gagnait Panagiotis comme tatoueur amateur pour des touristes buveurs de bière suffisait juste à acheter de l'eau et du riz.

Nous écoutions souvent de la vieille musique. Gary Moore, Dire Straits, Pink Floyd. Les radios pirates diffusaient des chansons toute la nuit. C'est incroyablement romantique d'être assis près du feu de camp, ton mec règle le bouton, d'un air concentré, jusqu'à ce qu'il trouve la meilleure qualité de diffusion de la chanson, et tu peux te lover dans ses bras et contempler les flammes. La nuit, le ciel était plein d'étoiles, là où deux continents se rencontrent, c'est comme si deux ciels étoilés se réunissaient. Je n'avais encore jamais vécu quelque chose d'aussi fantastique. Nous nous faisions à manger directement sur le feu, je nettoyais nos affaires à des points d'eau publics, nous n'avions besoin ni de congélateur ni de machine à laver. Nous n'avions besoin que de nous.

Christos et Maria voyageaient avec nous. Deux êtres magnifiques, qui se baladaient partout en Indiens. Maria se maquillait avec du henné indien, des pierres et tout le bazar. Christos avait mon âge, elle un an de moins.

Entre nous, nous parlions anglais, mais c'était notre anglais à nous, un Anglais n'y aurait pas compris grand-chose. On y ajoutait un peu d'allemand, de grec et de latin, parce que les mots anglais prêtaient souvent à confusion. Par exemple le mot anglais *ants*, les fourmis. *Ant, and. And so what ?* Voulait-on dire *ant* ou *and* ? Alors chez nous, les insectes s'appelaient *formica*, en latin ça veut dire la fourmi.

Pendant la saison froide, nous étions en Crète. Quand une maison était vide et nous plaisait, nous nous y installions tout simplement. À un moment ou à un autre, les propriétaires débarquaient : qu'est-ce que vous foutez là ? Alors nous expliquions que nous avions besoin de nous reposer et demandions le prix. Finalement, le plus souvent nous tombions d'accord sur un loyer, l'équivalent de 50 marks (25 euros environ) par mois, puis les maîtres de maison, de vieux paysans qui étaient repassés par chez eux et qui étaient bien contents que quelqu'un s'occupe de leur maison, repartaient à dos de mule.

Chaque été, nous voyagions d'île en île, et Panagiotis, comme il l'avait promis à sa mère, rentrait toujours chez ses parents pour quelques semaines. C'était pour moi les plus belles périodes, quand je pouvais voir et vivre tout ça. La famille de Panagiotis était la seule de tout le voisinage qui n'était encore jamais allée en Allemagne.

Les voisins passaient souvent nous voir, pour se rappeler le temps où ils étaient travailleurs immigrés et pour rafraîchir leur allemand. Ils étaient heureux que je réveille des souvenirs, et j'étais heureuse d'être si bien accueillie. Pendant la journée, j'aidais à la ferme. Nous avons fait la traite, dégagé le fumier, donné à manger aux vaches, nous en avons abattu aussi. C'était une époque géniale, j'ai appris énormément.

Quand Panagiotis se tenait debout face à la mer, on pouvait voir, à ses hanches et à son dos bien droit, que, nourrisson, il avait été bandé. Bébés, les deux frères avaient été bandés, c'est comme ça que faisaient les orthodoxes dans le temps. Je trouve ça horrible parce que les bébés ne peuvent plus bouger du tout, mais dans le temps c'était l'usage. Et la torture a porté ses fruits : Panagiotis avait un corps superbe, comme un gladiateur.

J'étais alors une petite idiote, du haut de mes 25 ans. Le Grec avait fait de moi une femme. Il m'a tellement apporté, avec lui et grâce à lui je me sentais incroyablement libre, j'étais moi-même, tout simplement.

Un jour, pendant un voyage, il a fini par découvrir mon livre. Nous n'étions pas ensemble depuis longtemps, et il n'avait aucune idée de qui j'étais. Il a lu la quatrième de couverture, a vu la photo de moi à 15 ans sur la couverture, ça l'a rendu curieux. Alors il a acheté le livre et l'a mis dans son sac à dos, qui était ouvert sur le dessus. Il voulait d'abord dormir un peu sur la plage, et puis travailler : des hippies, Panagiotis avait appris comment tatouer au henné, même s'il faisait aussi des tatouages permanents, peints à l'encre sous la peau. Comme au bout de quelques heures il n'avait toujours pas de client et en avait marre d'attendre, il a remballé ses affaires.

Mais le livre avait disparu. Il a cherché autour de lui et a vu des restes de pages dans la gueule d'une vache. C'était tellement absurde que ce soit précisément mon livre que cette bête ait bouffé, au milieu des arbres et des buissons. Mais c'est qu'il devait en être ainsi. Quand il m'a raconté l'aventure, je me suis dit : Ok, apparemment ça n'a aucune importance, qui je suis. Ça fait sens. Il n'y a que le moment présent qui compte.

Je n'avais encore jamais vécu cela : chaque fois que nous couchions ensemble, j'avais un orgasme. Avec une endurance incroyable et un parfait mélange d'agressivité et de délicatesse, il me caressait partout. Le fait qu'il m'aime avec si peu de pudeur et tant d'intensité me faisait m'aimer moi-même.

Je suis à nouveau tombée enceinte. Mais nous n'étions pas ensemble depuis assez longtemps. Il disait qu'il assumerait, mais cette fois c'est moi qui étais réticente, parce que je ne savais absolument pas ce que ça allait donner. Pourrais-je vraiment vivre en Grèce à long terme ?

J'avais assez d'argent, ce n'était pas le problème. J'avais presque un demi-million de marks (250 000 euros environ) sur mes comptes allemands. Mais Panagiotis disait : « Hey, tu es mon invitée, ou bien tu m'aimes avec le peu que je possède, ou tu te casses. » J'étais d'accord avec ça. L'argent ne veut rien dire pour moi. Il ne jouait un rôle dans ma vie que parce que les autres, ma famille et mes amis, trouvaient ça important.

En Grèce évidemment, je n'avais pas d'assurance maladie. Alors je me suis fait envoyer 250 marks de Berlin par mandat postal, pour l'intervention ; à l'époque, ma mère avait une procuration.

Mais j'aurais mieux fait de faire faire ça en Allemagne. La clinique d'Athènes était un abattoir. Parce que nous avions l'air de vagabonds, les médecins nous ont traités comme des moins que rien. Comme si j'étais une chose, rien. Et puis tout d'un coup, ils ont commencé à s'engueuler. Le bistouri à la main, pour ainsi dire.

Je comprends beaucoup mieux le grec que je ne le parle, et pour autant que j'ai pu comprendre, la plus jeune des infirmières ne voulait absolument pas prêter la main à un avortement. La plus âgée, une infirmière expérimentée, était debout à côté de moi avec le protoxyde d'azote. J'avais juste la trouille et je suppliais : « S'il vous plaît, plus de gaz, plus, plus, plus ! » Ils m'en ont donné tellement que je suis tombée dans les pommes, ils m'ont giflée pour que je me réveille, et ils m'ont plantée là, jusqu'à ce que je reprenne conscience. Quand l'avortement a repris, j'ai tout senti, le curetage complet au scalpel et l'aspiration. Ça faisait terriblement mal, les appareils avaient l'air atroces, vieux, sales et entartrés.

Negrita a été enceinte en même temps que moi, et elle a mis au monde dix petits chiots. Jusqu'à ce qu'elle ait mis bas, nous avions refoulé cette pensée, mais le lendemain de leur naissance, il nous a bien fallu reconnaître que nous ne pourrions pas emmener dix chiots avec nous. Même pour la chienne, c'était trop, et bientôt ne sortait plus de ses mamelles que du sang. Et nous, nous n'avions que du riz.

Alors j'ai attrapé le moindre crabe, le moindre escargot, le moindre scarabée qui contenait des protéines, je les ai prémâchés et recrachés dans la gueule des bébés chiens.

Mon argent ne pouvait nous être d'aucune aide dans cette situation, parce qu'il n'y avait pas un seul commerce aux alentours. Nous étions au milieu de la pampa, à Iérapétra en Crète, il n'y avait ni bouffe pour chien ni médecin, il aurait fallu faire 100 kilomètres pour atteindre Héraklion. Et même si nous avions trouvé là-bas un médecin, il aurait voulu un *fakelaki*, le bakchich grec, sans quoi il n'aurait même pas touché le chien.

Les chiens ne sont pas aimés en Grèce, tu n'as le droit de les prendre nulle part, même pas dans le bus. Dans les cars de voyage, nous devions toujours enfermer Negrita dans la soute, avec les valises. Ça aurait été impossible avec les chiots.

Alors Panagiotis a pris une décision : « Choisis-toi les quatre chiots les plus beaux et les plus gras. J'embarque le reste », dit-il. Puis il est allé sur la plage, à un endroit où personne ne pouvait le voir. En pleurant, nous avons creusé ensemble un trou dans le sable, mis les chiens dans un sac que nous avons noué pour qu'ils s'asphyxient. Nous avons jeté du sable pardessus, tout rebouché, et puis nous sommes partis.

Le soir, nous nous sommes saoulés et avons essayé d'asphyxier notre chagrin, comme les chiots. Mais même si j'ai vraiment souffert dans de tels moments, au point que je me suis demandé pourquoi je m'infligeais tout ça, cette vie m'a tellement apporté… Oui, franchement, j'ai aimé voyager d'île en île comme les Bédouins, libérés de la consommation et de l'argent.

Aujourd'hui je sais que ces années en Grèce ont été les plus heureuses de ma vie.

7

ZIGZAG

Quand ça me prenait, je quittais la Grèce et je retournais passer quelques semaines en Suisse chez les Keel. J'ai même emmené Panagiotis avec moi à Berlin. La première fois, ça devait être en 1990, l'année de la réunification. Il détestait la ville. J'avais essayé de l'habituer à se chausser correctement pour l'hiver berlinois. Mais de toute sa vie, il n'a porté que des sandales ou a marché pieds nus, et il a passé son temps à trébucher partout. Alors on sortait le moins souvent possible, et à la place on passait la majorité de notre temps dans ma mezzanine à dormir ou à planer complètement. Au moment de la chute du Mur, alors que mon appartement de la Reuterstraße n'était pas très loin de la frontière avec la RDA, nous ne sommes même pas allés voir, eh non. Je me suis dit que si la frontière était ouverte ce jour-là, elle le serait sans doute encore le lendemain.

Un an plus tard, nous avons fait ensemble un voyage à Zurich qui a failli foutre en l'air notre relation. Tout ça parce que j'étais complètement déchaînée et que, je ne sais pas vraiment pourquoi, je me suis injecté pour 800 francs suisses de matos en une nuit. Bien sûr, l'héroïne coûte plus cher là-bas qu'en Grèce. À l'époque, ça faisait quand même 1 000 marks environ. Un gramme coûtait entre 180 et 200 marks. Aucune idée de ce qui m'a pris – j'étais absolument surexcitée de pouvoir montrer à Panagiotis comment ça se passait au Platzspitz, parce que lui aussi avait l'impression d'être harcelé et jugé en permanence à cause de la drogue. Ici, on nous foutait la paix.

Et effectivement, il n'avait jamais vu un truc pareil. Assez vite, on a retrouvé de vieilles connaissances à moi. On a ensuite passé tout notre temps à traîner dans le parc avec eux alors qu'on avait une jolie chambre dans un petit hôtel proche de la gare – c'était Anna qui nous l'avait louée.

Anna et Daniel ont toujours vécu dans la conviction que chaque homme avait de la valeur, quelles que soient son origine et sa fortune. Mais Panagiotis était quand même un jeune Grec fauché avec des problèmes de drogue. Ça n'était pas l'homme avec lequel les Keel voulaient me voir.

Pendant la journée, on s'est acheté de l'héro ultra pure. On s'est assis dans l'herbe pour prendre un premier shoot. J'attendais le flash, mais je n'arrivais pas à décoller parce que j'étais trop excitée. Alors je me suis piquée encore une fois. Et puis une autre, et une autre, et encore une autre. Là, Panagiotis s'est mis à flipper :

« Arrête un peu maintenant, tu as eu ta dose.

— Ça ne te regarde pas, j'ai grogné.

— Dis-moi, tu vas continuer comme ça encore longtemps ? Tu veux faire le grand saut ou quoi ?

— Non, je sais pas, j'arrive pas à décoller.

— Je m'en fous. Tu arrêtes avec ça. »

Là, il a voulu me prendre ma seringue. En me forçant à ouvrir les doigts, il m'a fait mal à la main. Et tout a explosé en moi : « Hého, t'es dingue ou quoi ? Achète-toi ton propre matos. C'est mon argent, c'est ma came. Si tout ce qui t'intéresse, c'est le fric et la dope, alors casse-toi. Ou au moins fous-moi la paix ! »

Je me faisais des films, à penser qu'il ne voulait pas me laisser prendre mon pied. Beaucoup de junkies se mettent en couple avec des personnes qui ne prennent pas d'héroïne, parce que sinon c'est la guerre. Qui a droit à combien ? Ça, c'est à moi ? Et ça, c'est à toi ? Quand est-ce que t'auras ta dose ? On est toujours en train de se soupçonner mutuellement : comment savoir si l'autre ne se lève pas la nuit pour taper dans la ration du lendemain ?

On ne peut pas faire confiance aux junkies, même à ceux qu'on aime. C'est triste, mais c'est le prix à payer. On vit dans une défiance perpétuelle vis-à-vis du reste du monde.

Il y a certains couples pour qui ça marche quand même. Avec Panagiotis, ça a en fait mieux fonctionné qu'avec les autres hommes que j'ai connus après lui. Mais cette nuit-là, je n'étais pas moi-même, et c'est un miracle que je n'y sois pas restée – même Panagiotis a cru qu'il n'y avait plus rien à faire pour moi. Il m'a plantée totalement défoncée au Platzspitz et il est parti tout droit vers la gare. Il voulait monter dans un train, n'importe lequel, pour partir loin de moi.

Aveuglée par la dope et par ma fierté, je suis d'abord restée toute seule complètement paumée et j'ai continué à me piquer pour y voir plus clair. Mais ça ne servait à rien, j'ai fini par me rendre compte que j'allais perdre l'amour de ma vie. Alors je me suis levée d'un bond et je me suis lancée à la poursuite de Panagiotis. Il était assis sur le quai, il attendait un train pour Vienne pour lequel il s'était déjà acheté un billet. Je ne sais plus très bien ce qui s'est passé à ce moment-là, je me souviens seulement de lui avoir fait une scène hyper dramatique en pleurant comme une madeleine. « Si tu attends seulement quelques heures, j'ai supplié à genoux, je ferai très vite mes valises, on partira ensemble et on arrêtera la dope ! »

Je me détestais quand j'étais camée comme ça. J'avais jeté par la fenêtre un paquet de fric, je m'étais conduite n'importe comment et, par-dessus le marché, j'avais fait mal et peur à l'homme que j'aimais le plus au monde. Je peux vraiment être horrible.

Au dernier moment, il a décidé de ne pas partir et de tenter à nouveau le coup avec moi. « Je ne me le serais jamais pardonné si tu y étais restée ce soir », m'a-t-il dit.

Après ce coup dur, Panagiotis et moi avons pris l'avion ensemble jusqu'à Thessalonique, dans le nord de la Grèce, où habitait sa sœur. On est restés cloîtrés chez elle pendant quelques semaines pour arrêter la dope. On ne pouvait pas continuer comme ça, c'était très clair pour nous. Il fallait qu'on réussisse enfin à franchir ce pas. Sa sœur nous a remis sur pied à coups de soupes et de compresses froides. Et on a pioncé pendant presque une semaine entière. Plus le sevrage avançait, mieux on se sentait. On était à nouveau amoureux comme au premier jour et pleins d'espoir pour notre avenir : on se voyait à Athènes avec une boutique de tatouage et une petite maison.

On a aussi fait l'amour quelques fois. À cette époque, je ne me protégeais pas, parce que c'était pour moi une forme de liberté de ne pas prendre la pilule. La plupart du temps, j'étais en période de fécondité au moment de la nouvelle lune. Je le savais et je m'arrangeais toujours pour avoir un diaphragme à ce moment-là. À force, j'avais appris à sentir où j'en étais dans mon cycle, mais le truc avait dû se dérégler. Ça n'était pas très étonnant, après tout je m'étais complètement intoxiquée deux semaines avant. Ensuite, j'ai souvent regretté d'avoir fait aussi peu attention à mon corps. Cette fois, je m'en suis mordu les doigts à peine quelques semaines plus tard.

Je voulais retourner en Suisse parce que je n'avais pas pu dire correctement au revoir aux Keel la dernière fois. Pile deux mois après ma dernière visite foireuse, j'étais dans l'avion qui m'emmenait à Zurich avec une escale à Budapest, quand j'ai soudain ressenti les pires douleurs au bas-ventre que j'aie jamais eues de ma vie. L'avion n'était dans les airs que depuis une demi-heure. Tout se crispait à l'intérieur de moi, ça doit être comme les contractions au moment de l'accouchement, je me suis dit. J'ai réussi à aller jusqu'aux toilettes de l'avion, et là, j'ai fait une hémorragie.

Je ne me doutais de rien, mais j'ai tout de suite compris que je faisais une fausse couche. J'étais sous le choc, et il nous restait encore six heures de vol. Mais je n'étais capable ni d'appeler quelqu'un ni de me lever, et je n'aurais de toute façon pas osé le faire, tout ça était beaucoup trop intime. La sueur me coulait du front et un rideau noir était tombé devant mes yeux. J'étais en train de me vider de mon sang, en tout cas c'est l'impression que j'ai eue sur le coup. Pour limiter les dégâts, il a fallu que je me colle un demi-rouleau de papier toilette au fond de la culotte. Une fois les saignements plus ou moins calmés, je suis retournée à mon siège en rampant et j'ai commandé à l'hôtesse trois vodkas avec du jus d'orange. Puis je me suis endormie, épuisée, et je ne suis réveillée seulement au moment de l'atterrissage à Zurich.

Anna était venue me chercher à l'aéroport. Dès que je l'ai vue, je me suis jetée dans ses bras en pleurant à chaudes larmes.

« Je crois que j'ai fait une fausse couche. Je n'ai encore jamais saigné autant. Ça m'a fait tellement mal, Anna.

— Tu es complètement hystérique, a-t-elle juste répondu, et sa réaction m'a foutu un sacré coup. Tu es une femme et tes règles sont parfois douloureuses, c'est tout », a-t-elle ajouté pendant qu'on marchait vers la voiture.

Elle était rarement aussi froide, mais c'était parce que je lui en avais trop demandé. À ce moment-là, en plus d'être mal, je me suis sentie terriblement seule. La fausse couche, la mauvaise humeur d'Anna... c'était moi qui étais responsable de tout ça. Et puis, alors que j'étais en train de marcher vers la Honda Civic, je suis tombée dans les pommes d'un coup, et là Anna m'a crue. Nous sommes allées en voiture jusqu'à l'hôpital, où on m'a donné des médicaments et fait subir un curetage. Ça a été très dur. Choisir de ne pas avoir un enfant, ça n'est pas la même chose que d'en perdre un. À peine arrivée à Zurich, je me sentais aussi mal qu'au moment de mon dernier départ.

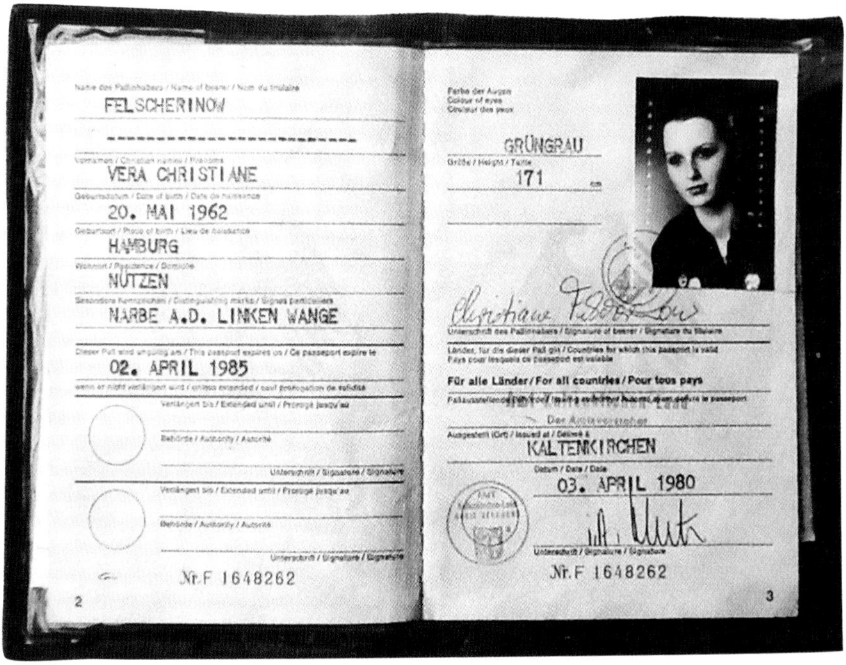

© Archives Stern / Picture Press

© Archives Stern / Picture Press

© Archives Stern / Picture Press

© Archives Stern / Picture Press

Christiane F., figure féminine de l'antihéros et symbole d'une génération, photographiée ici par Klaus-Mayer Andersen pour le magazine *Stern*.

Collection Christiane F.

Ces planches-contacts provenant d'archives privées
montrent Christiane chez un artiste américain spécialisé
dans les installations. Il exposait notamment des animaux morts.

© Archives Stern/Picture Press

Christiane Felscherinow au début des années 1980.

Christiane en 1981.

© Ruppert / Ullstein Bild / Roger-Viollet

Photo extraite du tournage du film *Decoder*. Hambourg, 1983.

Séance photo sur Sunset Boulevard pour la promotion du film *Christiane F.* aux États-Unis.

© Henry Diltz/Corbis

Christiane devant un cinéma d'Hollywood Boulevard, où est projeté le film tiré de son livre.

© Brad Elterman/FilmMagic/Getty Images

© Maran/Popular/Hans H. Kaden/TCF/The Kobal Collection

L'affiche du film *Christiane F.* aux États-Unis, 1981.

Collection Christiane F.

En 1987, Christiane planta sa tente près d'une taverne sur l'île de Paros.

Collection Christiane F.

Autoportrait du grand amour de Christiane, Panagiotis. Celui-ci se voyait comme le chef de tribu au sein du petit groupe avec lequel ils sillonnèrent les îles grecques.

Collection Christiane F.

Le musicien Gode Benedix, DJ de la célèbre boîte de nuit *Dschungel*.

Collection Christiane F.

Depuis toute petite, Christiane est constamment entourée de chiens.
Elle a un faible pour les races exotiques comme ce Malamute de l'Alaska.

Christiane à Amsterdam en 1989.

Collection Christiane F

Après la chute du mur de Berlin, la Kottbusser Tor a remplacé la gare du Zoo en tant que plaque tournante pour les drogues dures. Les dealers et les acteurs de la scène se retrouvent à la station de métro que Christiane a si souvent fréquentée.

Collection Christiane F.

« Le gamin est la seule chose de bien que j'ai faite dans ma vie », affirme Christiane. Elle donne naissance à son fils en 1996.

© Marcel Mettelsiefen
Création Studio Flammarion

Christiane V. Felscherinow aujourd'hui,
photographiée par Marcel Mettelsiefen.

J'étais tellement triste et en colère contre moi-même que je suis retournée à la scène pour oublier tout ça. Et quatre heures plus tard, la police m'a épinglée dans un buisson, je m'étais déjà injecté deux grammes et j'étais assise par terre avec mon pantalon baissé.

Comme j'étais en train de planer, j'avais eu l'impression que je saignais encore, et au moment où j'avais voulu vérifier les flics étaient là devant moi. « J'ai perdu mon enfant », je leur ai dit. Il n'y a sans doute pas grand-chose que ces policiers n'avaient encore jamais vu, mais ils ont dû sacrément flipper en me voyant ce jour-là. « Remontez votre pantalon », m'a dit l'un d'eux. « Ensuite, on vous amènera aux secouristes et ils s'occuperont de vous et de votre bébé. »

Après que les urgences médicales m'ont à peu près remise sur pied, le commissariat a pris la relève et j'ai été interdite d'entrer sur le territoire suisse pendant deux ans.

J'ai appelé Anna. J'avais besoin d'une épaule, de quelqu'un pour me serrer fort dans ses bras sans poser de questions. Anna est venue me chercher, m'a ramenée à la maison et s'est occupée de moi comme une mère. Son mari n'était au courant de rien, il a sans doute pensé que j'étais juste malade. Anna gardait énormément de choses pour elle. Je n'oublierai jamais ce qu'elle a fait pour moi.

La vérité, c'est que je n'ai jamais voulu faire naître d'enfant dans ce monde. C'est un monde qui n'est pas bon pour nous, et puis je ne voulais surtout pas être une mauvaise mère incapable d'assumer – une mère comme l'était la mienne.

Si j'avais su tout ce qu'un enfant apporte, j'aurais décidé d'en avoir un plus tôt.

Mais c'était hors de question tant que je continuais à choisir des hommes qui ne valaient pas mieux que mon père. Je ne voulais pas que mon enfant ait un père comme le mien.

Après cela, Panagiotis et moi avons voulu nous poser et ouvrir une boutique de tatouage. Nous avions prévu qu'il se forme auprès d'un tatoueur à Berlin, et que nous achèterions là-bas les appareils et du matériel propre. J'avais pris l'avion avant lui pour préparer le terrain, afin que Panagiotis ait à rester le moins longtemps possible à Berlin.

Et il a fait quoi, cet idiot, dès que je suis partie ? Il a tenté quelque chose comme un vol à l'arrachée. Avec un pote, il a épié une femme qui venait de retirer l'équivalent de 8 000 marks à la banque. Elle a quitté le guichet et ils se sont faufilés derrière elle.

Panagiotis devait lui arracher son sac et sauter sur la Mobylette de son pote. Mais la vieille femme n'avait pas l'intention de lâcher, et mon mec – c'était son premier vol – a été incapable d'en coller une à la grand-mère. Quand c'est devenu trop le bordel, le pote s'est tiré en Mobylette et l'a planté là. Panagiotis a fini au trou.

Il y est resté deux ans. Et tout ce temps, je suis restée avec lui. J'allais lui rendre visite tous les quinze jours. Souvent, je n'avais pas le droit. Il a fallu que j'y aille de quelques milliers de marks pour qu'il ait un procès décent. Tu dois payer un sacré paquet de *fakelakis*, sinon le juge ne bouge pas le petit doigt.

J'ai dû rajouter 1 000 marks pour pouvoir rendre visite à Panagiotis. Nous n'étions pas mariés, et on ne peut pas se promener dans la prison si on n'est pas un parent du détenu. Notre avocat nous a donc procuré un faux certificat de mariage. Évidemment, il me fallait une bague. Je la porte encore aujourd'hui à l'occasion, à la main droite.

Il n'y a qu'une prison à Athènes, énorme, avec des milliers de détenus. C'est à Korydallos, une banlieue ouest connue dans le monde entier pour ça. Les bâtiments, conçus à l'origine pour 600 détenus, sont chroniquement surpeuplés. Parfois, il y en avait plus de 2 000 derrière les barreaux. Des générations entières de prisonniers ont bossé là, les fers aux pieds, il y avait une vieille carrière. Ils étaient logés sur deux bâtiments, un pour les femmes, un pour les hommes. Et entre les deux, il y avait des tentes qui débordaient de réfugiés, en majorité des Africains. Certains n'avaient même pas de lit.

À l'époque, il fallait fournir soi-même aux détenus la nourriture, la boisson, du tabac et de l'argent, et tout le nécessaire. Sinon, il n'y avait que de la soupe claire. Tous les quinze jours, le mardi, je suis donc allée à la prison, et j'ai apporté des trucs nouveaux. Pendant cette période, j'ai distribué pas mal de drachmes. Panagiotis avait arrêté de tenir à ce que nous n'utilisions que son argent. Désormais, ça lui allait que j'aie pas mal d'argent, mais moi aussi je trouvais ça normal. Quand on aime, on ne compte pas.

À la même époque, son frère Christos a lui aussi fait un séjour en taule. Ce n'était pas la première fois qu'il faisait pousser de l'herbe pour se faire un peu d'argent. Cette fois, ils l'avaient chopé.

Quand nous n'étions pas dans la prison avec les mecs, Maria et moi traînions ensemble. Maintenant, je piochais plus souvent dans mes réserves d'argent en Allemagne, et Maria travaillait ici et là, comme serveuse ou comme aide dans une boulangerie, c'était selon.

On a parfois bossé des journées entières dans les champs de tomates ou de concombres, c'était très dur physiquement, mais ça rapportait pas mal. Nous dormions chez des amis ou des connaissances, ou chez des amis de connaissances. Les Grecs sont comme ça. Une grande famille.

Mais Maria a commencé à se répandre sur moi auprès de Panagiotis. Elle lui racontait la moindre bise que j'avais faite à un type quand nous étions bourrés. Tout le monde était si lié et si proche, je n'avais aucune idée derrière la tête.

Un jour elle m'a critiquée parce que je m'étais acheté un tailleur, un deux-pièces rouge avec des motifs léopard. Maria trouvait ça égoïste, elle ne comprenait pas pourquoi j'avais besoin d'être chic pour sortir, pendant que mon mec croupissait en taule. Panagiotis a été du même avis qu'elle.

Il est sorti de prison avant Christos et s'est soudain comporté comme un chef de meute qui doit s'occuper de deux femmes en même temps. Lorsque je suis partie en Allemagne pour régler quelques trucs, Christos était encore en taule à l'époque, Maria et Panagiotis ont eu une aventure, je le sais.

En fait, j'aurais dû le savoir bien plus tôt. Maria était depuis dix ans avec Christos, mais elle aimait aussi Panagiotis. Je n'ai pas pigé tout de suite, parce qu'ils s'engueulaient tout le temps. Ils mesuraient leurs forces, et Maria, ça l'excitait de provoquer Panagiotis et de tester sa virilité.

Contrairement à Christos, c'était un homme d'action, un homme qui voulait décider du cours des choses. Un vrai mec des Balkans, en fait. Maria trouvait ça génial, et un jour j'ai compris : qui aime bien châtie bien.

Après coup, je me dis que je n'avais aucune chance contre Maria. Ne serait-ce que parce qu'elle était grecque. Et parce qu'elle savait y faire (c'était même un besoin) avec les mecs qui commandent – même quand ils sont en prison. Elle aimait que tout tourne autour d'elle et de son honneur.

Lentement mais sûrement, j'avais de moins en moins droit à la parole. Je ne l'ai compris que plus tard. Un jour, je me suis retrouvée assise à la table des femmes, pour que les hommes puissent rester entre eux. Une autre fois, Panagiotis a commencé à me gueuler dessus : « T'as déjà bu un verre de vin, ça suffit maintenant ! »

J'ai douté de plus en plus de moi et de mes décisions, et j'avais peur de perdre ce que j'aimais. Et en même temps, je me flagellais d'être si peureuse. Je suis devenue pot de colle et dépendante de Panagiotis, mais je savais aussi qu'une femme toujours accrochée aux basques de son mec, c'est pas très sexy.

Quand, deux mois plus tard, Christos est sorti de prison, il a senti tout de suite les tensions. Nous avons d'abord essayé de reprendre là où nous nous en étions arrêtés. Panagiotis et moi tenions toujours à l'idée de la boutique de tatouage. Mais plus rien n'était comme avant. J'étais rongée par les doutes, j'imaginais Maria dans notre magasin, assise à la caisse, qui couchait avec lui quand je n'étais pas là.

Nous étions une famille depuis presque sept ans maintenant, et ça voulait dire que nous nous aidions les uns les autres. Mon argent aussi. Je devais financer la boutique qui ferait vivre tout le monde.

Nous nous étions disputés trop souvent, trop souvent j'avais dit que je voulais en finir avec tout ça, et trop souvent j'étais revenue. J'ai fait une douzaine de fois le voyage, jusqu'à ce que je reste vraiment. Avant mon séjour en Grèce, j'avais acheté un appartement à Berlin-Neukölln. C'est là que je suis retournée, et j'ai encore tenté un sevrage.

Peut-être que Panagiotis et moi avions échoué à cause de la drogue.

Après les nuits de manque à mon arrivée en Grèce, je m'étais sentie super forte, et j'étais certaine que Panagiotis pourrait m'aider à ne plus toucher à ce truc diabolique. Mais évidemment, ça ne s'est pas passé comme ça. Le combat avec la drogue s'est toujours interposé entre nous, mais à un moment j'ai cédé, ça nous rapprochait davantage. Pendant six ans, tous les quatre, nous avons essayé de nous aider mutuellement, mais peu importe combien de fois nous nous sommes sevrés ensemble, peu importe où nous allions pour échapper à ce cercle vicieux dans lequel nous retombions si vite : la drogue nous rattrapait toujours – souvent par kilos, à très bon marché. Elle venait de la Turquie voisine.

En 1993, lorsque je suis rentrée définitivement à Berlin, je croyais fermement qu'avec les îles grecques je laissais aussi mon passé enfin derrière moi. Là-bas, j'avais arrêté de ne m'occuper que de « Christiane F. ». J'étais persuadée que sans Panagiotis, Christos et Maria, je ne replongerais plus. Mais ce qui m'attendait, c'était pourtant le chapitre le plus sombre de ma vie. Car je n'ai pas réussi à tenir ma résolution de rester clean. Je me suis mise à fréquenter des gens qui n'étaient bien souvent plus capables de faire autre chose que de se shooter. Qui étaient vraiment au bout du rouleau.

Souvent, la cause de tout ça, ça n'est pas seulement l'héroïne, mais aussi l'environnement social. À un moment donné, sans même qu'on s'en rende compte, la vie fonctionne de telle sorte qu'on finit toujours par aller aux mêmes endroits, par répéter les mêmes comportements. Et je ne parle pas seulement de l'addiction, mais aussi des autres choses qui nous font systématiquement retomber dans la drogue. Chez moi, par exemple, le problème au fond de tout ça, c'est que je ne supporte pas d'être seule. Alors je suis retournée voir mes vieilles connaissances de la scène, même si ça n'était pas de véritables amis. Ils avaient le même genre d'emploi du temps, de problèmes, d'anecdotes à raconter que moi. Tout ça rapproche très vite, et du coup on s'imagine que c'est de l'amitié. Mais souvent, ça n'est rien de plus qu'une relation utilitaire et ça se finit toujours de la même manière, parce qu'on a été trop déçu, qu'on s'est disputés à cause de quelques euros qu'on a empruntés mais qu'on n'a pas encore rendus. Ou à cause d'une poignée d'herbe que nous a piquée un type. On s'habitue à tout, même à voir mourir ses camarades.

J'ai perdu des dizaines d'amis, pour certains d'entre eux je ne sais absolument pas comment. Je ne me souviens que des cas les plus frappants. Notamment de mes copines qui ont fait un mariage blanc avec un Arabe sans crier gare, parce que comme ça l'un avait son permis de résidence et l'autre sa came.

Ils viennent à la scène et ils expliquent ce qu'ils veulent. Il y en aura toujours une qui acceptera. Par exemple ma copine de prison, Liane Mayer, une femme superbe, avec des cheveux jusqu'aux fesses, une silhouette élancée et de grands yeux bleus. Elle donnait toujours son nom de jeune fille alors qu'elle s'appelait Al-Hamad depuis un bail. La plupart ne survivent pas à ce genre de ménages entre junkies.

Évidemment, le plus grand rêve d'une droguée, c'est de dormir dans le même lit que son dealer. Mais avoir accès à un appartement blindé d'héro en cuisinant un peu et en jouant la gentille maîtresse de maison, c'est sacrément dangereux ! Au bout de quelques semaines à peine, ces filles étaient généralement couvertes d'abcès et complètement léthargiques.

J'avais un mal fou à supporter de les voir comme ça quand je rendais visite à l'une ou à l'autre avec son nouveau « mari ». L'une d'elles, qu'on appelait Bibi, était assise à la table de la cuisine, la bave au coin des lèvres, incapable de faire entendre un autre son qu'un grognement comme si elle avait la fièvre. Elle me voyait bien sûr, mais elle ne pouvait plus réagir. Les yeux fermés, elle roulait ses cigarettes avec les deux mains posées sur la table, elle avait à peine la force de maintenir ses bras. « Oh là », elle a marmonné au moment où ses mains ont fini par glisser du bord de la table et que les feuilles, le tabac, tout le bordel est tombé sur le sol qui était de toute façon déjà complètement crade. « Oh là » : c'était tout ce qu'elle avait à dire maintenant. Rien de plus.

Je n'ai pas non plus oublié Martha : c'était une bonne femme avec un look gothique qui portait des corsets et avait des cheveux blond argenté qu'elle crêpait. Elle avait la peau blanche, elle mettait tout le temps de la poudre. Elle habitait dans un appartement au rez-de-chaussée dans une petite arrière-cour à Innsbrucker Platz. Des rideaux de velours noir étaient accrochés aux fenêtres pour que la lumière du soleil n'entre pas. Le sol était recouvert de tapis noirs, des centaines de bougies dégoulinaient dans l'appartement. Ça avait sans doute été joli avant, mais là, ça foutait juste les boules.

Martha était ma dealeuse. Dès que je me retrouvais assise chez elle, je n'avais qu'une envie : me tirer au plus vite parce que j'avais peur des flics et que l'ambiance là-dedans était hyper flippante. Mais elle n'arrivait à compter ni les boulettes d'héro ni l'argent, elle restait scotchée à la table avec du caviar, qu'un client lui avait filé pour la payer, en train de lui dégouliner de la bouche. Du caviar !

Elle était tout le temps bien trop défoncée pour être capable de faire ses courses, de se nourrir, de s'occuper de son business. Son ami s'appelait Kurt, il n'était pas en meilleure forme qu'elle, même moi j'étais choquée de voir l'état de ces deux créatures possédées par l'héroïne. Kurt avait de longs ongles vernis de noir comme Marilyn Manson. Tous ces gens sont morts depuis. Morts à force de se shooter ou à cause de je ne sais quoi d'autre. Ils sont morts, c'est tout. La plupart du temps, on ne pose pas de questions, on se fiche de savoir comment et quand. Au bout du compte, on sait tous pourquoi.

8

PHILLIP, MON FILS

Sebastian a été longtemps accro à l'héro, et pas qu'un peu. C'est dans la ligne 8 que je l'ai vu pour la première fois. Il vendait des journaux et dormait dans un établissement pour jeunes adultes sans abri de la Solmstraße. Il faisait tous les jours l'aller-retour entre Wittenau et Gesundbrunnen, exactement comme moi, et il était hyper mignon, grand et mince, avec des cheveux sombres et des yeux vert clair.

Au début je n'ai pas osé l'aborder, il donnait l'impression de n'avoir pas froid aux yeux et il n'avait pas l'air intéressé. Et puis il avait dix ans de moins que moi et, à cette époque, j'étais plutôt mal en point et pas vraiment sexy.

Pas longtemps avant, j'avais fait un vol plané du haut de la mezzanine de la Pflügerstraße, un soir où j'étais défoncée. J'avais pris des somnifères et de l'héroïne, du Mandrax et de la codéine. Un peu de tout. Et en dormant, je suis tombée du lit, il n'y avait qu'un tout petit rebord sur le côté. Deux mètres quarante de chute libre, alors que j'étais complètement dans les vapes. J'avais l'épaule droite et le bras en miettes.

Un pote qui vivait chez moi pour quelques jours a appelé une ambulance, c'est comme ça que j'ai atterri à l'hôpital. Ils ne pouvaient pas plâtrer le bras et l'épaule, et à cause de ça ils m'ont gardée quelques jours sous surveillance. Évidemment, j'ai complètement pété les plombs parce que j'étais en manque. C'était en 1995, à ce moment-là je n'avais encore jamais entendu parler de la méthadone.

Avant, les médecins nous donnaient au mieux de la codéine comme calmant quand on voulait se désintoxiquer à sec. Mais à cette époque, les premiers programmes de méthadone étaient lancés – c'est comme ça que j'ai commencé la substitution.

Au moment où on m'a laissée sortir, il était prévu que j'aille ensuite dans un cabinet médical ou dans un hôpital qui distribuait de la métha en ambulatoire pour avoir ma dose. Comme il n'y avait à l'époque pas beaucoup de médecins qui le faisaient, je devais prendre la ligne 7 et la ligne 9 jusqu'à la Turmstraße pour aller à l'hôpital de Moabit.

Un jour, alors que j'étais assise dans la salle d'attente, j'ai vu le vendeur de journaux super mignon de la ligne 8 sortir de la salle de soins en grognant « vieille grue ». Je n'ai pas pu m'empêcher de rire parce que je trouvais aussi que le médecin n'était pas très sympa. Aujourd'hui, je sais qu'en fait tous les médecins spécialisés dans la substitution sont désagréables et qu'ils ne s'intéressent pas à toi en tant que personne. Les junkies et les médecins, c'est une relation purement utilitaire dans laquelle les uns reçoivent de l'argent et les autres plus de dope qu'ils ne pourraient jamais s'en payer. Rien d'autre.

Donc j'ai éclaté de rire en voyant le jeune type en train de s'énerver. Il m'a regardée comme s'il cherchait l'embrouille :

« Qu'est-ce qu'il y a de drôle ?

— Eh ben, à moi aussi elle m'a déjà pris la tête. Pourquoi tu trouves que c'est une vieille grue ? j'ai demandé.

— Parce qu'elle s'excite pour 17 millilitres », a-t-il répondu.

De mon côté, je recevais 12 millilitres de méthadone et je trouvais aussi que ça n'était pas assez. Aujourd'hui, à 51 ans, après presque vingt ans de substitution, je sais que c'est énorme. Sebastian pensait le plus sérieusement du monde que 17 millilitres n'étaient pas assez pour lui. Alors qu'il y avait de quoi tuer un cheval. Les dosages les plus hauts dont j'aie jamais entendu parler sont de 23 millilitres. Au-delà de ça, même le plus salement accro des junkies y resterait.

Sebastian et moi, on a été assez vite dingues l'un de l'autre. Et il m'a raconté sa vie : il était né en Bavière en 1972. Sa mère était homéopathe, son père avait quitté le domicile familial. Alors que Sebastian avait 6 ans, un nouvel homme est entré dans la vie de sa mère et, au bout de trois ou quatre ans, ses demi-frères et sœurs sont venus au monde. Mais Alfred, son beau-père, et Sebastian ne pouvaient pas se sentir depuis le début. Les deux sous un même toit, c'était un mélange explosif. Sebastian compensait sa frustration et sa solitude en faisant toutes sortes de conneries. Exactement comme pour moi, sa bande est devenue sa nouvelle famille. Mais c'étaient des amis qui n'avaient pas une très bonne influence. Sebastian s'est mis à fumer de l'herbe et à tester tout un tas de drogues en soirée, il n'allait quasiment plus à l'école.

Quand le comportement de Sebastian a commencé à trop peser sur sa famille, il a déménagé chez son père biologique. Il n'avait vraiment fait sa connaissance que deux ans auparavant, à 15 ans, et il est finalement parti vivre chez lui à Hambourg. Entre eux deux, il y avait énormément d'amour et de confiance, et le père a fait comprendre à son gamin qu'il avait un problème avec la drogue. Mais les vieilles habitudes ont d'abord été plus fortes, et Sebastian est retourné en Bavière avec sa bande. Et puis, après avoir passé un paquet d'autres nuits à se défoncer, il a fini par accepter ce que son père lui avait dit et s'est mis à chercher les meilleures cliniques du pays spécialisées dans le sevrage. Au bout de presque un an, Sebastian a enfin été admis comme patient à Grunewald. Et un an plus tard, il savait quasiment tout des effets de la drogue et des mécanismes de l'addiction. Jusque-là, tout allait bien. Mais quand on l'a autorisé à sortir, alors qu'il était seul au monde et n'avait aucune idée de ce qu'il allait faire de sa vie, il s'est retrouvé à la rue. Sans argent, sans toit, sans but. Et en moins de deux, Sebastian est retombé dans la drogue.

Bien sûr, on se déteste de faire un truc pareil. Je ne connais aucun junkie qui soit heureux de replonger. Tu mens en permanence et à tout le monde, tu es bon pour ça. Mais c'est surtout à toi-même que tu passes ton temps à raconter des histoires. C'est la dernière fois. Juste une fois. Alors qu'au fond, tu sais bien qu'il y a quelque chose qui ne va pas chez toi et dans ta vie.

Mais l'idée d'y changer quelque chose te fait trop flipper, et du coup tu t'abrutis encore une fois pour oublier toute cette merde. Les uns apprennent à vivre avec, les autres en crèvent. Il n'y a qu'une toute petite différence de degré entre les deux.

Je ne peux pas dire précisément ce qui fait la distinction. Ce qui compte, c'est que toute ta vie ne se mette pas à tourner exclusivement autour de la drogue et que tu ne fasses plus que penser à la drogue, te procurer de la drogue et prendre de la drogue.

Ceux qui n'ont pas ce genre de problèmes ne peuvent tout simplement pas comprendre. Quand deux personnes ont des expériences en commun, les choses se font plus facilement entre elles. La plupart de ceux qui ne connaissent pas ce que j'ai vécu n'arrivent pas à me cerner. Comment quelqu'un qui a grandi en étant choyé et protégé, qui a toujours pu compter sur ses parents, pourrait-il concevoir que je me méfie même des personnes que j'aime ? Je sais d'expérience que ceux qui sont les plus proches de moi peuvent m'infliger les pires blessures. Comment peut-on comprendre un truc pareil, comment peut-on réagir face à mes angoisses quand on n'a rien vécu de semblable ? Et du coup, comment est-ce que je pourrais, moi, être avec quelqu'un comme ça ?

Mes relations avec Gode et Alexander m'avaient montré que ça ne marchait pas, et j'en avais déjà assez souffert. Sebastian et moi, si on était aussi dingues l'un de l'autre, c'est parce qu'on était au même niveau. Mais s'apercevoir qu'en dehors d'un passé qui se ressemble, on ne partage finalement pas grand-chose avec quelqu'un, ça fait aussi très mal.

Malgré sa situation, Sebastian était un homme soigné, il se douchait chez moi ou à la Solmstraße. J'étais flattée de voir qu'un beau gosse comme lui s'intéressait à moi. Mais en fait, il n'était jamais là. C'était la période des raves, il avait les cheveux décolorés, des fringues fluo, la musique était à fond et les fêtes n'en finissaient plus. Sebastian dansait à la Love Parade et mettait le feu en boîte. Pour lutter contre la fatigue, il avait ses trucs à lui.

Phillip a été conçu un jour de janvier 1996. Quand je me suis aperçue que j'étais enceinte, je me suis dit : « Puisque tu es trop bête pour faire gaffe à toi, tu n'as qu'à assumer les conséquences ! » Pour moi, il n'était plus question d'avorter. J'avais 33 ans et, même si ça n'était pas prévu, je me disais aussi que c'était une de mes dernières chances d'avoir un enfant.

Et puis j'étais redevenue clean, que demander de plus ? Toutes les conditions étaient réunies à ce moment-là. Il ne faut pas non plus être trop jeune pour devenir mère.

Du début à la fin de la grossesse, les fringales et les nausées ont bataillé entre elles pour me conquérir. Le matin j'étais malade, l'après-midi je courais acheter des cornichons, du hareng ou des œufs marinés. Puis mon estomac décidait de se débarrasser de tout ça, et mon équilibre électrolytique était encore une fois sens dessus dessous vu que j'avais vomi, ce qui me donnait à nouveau envie de me goinfrer d'aliments acides et salés.

Ça a été neuf mois difficiles, j'ai vraiment été soulagée de voir à la fin que je n'avais pris qu'un seul kilo en plus du poids du bébé. Je me suis retrouvée tout à coup couverte d'un tas de taches de rousseur – les hormones stimulent la pigmentation chez certaines femmes –, et ma peau s'est mise à être incroyablement sensible. Je sentais la moindre plume, le moindre souffle de vent.

On ne peut vraiment pas dire que j'étais une future maman épanouie. J'essayais de ne pas trop me réjouir à l'idée d'avoir un enfant par peur que quelque chose tourne mal. J'aurais fait quoi s'il était mort ? Je ne voulais pas non plus réfléchir à comment l'appeler. Eh oui, je n'avais même pas envie de savoir si ça allait être un garçon ou une fille.

Je n'ai pas fait de gymnastique ni rien de tous ces trucs de préparation à l'accouchement, même si Sebastian me l'a proposé plusieurs fois.

Les femmes ont des bébés depuis des millions d'années sans avoir besoin de tout ce tralala. Pour moi, l'essentiel ça n'était pas ça, mais plutôt d'arriver à me reposer et de protéger mon ventre. J'étais tout le temps en train de faire dégager les gens qui étaient trop près pour qu'ils ne se cognent pas contre moi. Mon médecin pour la substitution m'a alors proposé un truc : essayer d'arrêter la méthadone avec l'enfant. Mais j'avais peur de me mettre tout à coup à aller mal dans ma tête et de faire des bêtises. Après avoir discuté avec le toubib, on a seulement diminué ma dose d'un millilitre à la clinique de Virchow.

Un dimanche, je me suis réveillée avec de grosses crampes dans le bas-ventre. Mais je ne suis pas allée directement à l'hôpital parce que j'avais déjà vu une femme dont les contractions n'étaient pas encore régulières se faire renvoyer chez elle deux fois de suite. Incroyable ! (Il n'y avait pas assez d'argent, pas assez de place ou je ne sais trop quoi d'autre. J'ai trouvé ça vraiment terrible, parce que quand tu es enceinte de ton premier enfant, tu ne sais pas exactement quand c'est le moment d'y aller. Tu veux juste avoir un peu d'aide – et eux, ils t'envoient balader !)

Après m'être levée, je suis allée voir ma sœur Anette. Elle m'a demandé : « Est-ce que les contractions sont régulières ? » Non, elles n'étaient pas régulières, mais quand elles arrivaient, j'avais l'impression que j'allais me casser en deux. Chaque fois, j'avais une montée d'adrénaline de folie et je me mettais à parler sans pouvoir m'arrêter.

En même temps, j'essayais de contacter Sebastian. Il avait une sorte de bipeur, comme les médecins. Quand il m'a enfin rappelée en début de soirée, il était dans une cabine téléphonique pas très loin du Tresor, une des boîtes techno les plus connues d'Allemagne. Il m'a demandé : « Il faut que je vienne ? » Mais en entendant sa voix, j'ai eu l'impression qu'il avait pris un truc. Est-ce que c'était vraiment le cas ? Je ne sais pas. Mais je ne voulais de toute façon pas l'avoir avec moi dans cet état-là, donc je lui ai répondu : « Non, ça va, c'est juste que je ne me sens pas très bien. » Après que j'ai entendu sa voix, les contractions se sont arrêtées.

Le lendemain matin, je suis retournée chez ma gynécologue. Là-bas, on m'a fait un monitoring. La pièce était parfaitement tranquille, on m'y a laissée allongée un petit moment, et je n'entendais que le bruissement du feuillage et les battements de cœur de mon bébé. J'étais sur un petit nuage, c'était tellement le pied que je me suis endormie.

Quand je suis revenue à la maison, Sebastian était enfin rentré. Il avait dormi et comme il était rarement là on s'est direct jetés l'un sur l'autre, par derrière. C'est génial quand tu es enceinte. Mais ensuite, j'ai tout de suite eu envie de pleurer parce que je me rendais compte que Sebastian et moi, on ne formait pas une famille. Et là, les contractions ont commencé pour de bon.

On était allongés sur la mezzanine et je me suis laissée glisser le long de l'échelle. J'avais trop mal pour descendre normalement. Pendant ce temps, Sebastian dormait. Et je me suis mise à faire n'importe quoi parce que je flippais horriblement. J'ai posé ma tête sur le sol et je me suis collé les fesses en l'air contre le canapé en cuir. Je ne voulais pas que ça sorte. « Reste dedans, s'il te plaît, reste dedans, je ne sais pas ce qu'il faut que je fasse pour que tu naisses. S'il te plaît, ne viens pas maintenant », je n'arrêtais pas de hurler et de pleurer, et je me suis agrippée tellement fort au canapé que tous mes ongles se sont cassés.

Et puis, alors que ma poche des eaux s'était rompue, j'ai fini par jeter un truc sur le lit et par crier à Sebastian : « Mais réveille-toi, je suis en train de mourir ! » Là, il a appelé l'ambulance. Le 24 septembre à neuf heures, elle est arrivée et m'a emmenée dans un hôpital de Neukölln.

Le médecin n'arrêtait pas de mettre en garde Sebastian : « Je ne peux pas m'occuper de deux patients à la fois, jeune homme. Vous êtes tout pâle, asseyez-vous. » Mais Sebastian a été très courageux. À cause de mes veines qui étaient tout abîmées à force d'être piquées, les infirmières ont eu un mal fou à faire entrer l'aiguille, ça a été hyper douloureux pour moi. Sebastian était debout à côté pendant qu'elles cherchaient désespérément un endroit dans mon bras où faire la piqûre, il me tenait la main et m'essuyait le front. Je transpirais comme une folle et je criais sans arrêt : « Sebastian ! Sebastian ! » Ça faisait un mal de chien. Tout ça était un peu trop pour lui, je ne conseille vraiment à aucune femme d'emmener son homme avec elle en salle de travail. Ça ne sert à rien pour aucun des deux, et forcer l'homme à regarder tout ça, c'est une véritable torture. Et c'est super gênant. J'ai eu horriblement honte qu'il m'ait vue en train de me faire recoudre le périnée par l'interne.

En deux heures, c'était plié. Mais ces douleurs : plus jamais ! Je n'arrivais absolument pas à pousser, j'ai cru que mes yeux allaient me sortir de la tête, je n'ai pas du tout été courageuse. Finalement, ils ont dû aller chercher mon bébé au forceps, toute seule je n'aurais jamais réussi à le faire sortir. Le gamin faisait 46 centimètres et pesait 2,8 kilos. Il était minuscule et pas du tout chiffonné comme un tas d'autres nouveau-nés. Dès les premières secondes, Phillip était tout mignon. Au moment où je l'ai vu et où il a crié en apercevant la lumière, j'ai été la personne la plus heureuse du monde.

Il n'y a pas de mots pour décrire ça. Voilà que ce minuscule être qui avait besoin de moi était là. Et lui était maintenant tout ce dont j'avais besoin. Tout le reste m'était égal. Je lui ai donné deux prénoms. Dont Phillip. Pour Philipp Keel de Zurich. Juste écrit un peu différemment.

Après la naissance, je suis restée quelques jours à l'hôpital. Je manquais trop d'expérience pour rentrer directement à la maison, j'avais encore des trucs à apprendre. Phillip était un adorable bébé très paisible, pas du tout stressant, avec lui ça n'était que du bonheur. J'aurais pu m'occuper de trois comme lui. Je déteste entendre les autres mères raconter combien leurs enfants les stressent. Et sortir ce genre de trucs sans un gramme d'amour : « Quand tu lui donnes ça ou ça, que tu t'occupes de tout pour lui ou que tu fais comme il veut, il s'en souvient et ensuite il veut que tout se passe toujours comme ça. » Mais enfin, ce sont des bébés ! Est-ce qu'elles veulent me faire croire qu'une crevette de cette taille est aussi calculatrice ? Qu'elle pleure juste pour m'énerver ?

Ce sont des gens comme ça qui apprennent à leurs enfants que la vie n'est rien d'autre qu'une lutte. Qu'on n'a rien sans rien et que tout se mérite, même l'affection. Et ces enfants deviennent ensuite des grandes personnes qui sont toujours en train de lorgner sur ce qu'ont les autres et qui ont peur de tout. Qui croient toujours qu'ils ne vont pas y arriver. Ce qui est le plus important, c'est d'apprendre à son enfant à avoir confiance en lui-même et en ceux qui l'entourent. De lui apprendre à se dire : Tout ira bien. Et pour ça, il faut déjà commencer par ne pas laisser le bébé s'époumoner juste pour avoir un truc à manger.

Et c'est exactement ce que me sortent certains parents. Je leur dis : « Ton gamin pleure, va voir. » Et eux : « Non, il faut le laisser crier. Si j'y vais, il va penser que je viendrai chaque fois qu'il braille. » Je trouve ça dur. On s'attendrait à ce qu'une mère jette au moins un coup d'œil quand son enfant pleure. C'est bien pour ça qu'il crie ! Et c'est ce que font toutes les mères chez les animaux, même la nuit. Mais il y a des femmes à qui leurs propres mères ont appris qu'elles ne devaient pas y aller la nuit, sous prétexte qu'il faudrait bien dormir pour pouvoir s'occuper de l'enfant correctement. Affreux. Je n'ai jamais fonctionné comme ça.

Je me réveillais toujours avant Phillip. À une époque, j'avais remarqué qu'il se mettait systématiquement à pleurer entre une et deux heures du matin. Il avait faim à ce moment-là, en l'entendant crier je savais l'heure qu'il était. Une fois que j'eus compris le truc, le biberon était toujours prêt à entrer en action quand il fallait. Je sortais du lit à minuit trente, je faisais chauffer le lait et je posais le biberon à côté de moi en attendant que Phillip m'appelle. Une fois que c'était fait, j'avais à nouveau la paix et tout le monde se rendormait tranquillement. Je ne lui ai pas donné le sein, surtout parce que j'avais peur de lui refiler quelque chose de toxique avec mon lait.

Quand je suis devenue mère, il y a plein de choses que j'ai faites pour la dernière fois de ma vie. Tapiner, par exemple. Ça ne m'est arrivé que deux fois depuis l'époque de la gare du Zoo. Une fois, pas longtemps après la naissance de Phillip, pendant une dispute, Sebastian m'avait arraché le bébé des bras. Je l'avais laissé faire parce qu'on aurait pu blesser le gamin. Et puis il m'a plantée toute seule au milieu du parc de Hasenheide avec seulement cinq marks en poche. Alors j'ai décidé d'aller chez l'Argentin au coin de la rue pour boire une bière et essayer de me calmer.

Et voilà qu'un hippie avec de longs cheveux blonds passe devant moi dans une Mercedes rouge pétante. Le type m'a tapé dans l'œil, et visiblement moi aussi. Il s'est arrêté et on s'est envoyés en l'air sur sa banquette arrière. Il m'a filé 50 marks en échange.

Ensuite, on est allés dans un bar où il m'a payé quelques Southern Comfort. Il m'a demandé : « Qu'est-ce que tu dirais de remettre ça ? » J'ai répondu : « Bof. » Je déteste baiser quand je suis bourrée.

Évidemment, si j'ai fait ça, c'était avant tout pour blesser Sebastian. Le lendemain matin, j'étais de retour à la maison.

Nous sommes restés encore quelques semaines ensemble. Pour le gamin. On a essayé d'arranger les choses, mais Sebastian était beaucoup trop jeune et il ne pouvait pas assumer toutes ces responsabilités.

À six semaines, Phillip a failli mourir. Il a commencé à tousser terriblement, ça ne s'arrêtait plus. Je passais déjà ma vie chez le pédiatre, parce qu'il y a tout un tas d'examens à faire avec les petits. Un vaccin par-ci, une prise de sang par-là, et tous les contrôles de taille, de croissance et de métabolisme. Je ne faisais plus que m'occuper de cette petite chose.

Phillip était un bébé très calme, mais bien sûr il lui arrivait de se réveiller, de crier, de pleurer et d'avoir faim ou soif. Une nuit pourtant, ça n'a pas été comme d'habitude, il s'est mis à tousser par saccades. Je l'ai pris dans mes bras, je l'ai posé sur mon épaule gauche comme je le faisais toujours, j'ai marché en long et en large dans la chambre, j'ai sautillé un peu de haut en bas avec lui en espérant que ça passerait. Mais ça devenait de pire en pire, impossible pour moi de fermer l'œil. Dès qu'il s'était un peu calmé et que je m'étais recouchée, ça repartait pour un tour.

Et tout d'un coup, Phillip a eu l'air de ne plus pouvoir respirer, et son corps est devenu tout bleu.

J'ai immédiatement tout pris sous le bras : la couverture de bébé, le biberon, la carte d'assurance maladie, le carnet de santé, et j'ai couru chez le pédiatre le plus vite possible. Je savais que sur la porte du cabinet, il y avait un panneau avec l'adresse du médecin de garde. Coup de bol : il n'était pas trop loin.

À peine quinze minutes après, j'ai débarqué avec la poussette chargée à bloc dans le cabinet et j'ai crié, paniquée : « Mon fils a la coqueluche, faites quelque chose s'il vous plaît, il est en train d'étouffer ! » Il ne faut jamais au grand jamais faire de diagnostic devant un médecin. Je l'ai appris à cette occasion.

« Votre garçon a une bronchite, vous habitez Neukölln, il y a plein de nourrissons qui l'ont là-bas en ce moment, c'est l'automne, il y a une épidémie », m'a dit le médecin après avoir examiné mon bébé pendant deux minutes. C'était un homme d'environ 40 ans avec des cheveux courts, blonds mêlés de gris, très mince. Il fixait le vide d'un air indifférent au-dessus de ses lunettes sans cerclage en posant son stéthoscope sur la petite poitrine de Phillip.

Il ne m'a pas jeté pas un seul regard, il a juste signé une ordonnance sans dire un mot – il a prescrit un sirop pour la toux et des médicaments pour faire baisser la fièvre. Puis il nous a renvoyés chez nous. « Ça va s'arranger », a-t-il déclaré. « Suivant, s'il vous plaît. »

J'avais envie de le croire quand il disait que Phillip n'avait rien de grave. Pendant quelques jours, c'est effectivement allé mieux, mais ensuite il a recommencé à tousser par saccades. C'est terrible pour une mère de voir son bébé secoué par la toux et de ne rien pouvoir faire. Je lui donnais du sirop et je le surveillais comme le lait sur le feu, j'allais sans arrêt au berceau pour vérifier qu'il ne redevenait pas tout bleu.

Je ne voulais pas non plus passer pour une mère parano en me précipitant à tout bout de champ chez le pédiatre. À cause de mon nom, tout le monde a de toute façon directement le pire en tête, surtout les médecins. C'est comme ça, je dois faire avec.

Je ne m'étais encore jamais sentie aussi impuissante, Phillip toussait à chaque inspiration, puis à nouveau je ne l'ai plus entendu respirer. Cette fois, j'ai couru sans attendre chez le même médecin de garde vu que c'était aussi la nuit. Et là encore, il m'a simplement renvoyée chez moi avec des médicaments. « Ça dure une semaine à dix jours, et puis tout rentre dans l'ordre », m'a seulement dit ce gros rustre en me tapotant l'épaule comme si j'étais une petite fille qui venait de planter son contrôle.

Il avait injecté au gamin quelque chose qui l'a effectivement calmé un peu. Mais quand le jour d'après, Phillip est redevenu tout bleu, j'ai filé tout droit à l'aide à l'enfance. « Faites quelque chose, les médecins ne veulent pas me croire. Il faut que vous m'aidiez, mon fils a besoin d'être soigné correctement. Il a la coqueluche, je le sais parce que je l'ai eue moi aussi quand j'étais bébé, ma mère m'a tout raconté. Faites quelque chose ! »

Une femme de l'aide à l'enfance nous a conduits Phillip et moi à l'hôpital de la Charité. Là-bas, Phillip a tout de suite été mis en quarantaine et branché à tout un tas de tuyaux et de machines pour contrôler son cœur et sa respiration. Diagnostic : coqueluche !

On m'a installé un lit pliant, un de ces trucs qui basculent vers l'avant ou vers l'arrière dès qu'on change de position. Mais je pouvais de toute façon à peine fermer l'œil, comment est-ce que j'aurais pu dormir ? De temps en temps, mes paupières tombaient toutes seules – du coup je m'étendais un peu sur le lit d'appoint.

Plusieurs fois, j'ai été réveillée par l'alarme qui se mettait en route quand Phillip toussait. Tu sautes direct au plafond tellement ça te vrille les oreilles. Un bip atroce. Je prenais mon fils dans les bras et je tapotais doucement sur son dos pour qu'il puisse respirer. J'avais observé les infirmières et ça n'était pas bien compliqué : « Respire, petit ! », je répétais. « Allez, respire ! » Ça a duré comme ça toute une semaine, et puis peu à peu les choses se sont arrangées. Je n'ai aucune idée de combien d'enfants on a contaminés dans ce cabinet à cause du pédiatre qui ne voulait rien entendre.

9

Enlèvements

Avec Phillip, l'appartement de la Pflügerstraße a vite montré ses limites. Il n'y avait rien d'autre que cette mezzanine, de laquelle on pouvait se faire terriblement mal en tombant. Alors je dormais sur le canapé en cuir pendant qu'il était dans son berceau. Mais le bébé a grandi. Et j'avais besoin d'être un peu soutenue et d'échanger avec d'autres mères. Alors en 2000, j'ai emménagé à Spandau dans une colocation gérée par les services sociaux et réservée aux femmes qui suivaient un programme de substitution.

La colocation occupait tout un immeuble, les appartements deux pièces coûtaient 350 euros par mois. Il n'y avait que quatre toilettes pour les 16 femmes et les 20 enfants – nous devions même traverser la cour pour nous doucher et faire nos petites affaires.

Surtout, au bout de quelques mois seulement, les prises de tête entre les habitantes ont commencé à me taper sérieusement sur le système. Il y avait tout le temps des engueulades : Qui nettoie ça et quand ? Comment on trie les ordures ? Est-ce qu'on peut utiliser l'éponge qui sert à laver les chaussures pour faire la vaisselle ?

Chaque femme a besoin d'avoir son propre foyer, son territoire à elle. Sinon ça ne marche pas. Pour moi, ça n'était pas possible. Et puis Phillip allait avoir 6 ans. Il était temps de partir. Je me suis donc mise à chercher un appartement et comme ma mère vivait déjà à Stahnsdorf, pas loin de Teltow, avec son troisième mari, je me suis dit que je trouverais là-bas le calme dont j'avais besoin.

On s'est baladés dans le coin en voiture, et on a fini par tomber sur cet immeuble tout juste construit et encore inhabité. À une fenêtre, il y avait un numéro de téléphone que j'ai appelé. Quatre semaines plus tard, on emménageait dans un deux-pièces flambant neuf au-dessus de La Maison des jolies choses, une petite boutique qui se trouvait en face de l'atelier de Markus Lüpertz. Les voisins et le propriétaire étaient sympas, l'immeuble était propre, l'appartement faisait 60 mètres carrés, avec une cuisine intégrée et du double vitrage. Et bien sûr, Phillip avait sa pièce à lui, à gauche en entrant, à côté de la salle de bains.

À Teltow, j'ai passé un certain temps sans méthadone. J'avais baissé la dose à un millilitre, autant dire rien. De temps à autre, je fumais un joint. Le plus souvent, je fumais ouvertement devant Phillip, et je suis à peu près sûre de lui avoir fait passer comme ça le goût de l'interdit. Il ne m'a jamais demandé s'il pouvait tirer aussi. Il ne fume même pas de cigarettes.

Je l'avoue, quand je rencontrais de vieilles connaissances sur le chemin du médecin, ils avaient de l'héro à sniffer, et malheureusement je n'ai pas toujours dit non. Mais ce n'était pas fréquent.

Ce que la plupart des gens ne comprennent pas, c'est qu'on ne retombe pas dans la dépendance au moindre shoot ou au moindre sniff. Au début ça va, c'est comme ça. C'est là que ça se décide, si tu deviens un junkie ou si tu traverses juste une mauvaise passe. Dans le film, *Moi, Christiane F., 13 ans, droguée, prostituée,* la réplique « je contrôle » est devenue la phrase de tous ceux qui était plus dans la merde que ce qu'ils voulaient bien reconnaître. Et c'est vrai que ça se passait comme ça. Mais quand tu es déjà un junkie, que depuis dix, vingt ans, tu es sous héro, que tu t'es enfilé par kilos tous les médocs possibles et que t'as été en sevrage des dizaines de fois, c'est pas un sniff qui te renverse de ta chaise. Si toute ta vie tourne autour de la drogue, ou si elle t'accompagne à la périphérie, ce n'est pas la même chose.

Grâce à mon gamin, je m'étais déshabituée à être un oiseau de nuit. Je savais exactement que le matin, il serait tôt sur pied, qu'il voudrait son chocolat, et le week-end ses dessins animés. Le samedi matin, il était réveillé dès six heures et demie et voulait absolument voir Tom et Jerry, les Bisounours ou les Power Rangers. Ça n'était jamais trop tôt, même s'il n'était pas complètement réveillé. Et si je lui demandais : « Mais, Phillip, tu n'es pas fatigué ? », il me regardait d'un air effrayé et répondait : « Non, mais si tu toi tu l'es, tu peux aller te recoucher ! »

Les enfants sont tellement mignons entre 2 et 7 ans. Après, les garçons deviennent bagarreurs et les filles des princesses, ce qui est aussi pénible, parce que dans les deux cas ils deviennent chiants. Mais le soir, ils sont tous mignons. Nous faisions toujours des câlins, jusqu'à ce que Phillip devienne trop grand pour en avoir encore envie. Quand il se rendormait devant ses dessins animés, je le prenais dans mes bras et je le remettais au lit pour des câlins. Il se réveillait et me demandait : « Maman, je peux encore avoir du chocolat ? » Bien sûr je me levais, même s'il était souvent endormi quand je revenais avec la tasse. Alors je buvais le chocolat moi-même, aujourd'hui encore j'aime bien en boire.

On se sent bon à quelque chose quand on a un rythme. Le gamin me faisait du bien, il faisait de moi quelqu'un de bien. Il m'a redonné l'envie de vivre le jour, il m'a réappris à honorer mes rendez-vous, à être fiable, tous ces trucs que je connaissais et savais faire avant, parce que je les avais appris à l'école et pendant ma formation, mais tout autrement. Désormais, tout ça avait beaucoup plus de sens, et ça me faisait énormément de bien. Phillip est le plus beau cadeau que la vie m'ait faite, on faisait une sacrée équipe.

En tant que mère, je me faisais un devoir de bien commencer la journée. Je ne voulais pas qu'il lui arrive ce qui m'était arrivé quand j'étais petite, à la maternelle ou au primaire. À sept heures moins dix, notre mère ouvrait brutalement la porte de ma chambre et de celle d'Anette : debout là-dedans ! Tout le reste, le matin, mes parents ne s'en sont pas occupés. Ma mère se préparait pour aller à son boulot de secrétaire chez Axel Springer, et mon père était encore bourré la plupart du temps, ou alors il avait une gueule de bois atroce. Nous devions tout faire nous-mêmes, les goûters pour l'école, on connaissait pas. Les câlins au lit avec maman, non plus. Nous avons eu une enfance solitaire. Je ne voulais pas de ça pour Phillip.

C'est pour ça que nous essayions de faire le maximum de choses ensemble. Même le ménage. Tout petit déjà, je lui avais appris à plier les affaires. Ça ne marche évidemment que si c'est rigolo : je commençais par jeter un tas de linge propre sur le matelas et je laissais le gamin sauter dessus, et puis le pliage prenait la forme d'un concours : « Voyons qui s'en sort le mieux ! » C'est comme ça qu'on doit apprendre des choses aux enfants, ça doit être ludique. Tous les matins, nous déjeunions ensemble avant d'aller à l'école, jusqu'à ce que vers 10 ans, il trouve gênant qu'on le voie avec sa maman. J'étais très heureuse de ça, ça voulait dire qu'il avait des amis qui étaient importants pour lui. Et à sa place, j'aurais réagi exactement pareil, être vu avec sa mère, c'est pas cool quand on a 10 ans. Ça n'était pas évident pour Phillip de se faire des amis. Pas à cause de lui, même s'il était plutôt du genre calme, discret et silencieux. Mais à cause de moi.

Lorsque nous habitions encore à Spandau, certains parents, apprenant qui j'étais, interdisaient à leurs enfants de jouer avec Phillip. Ça m'a brisé le cœur, et au gosse aussi évidemment, même s'il me défendait et traitait les autres de « gros débiles » et de « pauvres types ». Nous étions très contents que les gens soient un peu plus tolérants dans le fin fond du Brandebourg, sans doute aussi parce que mon livre ne s'était absolument pas vendu en RDA et que je n'y étais pas du tout connue. En plus, nous avions appris entretemps à ne pas dire à tout le monde que la nouvelle voisine, Christiane Felscherinow, était « la fille de la gare du Zoo ». La franchise ne paie pas toujours, je savais ça depuis mon enfance parce que mon père, chaque fois que je lui avouais une bêtise, me foutait des coups terribles.

À Teltow, quelques familles avaient appris à mieux nous connaître, et quand Phillip est devenu joueur au TSV Teltow, elles se sont rendu compte que nous n'étions pas si affreux. Mon gamin, comme beaucoup d'autres, s'était découvert une passion pour le foot depuis la Coupe du monde de 2006 en Allemagne. Bien plus souvent qu'à Kotti, j'étais maintenant au terrain de sport de Teltow juste à côté de chez nous pour l'encourager.

Quand ceux qui jouaient avec lui et ses copains dormaient à la maison, j'étais très heureuse pour Phillip, je leur préparais des frites et des pizzas, je les laissais construire des cabanes avec des couvertures et des chaises au beau milieu du petit appartement, ils avaient le droit de crier et de courir partout – c'était pas grave, l'important c'était de s'amuser.

C'était super, sauf que l'entraîneuse sonnait à ma porte pour me refiler à laver les maillots dégueulasses. Les onze, y compris les protège-tibias. J'ai d'abord pensé : quel enfer, et puis je l'ai fait avec plaisir, parce que les parents le faisaient à tour de rôle, et que ça fait partie de l'esprit communautaire.

J'étais fière de Phillip, aussi parce qu'il endurait bravement les défaites cuisantes répétées de son équipe. La plupart des rencontres se terminaient sur des 10 à 0. Il jouait en juniors E, et les gamins – c'est normal à 10, 11 ans – passaient leur temps à déraper sur leurs genoux ou leurs fesses pour arracher le ballon à leurs adversaires. Je voulais soutenir la motivation de Phillip, et c'est pour ça que, bien sûr, je lavais les maillots boueux de son équipe.

Malheureusement, son entraîneuse a dû arrêter pour des raisons personnelles. Mais ça a pris du temps avant qu'on trouve un remplaçant, Phillip a perdu l'envie et, à la place, il a passé un permis de pêche.

Un jour, une travailleuse sociale a sonné chez moi. Elle me connaissait de la colocation des substituées et voulait savoir comment nous allions mon fils et moi. « Tout va super bien, merci. » Puis elle m'a demandé si j'aimerais avoir un assistant familial. « Si c'est un homme, pourquoi pas ? J'ai peur que Phillip n'ait pas de référence masculine quand il sera plus grand. Pour le moment, il a 6 ans et il veut déjà grimper partout et se bagarrer, bientôt il aura sûrement envie de faire du patin à glace et d'aller aux matchs de foot au stade olympique. Je trouverais ça génial qu'il y ait un homme qui fasse tous ces trucs de garçon avec lui et qui lui serve de modèle. »

C'est comme ça qu'en 2005 Thorsten, un type de taille moyenne, aux cheveux moyennement blonds et qui était moyennement marrant, est entré dans notre vie. Après deux ou trois semaines et quelques formulaires remplis pour l'aide à l'enfance, il est venu nous voir pour la première fois – et ça n'était absolument pas comme je me l'étais imaginé.

Il s'asseyait à ma petite table de cuisine et nous demandait comment ça allait. Toutes les deux ou trois semaines, il y avait une nouvelle visite pendant laquelle il ne faisait en fait rien d'autre que nous poser des questions à moi et à Phillip. C'était quelqu'un de gentil, mais il n'y avait ni constructions en Lego, ni patin à glace, ni sortie au stade. Je crois qu'il est allé une fois seulement voir un match de foot avec le gamin.

Deux ans après l'irruption de l'assistant familial, j'ai fait la connaissance de Dragan, un Serbe hyper mignon et charmant, dans un café de l'Oranienstraße. Il avait peut-être autour de 35 ans, soit à l'époque plus de dix ans de moins que moi – tous les hommes que j'ai connus étaient plus jeunes que moi. Tous sauf Panagiotis. Comme lui, Dragan venait des Balkans, ça me plaisait bien. Il était le premier homme avec lequel je sortais depuis à peu près dix ans.

Jusque-là, il n'y avait pas eu de place dans ma vie pour un autre homme que mon fils. Mais le plus dur était fait avec le gamin, et après tout ce temps j'avais à nouveau envie d'une amourette. Comme c'était une très jolie histoire, nous avons fini par nous présenter nos amis. Et parmi ceux de Dragan, il y avait Beckermann, un gringalet de son âge aux cheveux blond foncé.

En fait, il ne s'appelait pas vraiment Beckermann. Mais c'est une des rares personnes que j'ai rencontrées dont j'aie toujours peur aujourd'hui. C'est pour ça que je ne donne pas son véritable nom. C'est un salaud.

Beckermann est le fils adoptif d'un parrain de la drogue berlinois qui a une sale réputation. Sa mère avait épousé son beau-père contre de l'argent. Il était libanais – je ne sais pas s'il est encore vivant aujourd'hui – et il avait besoin d'un permis de résidence. À l'époque, dans les années 1970 et 1980, c'était plus facile qu'aujourd'hui de faire un mariage blanc en Allemagne.

Le Libanais avait adopté Beckermann quand il était enfant. Et évidemment, comme tous les pères, il lui a appris ce qu'il pouvait. Je ne sais pas si sa femme était au courant de son business. De mon côté en tout cas, je n'ai appris que très tard, trop tard, de quel milieu venait Beckermann.

Son beau-père faisait partie de ceux qui avaient du pouvoir dès qu'il s'agissait de cocaïne et de métamphétamines. Et du coup, il avait du pouvoir dans l'absolu, vu que contrairement à l'héroïne qui est la drogue du peuple, la cocaïne est plutôt celle des députés du Bundestag, des producteurs de cinéma, des musiciens et des avocats – j'en ai fait l'expérience sur le tournage du film *Moi, Christiane F., 13 ans, droguée, prostituée.*

Beckermann était gravement coké, mais au début je ne l'ai pas remarqué. Il sniffait tous les jours et, comme Phillip me l'a raconté plus tard, il demandait même au gamin s'il n'avait pas des restes de « neige » sur le nez. Comme le matos est blanc, il y en a beaucoup qui appellent ça de la neige. Mais du haut de ses 11 ans, le gamin ne le savait pas encore, Dieu merci. Il pensait que Beckermann parlait de morve.

Beckermann est un acteur sacrément doué. Il peut mener son monde en bateau de manière hallucinante, il joue le type bien propre sur lui et à qui on peut faire confiance, il se met les gens dans la poche pour mieux vider les leurs. Entre nous, ça a commencé comme ça.

Dragan a alors commencé à être de moins en moins présent, alors que Beckermann insistait tout le temps pour me voir. À l'époque, j'ai cru que Dragan ne voulait plus de moi, et j'ai pleuré dans les bras de

Beckermann, qui n'était jusque-là rien de plus qu'un pote. Ça n'est que plus tard, une fois que j'ai su qui était vraiment Beckermann, que j'ai compris : le jeune Serbe n'avait pas eu le choix. Beckermann avait conseillé à Dragan de déguerpir – soi-disant dans mon intérêt. Dragan n'était pas quelqu'un de bien et ça n'était pas bon pour moi de traîner avec lui, affirmait-il. En réalité, il lui a sans doute fait comprendre qu'il devait me laisser tranquille s'il ne voulait pas avoir d'ennuis.

Et il vaut mieux ne pas avoir d'ennuis avec la famille de Beckermann. Quand le fils du parrain dit : « Bas les pattes », on file sans demander son reste, le plus vite et le plus loin possible.

À l'époque, tout ça n'était pas encore très clair dans ma tête. Pour être honnête, ce type a aujourd'hui toujours quelque chose de complètement mystérieux à mes yeux. Il était tout le temps en train de se faire passer pour quelqu'un qu'il n'était pas et il n'hésitait pas à en faire des tonnes : une fois, il a même bidouillé un faux article du *Spiegel Online* pour m'en mettre plein la vue. Il m'avait donné deux pages au format A4 avec le logo du site qui racontaient combien son beau-père et lui étaient puissants.

On pouvait entre autres lire qu'étant son fils adoptif, il avait plus de 500 cents membres des clans arabes sous ses ordres et qu'il possédait une maison avec plus de 30 pièces et une piscine en Rhénanie-du-Nord-Westphalie. Sur le document que j'ai conservé, il est écrit : « Lors d'une altercation avec la police qui avait tenté de le contrôler alors qu'il roulait dans sa Mercedes 500, il n'eut qu'à passer un coup de fil pour que plus de 300 membres des clans arabes viennent à sa rescousse : en moins de quinze minutes, ses hommes arrivèrent lourdement armés de tous les quartiers de Berlin. » Et plus loin : « Il (Beckermann donc) quitta le lieu du délit sans avoir été contrôlé et en prononçant ces mots : “Dans cette ville, la police, c'est nous : c'est moi qui décide de qui me contrôle, et pas vous, bande de parasittes.” » Parasite était écrit avec deux « t ».

Aujourd'hui, je sais que cet homme est un genre de Félix Krull[1] en violent. Et pourtant, je n'étais alors pas particulièrement attirée par l'image qu'il cherchait à donner de lui. Ça ne m'intéressait absolument pas, et c'est précisément ce qui a ensuite causé ma perte. J'aurais dû remarquer tout de suite que Beckermann était un escroc.

Depuis que mon avocat a passé son cas à la loupe, je connais quelques éléments de sa biographie, mais il y a encore plein de pièces du puzzle que je n'arrive pas à assembler. Par exemple, je ne comprends pas comment il a pu être en fuite pendant des années tout en voyageant dans une foule de pays et en ayant des coffres-forts et des comptes en banque aux quatre coins du monde. La dernière fois que j'ai entendu parler de lui, c'était par mon avocat, qui m'a dit que Beckermann faisait l'objet d'un mandat d'arrêt international.

C'était toujours pour le même genre de truc. Beckermann a étudié le Web-design ou l'informatique

1. Héros d'un roman inachevé de Thomas Mann, *Les Confessions du chevalier d'industrie Félix Krull*. Félix Krull se sort des situations les plus improbables grâce à la ruse et finit par connaître le succès, notamment en se faisant passer pour ce qu'il n'est pas. (*N.d.T.*)

ou quelque chose comme ça. C'est un type dégourdi et très malin, il a fréquenté de bonnes universités, y compris à l'étranger. Enfin c'est ce qu'il disait, on ne sait jamais bien ce qui est vrai et ce qui ne l'est pas dans ce qu'il raconte. En tout cas, il est très branché Internet. Et grâce aux bonnes études qu'il a faites, il arrive à pirater des sites de vente en ligne et des forums.

Ou encore, il achète des cartes de crédit volées et il s'en sert pour commander des objets de valeur qu'il revend ensuite. Les failles de sécurité sur Internet facilitent incroyablement les choses aux receleurs et aux escrocs, comme je l'ai ensuite appris à mes dépens.

Beckermann avait d'autres combines : sur l'île de Gran Canaria, il a gagné quelques centaines de milliers d'euros en se faisant passer pour un agent immobilier ou un propriétaire et en vendant des maisons qu'il ne possédait absolument pas. Il louait simplement un bien immobilier, proposait à des gens riches de le leur montrer et leur faisait croire que c'était une bonne affaire.

Les gens peuvent être incroyablement stupides quand il y a beaucoup d'argent en jeu.

Je ne me suis jamais laissée entraîner quand il essayait de me pousser à faire quelque chose. Quand je lui ai dit que j'avais l'intention de quitter Berlin, il a évidemment voulu qu'on parte ensemble à Gran Canaria. Il ne lâchait pas l'affaire. On ne se connaissait pourtant que depuis six semaines, et je lui ai expliqué : « À Gran Canaria, Phillip et moi, on ne sera pas heureux, c'est un endroit pour les touristes. Moi, je ne veux pas faire la fiesta, je veux juste avoir la paix ! »

En 2008, Phillip entrait dans l'adolescence, je ne voulais pas qu'il continue à subir tout ça. Il fallait de l'espace pour lui, pour ses jeunes années, pour ses problèmes et ses centres d'intérêt. Ma jeunesse merdique à moi était loin derrière, et je voulais avoir la force de m'occuper de lui. C'est pour ça que je voulais quitter Berlin. J'ai parlé très longtemps avec le gamin et je lui ai tout expliqué.

Il s'y connaît bien en géographie. Quand il était petit, on aimait bien sortir l'atlas du placard et partir avec à la découverte du monde. Alors je me suis assise près de lui sur son lit, avec les cartes et un chocolat chaud, comme on le faisait depuis toujours, et je lui ai demandé dans quel endroit il préférerait vivre.

« Je veux absolument qu'il fasse le même temps. Avec un printemps, un été, un automne et un hiver », a-t-il répondu. « Je ne veux pas qu'il n'y ait que des palmiers ou que de la neige. Et je ne veux pas que ce soit aussi dur dans la nouvelle classe. » Et là, je me suis dit : « Bon sang, peut-être qu'il aurait moins de mal aux Pays-Bas vu qu'il est allemand. » J'ai aussi pensé un instant à Pasadena.

Même avant les élections américaines, j'étais certaine que Barack Obama allait gagner, et je trouve que c'est un type super cool. « S'il est élu président, on part là-bas », ai-je fantasmé pendant un petit moment. Mais je savais bien que ça n'était pas évident de décrocher une *green card*, surtout quand on est comme moi une ex-junkie avec un casier judiciaire et un enfant à charge.

Comme on ne voulait pas d'une ville beaucoup plus petite que Berlin, on s'est finalement décidés pour Amsterdam.

J'y suis d'abord allée seule avec Beckermann. Je voulais voir comment la ville avait évolué depuis que j'étais venue pour la dernière fois. À l'époque où je vivais à Zurich, j'y avais fait la fête avec mon junkie accro au speed, une fois où Anna nous avait envoyés à Paris. Mais du coup j'avais vu la ville à travers le regard de l'ado camée que j'étais et je n'avais fait que chercher les discothèques et les sex-shops.

Maintenant j'étais mère, j'étais clean, et je voulais me renseigner pour savoir quelles étaient les bonnes écoles et les démarches à suivre pour s'installer là-bas. Nous voulons emménager ici – pouvez-vous nous dire comment faire ?

Il vous faut un numéro de sécurité sociale, nous a-t-on expliqué au bureau d'enregistrement de la ville. Nous avons trouvé le reste des informations sur Internet à la bibliothèque municipale. Nous avons appris par exemple que, pour pouvoir faire une demande de numéro de sécurité sociale, il fallait d'abord désinscrire Phillip de son école en Allemagne. C'est ce que j'ai fait dès mon retour à Berlin après quatre jours de voyage.

Mais ses professeurs n'étaient pas d'humeur à discuter avec moi, tout ça parce que j'avais laissé Phillip chez ma mère, que le gamin avait oublié son cartable chez moi et que du coup il avait dû aller en cours toute la semaine sans ses cahiers et ses crayons. Il a eu pas mal d'ennuis – et moi aussi.

J'ai aussi mis l'assistant familial au courant de nos projets hollandais. Thorsten a dit dès le début : « Oh là là, tout ça me fait flipper. » Peut-être que ça n'aurait pas été le cas si Beckermann n'avait pas été avec nous, je n'en ai aucune idée. Pour ma part, je savais que j'étais capable de me débrouiller à l'étranger, car je l'avais déjà fait plusieurs fois. La seule chose qui restait à éclaircir, c'était comment l'aide à l'enfance allait accueillir mes projets.

Tout était donc prêt. Beckermann avait gardé Phillip pendant que j'allais chez le médecin. J'étais allée faire mes courses sur le trajet de retour et j'étais debout à la caisse en train de tenir en équilibre un carton plein à craquer de nourriture quand mon téléphone a sonné. Je l'ai coincé entre mon oreille et mon épaule, la voix de Beckermann était stridente et pleine de panique.

« Redis-moi ce qui est arrivé ? », je lui ai demandé deux fois de suite. Et sous le choc, j'ai laissé tomber tous mes achats par terre.

Je ne me souviens plus de ce qui s'est passé exactement pendant les deux heures qui ont suivi. Il n'y a que les paroles de Beckermann qui sont restées gravées dans ma tête : « Christiane, rentre vite, ils ont embarqué le gamin. »

Je ne suis pas retournée à la maison. J'ai pris la ligne 25 jusqu'à Teltow et, une fois à la gare, j'ai filé tout droit à la station de taxi en espérant y trouver Klaus. Dieu merci, il était là. J'ai sauté dans sa voiture et j'ai crié : « Démarre ! À l'aide à l'enfance de Potsdam-Mittelmark, vite ! »

En route, j'ai expliqué à Klaus ce qui m'arrivait. Une fois à l'aide à l'enfance, j'ai bondi hors de son taxi en lui disant : « Dès que le gamin arrive, ferme la porte. »

Puis je suis entrée dans le bâtiment, j'ai monté les escaliers et j'ai trouvé Phillip en larmes dans la salle d'attente. Ça faisait au moins deux heures qu'on l'avait abandonné là dans cette pièce où il n'y avait personne à part deux secrétaires. Je leur ai dit : « Excusez-moi, je voudrais juste dire au revoir à mon fils. »

J'ai pris Phillip dans mes bras et je lui ai chuchoté à l'oreille : « Maintenant, tu vas descendre l'escalier le plus vite possible. Directement à gauche, il y a un taxi qui attend. Cours de toutes tes forces et saute dedans. Je te rejoins juste après. »

Je voulais surveiller les arrières du gamin, si quelqu'un s'était lancé à notre poursuite, je n'aurais pas hésité à l'envoyer bouler. Quand j'ai vu que le petit était arrivé au taxi, je l'ai suivi. Pas une seule personne de l'aide à l'enfance n'a remarqué ce que nous étions en train de faire. Et ce sont des gens comme ça qui veulent m'enlever mon fils !

Nous étions sur l'autoroute depuis quinze minutes à peine quand le chef de la société de taxis appela. « Un enfant a été enlevé du service d'aide à l'enfance de Potsdam-Mittelmark, la police dit que le gosse et la mère se sont enfuis en taxi dans un break », dit-il sur les ondes. Sa voix grésillait et crépitait dans le poste de radio, c'était l'une de ces semaines d'été traversées d'orages et il pleuvait à verse. « On demande à toutes les sociétés de taxis de coopérer. Tu es au courant de quelque chose, Klaus ? »

Il prononça le nom de son employé comme s'il lui posait non pas une question, mais un ultimatum. Mon cœur se figea dans ma poitrine. « Mon Dieu, ils sont tellement rapides, ça vient juste de se passer », pensai-je, prise de panique. Je regardai Phillip, posai un doigt sur mes lèvres fermées. « Chuuut ! »

En réalité, ça n'était pas la peine de lui faire signe. Phillip est un enfant intelligent, il ne bougea pas d'un cil. Mais comme la situation était tendue, je ne savais pas s'il avait l'esprit très clair. Ou plutôt, c'était moi qui n'avais pas l'esprit clair, j'étais complètement paumée. On voulait me prendre mon fils, jamais je n'avais eu aussi peur de ma vie.

Pendant un bref instant, la voiture fut silencieuse. Le conducteur jeta un œil dans le rétroviseur accroché à l'avant pour regarder la banquette arrière où nous étions assis, tandis que les essuie-glaces allaient et venaient sous son nez. Il ne ralentit pas, mais lança sur les ondes : « Je ne suis au courant de rien. » J'expirai profondément et remarquai alors que je retenais ma respiration depuis plusieurs secondes. Le chef de Klaus souffla aussi, mais c'était un soupir plutôt qu'une marque de soulagement. Il connaissait son employé au moins aussi bien que moi : Klaus était un petit malin. « Où est-ce que tu es là, Klaus ? Tu as des clients avec toi ? » a-t-il demandé encore une fois. « Je suis sur l'autoroute. Tout est calme de mon côté », a répondu Klaus.

Plus tard, une fois que tout ça a été fini, j'ai revu Klaus et je lui ai donné 30 euros. C'était une vague connaissance à qui j'avais demandé de nous aider, Phillip et moi. Mais rien ne garantissait qu'il allait tenir sa langue. Il aurait pu avoir de gros ennuis. Je n'oublierai jamais combien il a été loyal.

La femme chez qui je me suis cachée, je la connaissais de la scène. À 9 ans, son fils faisait encore pipi au lit. Il volait et était agressif, sans doute parce qu'il avait été méchamment battu. Par un groupe d'hommes qui étaient « officiellement » ses clients à elle. À 45 ans, elle continuait à se prostituer pour se payer son matos, mais pas comme on s'imagine que les putes le font habituellement.

Detlev et moi, quand on était enfants, il nous était arrivé aussi de dormir chez nos clients et d'y passer nos journées, mais avec elle ça se passait autrement : les types emménageaient temporairement chez elle. Contre de l'argent, bien sûr. Avec, elle s'achetait sa came et tout un tas de sculptures et de trucs vaudous venus d'Afrique. Elle adorait cette région du monde et elle portait toujours ces espèces de tresses que je ne trouve pas du tout hygiéniques, parce qu'on ne peut pas vraiment les laver.

Mais à l'époque, vu la situation dans laquelle j'étais, elle était la seule à qui je pouvais faire confiance. Avec les autres, on ne savait jamais qui parlait à la presse histoire de se faire un peu d'argent et qui balançait des trucs aux flics pour obtenir une réduction de peine.

Elle n'était encore jamais allée en prison ni voir un médecin pour la substitution. C'est pour ça qu'elle n'était pas dans le viseur de l'administration, et c'était tellement important pour elle qu'elle n'est même pas allée chez les flics après que ses soi-disant amis ont tabassé son gosse. Quand elle m'a raconté ça, j'ai dû me faire violence pour ne pas la balancer.

Mais à ce moment-là, la police était à nos trousses avec toutes les centrales de taxi, et son appartement était le lieu le plus sûr que je pouvais trouver.

Les gamins, qui avaient le même âge, jouaient ensemble. Nous sommes restées assises dans la cuisine à enchaîner les cigarettes les unes après les autres jusqu'au moment où on a pu se mettre en route pour retrouver Beckermann, presque cinq heures plus tard. Entre-temps, il avait fait mes bagages avec son demi-frère libanais.

Il nous a fait un cirque pas possible, sur le mode : « Rendez-vous ici et là. » À Neukölln, où se trouvait l'appartement dans lequel je me planquais, il y avait trop de policiers en vadrouille. Alors il nous a demandé de venir à tel endroit et ensuite à tel autre. Puis il était pris d'une nouvelle crise de paranoïa, et il fallait que j'aille encore ailleurs, parce qu'ici et là ça n'était soi-disant pas assez sûr – jusqu'à ce que je finisse par péter un plomb et par lui mettre le couteau sous la gorge par téléphone : « Écoute-moi bien ! J'ai un gamin de 11 ans avec moi, je ne peux pas me balader dans toute la ville juste parce que tu as la trouille des flics. Donne-nous rendez-vous quelque part une bonne fois pour toutes ou je me casse toute seule. »

Je ne m'étais jamais demandé pourquoi Beckermann voulait nous accompagner. Il disait qu'il avait un appartement à Viersen, pas loin de la frontière néerlandaise, et je pensais simplement qu'il voulait nous aider. Il n'avait pour moi jamais été question de m'installer avec lui, j'avais la tête au bord de l'explosion avec tous mes problèmes et, honnêtement, j'étais contente de ne pas être seule.

Beckermann est finalement venu nous chercher devant le casino de la Potsdamer Platz. Ou plutôt, c'est son demi-frère Mustafa qui est venu, vu que Beckermann n'a pas le permis. Mustafa a dû annuler les vacances qu'il avait prévues à Majorque avec sa copine et à la place faire le chauffeur pour nous emmener à Amsterdam avec son break de location.

La copine en question était furieuse, comme on peut l'imaginer. Le trajet a duré pile sept heures.

On était en fuite depuis presque vingt-quatre heures quand Mustafa nous a déposés à la pension que Beckermann et moi avions trouvée dix jours avant, quand nous étions venus pour repérer les lieux.

En fait, c'était plutôt la propriétaire de la pension qui nous avait trouvés. Une femme plus toute jeune, brute de décoffrage mais quand même sympathique, nous avait abordés à la gare. Je connaissais ce genre de personnes depuis la Grèce. Les Hellènes se plantent souvent dans le port avec des panneaux en criant : « Hôtel ! Hôtel ! » La plupart du temps, ce sont des gens qui ne possèdent absolument pas d'hôtel, mais qui ont quelques chambres vides à disposition et veulent se faire un peu d'argent avec. À l'époque, il y avait la même chose à Amsterdam.

Dès le départ, j'ai remarqué qu'elle avait complètement changé d'attitude depuis notre première visite, deux semaines auparavant. Elle s'est tout de suite mise à nous râler dessus sous prétexte que nous faisions trop de bruit en sortant nos valises de la voiture. Elle n'avait pas prévu que nous allions venir avec autant de bagages : on avait même pris la télévision de Phillip et sa Playstation, mes casseroles et mes draps de lit, en gros toute la maison. Mais quand elle a vu l'argent que je lui donnais d'avance pour six nuits, les traits de son visage ont fini par se décrisper. On avait réservé deux chambres, une avec deux lits simples et l'autre pour le gamin.

Je ne pouvais payer qu'en liquide, parce que ma carte bleue était bloquée depuis que Beckermann m'avait fait un virement de 300 euros pour me rembourser notre premier voyage à Amsterdam. Après ça, la banque m'avait informée que quelqu'un qui n'avait pas le droit de faire des opérations financières avait transféré de l'argent sur mon compte et que, pour éviter que je ne sois victime d'une escroquerie, il ne m'était possible de retirer de l'argent qu'en me présentant en personne au guichet, jusqu'à ce que je reçoive la nouvelle carte par voie postale. Mais je n'avais plus le temps d'attendre que la carte arrive. Par mesure de précaution, j'avais retiré 5 000 euros que j'avais pris avec moi.

Alors que j'étais dans la salle de bains de notre chambre à la pension en train de me brosser les dents et de me laver le visage, je suis sortie du pire *badtrip* que j'aie jamais fait sans avoir pris de drogue. Nous avions réussi à venir jusqu'ici, à franchir la frontière, on ne pourrait pas nous rattraper de sitôt. Au moment où l'eau froide est entrée en contact avec ma peau, j'ai senti mon pouls commencer à se ralentir. Ceux qui n'ont pas d'enfant ne peuvent pas comprendre. Enlever son enfant à une mère – il y a de quoi devenir dingue. Perdre définitivement les pédales. Mon gosse ! Mon gosse, mon gosse ! Je peux aller n'importe où, mais pas sans mon gosse !

Beckermann ne relâchait pas la pression. Il me tannait pour qu'on continue vers l'Espagne. « Ils auront encore plus de mal à nous trouver », disait-il. Mais pour moi, l'Espagne, c'était trop vague, trop inconnu. J'ai tendance à vouloir tout contrôler et il était hors de question que je parte avec mon fils dans un pays étranger où je n'avais jamais mis les pieds et dont je ne parlais pas la langue. On est donc restés à Amsterdam.

Mais les problèmes ne faisaient que commencer. Mon argent n'arrêtait pas de se volatiliser mystérieusement. Il y avait tout le temps des billets qui disparaissaient de mon portefeuille, des fois 50 euros, des fois 100. Beckermann faisait toujours comme si c'était le gentil Grec de la chambre d'à côté qui me les avait piqués.

Comme je l'ai appris plus tard, il est allé jusqu'à planquer son propre porte-monnaie dans la chambre de notre voisin alors que la femme de ménage était en train de nettoyer. Et il l'a ensuite accusé sous mes yeux d'être un voleur. Mais je savais que le Grec était quelqu'un d'honnête : il était venu à Amsterdam exprès pour se rendre à un procès qu'on lui faisait parce qu'il était rentré dans une voiture hollandaise avec une moto de location un an auparavant. Il aurait pu rester à Athènes et ne pas venir à Amsterdam. Et pourtant il était là – et ça n'était sûrement pas pour voler son porte-monnaie miteux à Beckermann.

La propriétaire de la pension, une vieille Allemande qui avait autrefois vécu dans la Sonnenallee et qui s'était tirée avant l'arrivée de Hitler, a vite commencé à trouver que les trois Berlinois n'étaient pas très nets. Au bout de quatre jours, elle nous a fait déménager de la chambre à côté de celle de Phillip pour nous installer au grenier. Apparemment, on lui foutait tellement la trouille qu'elle a fait venir quelqu'un pour la protéger. Du jour au lendemain, un grand type balèze a débarqué chez elle et n'en a plus bougé. Peut-être que Beckermann l'avait menacée, je n'en sais rien.

À moi, il me répétait seulement que quelque chose n'allait pas chez la vieille, qu'elle avait une dent contre nous, qu'il ne leur faisait pas confiance à elle et à son gorille, et que c'était peut-être eux qui nous avaient piqué le fric. En réalité, ça faisait un bail que je ne savais plus à qui je devais faire confiance. Quand par-dessus le marché la vieille dame nous a sorti que 10 000 euros à elle s'étaient envolés, nous a accusés de les avoir fauchés et nous a jetés hors de chez elle, j'étais déjà complètement au bout du rouleau.

Nous n'avions alors quitté l'Allemagne que depuis une semaine.

La propriétaire ne pouvait pas nous dénoncer vu que c'était de l'argent gagné au noir qui lui avait été soi-disant volé. Ça a été mon seul coup de chance dans tout ça. J'étais désespérée parce que je n'avais aucune idée d'où aller. Nous avions des tonnes de bagages mais pas beaucoup d'argent, je n'allais pas payer 200 ou 300 euros par jour uniquement pour nous loger.

À la gare d'Amsterdam, je suis allée voir plusieurs personnes en leur demandant s'ils n'avaient pas des conseils à nous donner, et c'est comme ça qu'on a fini par atterrir dans un camping pas loin de l'aéroport de Schiphol, à perpète du centre-ville, dans une cabane en bois. On était en juillet mais il faisait un froid de canard, et dès les premiers jours on a commencé à avoir des ennuis parce que les chiens n'étaient soi-disant pas admis sur le camping. Après avoir discuté avec le gardien pendant des plombes, on s'est finalement mis d'accord pour que j'amène Leon à Amsterdam chez des amis. Amis qui n'existaient bien sûr pas.

Je devais allonger 100 euros pour une chambre avec deux lits en hauteur contre lesquels on se cognait sans arrêt la tête. Il fallait en plus compter cinq euros par jour pour le chauffage, et la douche coûtait un euro supplémentaire par personne. Du coup, j'ai fait sans – et j'ai vite eu la même dégaine que ceux qui font vraiment du camping : pantalon de jogging, cheveux attachés et pas de maquillage. Ça ne plaisait pas du tout à Beckermann, il me reprochait tout le temps de me laisser aller. Il me rendait dingue.

L'argent nous filait entre les doigts, au bout de quasiment quatre semaines, il nous restait à peine 1 000 euros des 5 000 de départ. Et Beckermann ne voulait participer à aucune dépense. J'étais à bout de nerfs parce que rien ne fonctionnait. J'étais allée voir plusieurs écoles pour Phillip et j'avais visité presque une douzaine d'appartements. Mais partout on nous disait : *« First, please, solve your problems in Germany. »* (Réglez d'abord vos problèmes en Allemagne s'il vous plaît.) Grâce à la libre-circulation de l'Union européenne, on peut facilement déclarer une résidence principale ou secondaire aux Pays-Bas, c'est vrai – mais pas sans justificatif de ressources. J'avais bien quelqu'un qui gérait mes comptes à Berlin, mais comment faire pour que tout soit prêt dans les temps ? Ça aurait pris des semaines avant que je reçoive mes déclarations de ressources, mon numéro d'imposition et mes relevés bancaires.

Malheureusement, je ne sais pas me servir d'un ordinateur, et je ne voulais pas que Beckermann mette son nez là-dedans. Si les papiers étaient arrivés entre ses mains, j'aurais fini à coup sûr complètement ruinée.

Sans numéro de sécurité sociale, je ne pouvais même pas suivre de programme de méthadone – j'ai donc arrêté. Je me sentais mal en permanence, je transpirais énormément et j'avais tout le temps des frissons, j'étais déprimée. Arrêter la méthadone, ça n'est vraiment pas une partie de plaisir. En réalité, il aurait fallu que je voie un médecin de toute urgence, mais je n'avais qu'une idée en tête : comment faire pour proposer une vie correcte à mon gamin dans ce pays ? On ne peut pas continuer comme ça !

Chaque journée s'écoulait sans rien de nouveau, chaque tentative se soldait par un échec – nous n'attendions plus qu'une chose : ne plus avoir de sous. J'ai alors pris une décision : il fallait que je ramène de l'argent. Il fallait que je rentre. Le cœur lourd, j'ai laissé Phillip à Beckermann et je me suis acheté un billet pour Berlin. Six heures aller, six heures retour, et entre les deux un saut de puce à la banque. Je suis rentrée à Amsterdam avec 3 000 euros de plus. Mais c'étaient mes dernières réserves, j'avais placé le reste de mes économies en sécurité sur un compte à terme. J'aurais mis des semaines à pouvoir y avoir accès.

Je planquais maintenant mon argent à l'avant de ma culotte et je dormais roulée en boule. Dans la position du fœtus, pour que Beckermann ne puisse pas me voler ce qui me restait. Je ne sais vraiment pas comment il a fait pour y arriver quand même, mais j'avoue que je n'étais à ce moment-là plus en possession de tous mes moyens : j'étais obnubilée par le manque, et j'étais tellement désespérée qu'il m'est arrivé plusieurs fois de filer le soir à Amsterdam histoire d'avaler quelques gin tonics et de m'acheter un peu d'herbe et de haschich. Sans ça, je n'aurais jamais tenu le coup.

Beckermann me foutait de plus en plus la trouille et passait son temps à me faire des reproches. Pour le fils du roi de la coke, le haschich est une drogue de branleurs, et on se prenait tout le temps la tête à cause de ça. J'étais sur les nerfs vingt-quatre heures sur vingt-quatre, parce que j'avais peur de la police, peur de Beckermann, peur qu'on me prenne mon fils, et parce que je prenais peu à peu conscience que vu notre situation actuelle il aurait sans doute mieux valu que le gamin se trouve n'importe où ailleurs plutôt qu'avec moi.

Une nuit, après une grosse engueulade parce que je lui disais pour la énième fois qu'il devait lui aussi mettre la main à la poche, ce qu'il ne comprenait absolument pas, puisque au bout du compte c'était de mon fils, de mon chien, de ma cavale qu'il s'agissait et que tout était de ma faute, Beckermann a enfin débarrassé le plancher. Et quand pas longtemps après, je me suis retrouvée sans un rond ou presque, j'ai fini par jeter l'éponge.

J'ai appelé Thorsten, je lui ai dit où j'étais, les problèmes que j'avais et je lui ai annoncé que je rentrais à Berlin. J'avais finalement compris ce que ça signifiait pour moi d'avoir enlevé mon gamin. Tant que tout ça n'était pas réglé, je ne pouvais pas lui construire une existence normale. Aucune école, aucune caisse de sécurité sociale, aucun propriétaire d'appartement ne voudrait de nous.

Mon seul objectif était maintenant de convaincre l'aide à l'enfance de Potsdam-Mittelmark de ne pas me prendre le gamin, et j'étais convaincue que me rendre jouerait en ma faveur.

Pendant tout ce temps, je laissais sonner dans le vide les appels de Beckermann qui me téléphonait presque toutes les heures sur mon portable. À l'aide d'un taxi, nous avons amené toutes nos affaires à la gare et, en début de soirée, six semaines après avoir fui l'Allemagne, nous étions dans le train pour Berlin.

Après avoir acheté les billets, il me restait sept euros cinquante. « Ne bouge pas, Phillip, je vais voir au wagon-restaurant ce que je peux acheter à manger avec ça. Peut-être du chocolat et un petit pain », ai-je dit au gamin alors que nous étions assis à nos places et que nous avions déjà passé la frontière. Ça faisait des semaines que je n'avais rien réussi à avaler. Avec le stress et le sevrage de la méthadone, mon estomac en voyait de toutes les couleurs : j'étais passée de 66 kilos à 47 seulement.

Mais quand il s'agissait de mon fils, j'avais autant d'énergie qu'une lionne ! Avant d'aller au wagon-restaurant, j'ai bien expliqué à Phillip qu'il ne devait surtout pas décrocher mon portable, parce qu'on risquait de nous localiser. Mais à peine j'étais sortie du compartiment que Beckermann a appelé pour la trente-quatrième fois, et Phillip a voulu lui mettre les points sur les i : « On ne veut plus jamais te revoir ! » Il voulait me protéger.

Quand j'ai aperçu les quatre policiers debout sur le quai à Wuppertal et que je les ai vus monter dans notre train, j'ai compris tout de suite ce qu'ils cherchaient et que tout était foutu.

10

Famille d'accueil

Apparemment, les types de l'aide à l'enfance ont cru qu'il y avait une pénurie de drogue à Berlin, et que du coup j'étais partie à Amsterdam histoire de pouvoir continuer à me défoncer à coup d'herbe, d'héro et de shit.

Si j'avais vraiment voulu recommencer à me camer – c'est ce que j'ai dit plus tard à la presse –, je serais restée à Berlin. Ou bien je serais partie pour Hambourg, ou mieux, pour Francfort. Là-bas, je peux avoir autant de dope que je veux vingt-quatre heures sur vingt-quatre. Pas besoin d'aller jusqu'à Amsterdam !

Dans le fond, c'était moi qui m'étais mise dans la merde toute seule.

Mais je n'ai pas laissé l'aide à l'enfance me prendre mon fils sans me battre.

Il était un peu après minuit quand ils nous ont fait descendre du train. Ils ont d'abord fouillé les cinq valises que j'avais avec moi et que j'avais traînées seule à travers la ville : je prenais d'abord deux valises, puis deux autres, et puis mon fils et la dernière valise. Je n'ai pas résisté, mais ça a quand même été une scène terrible. Phillip pleurait comme un fou, il se tordait et s'agitait dans tous les sens en suppliant les policiers : « Juste cinq minutes, s'il vous plaît ! »

Deux des quatre policiers ont fondu en larmes à leur tour. C'était affreux, le gamin était mort de trouille. Un officier l'a pris par la main, je me suis penchée vers lui et je l'ai regardé droit dans les yeux. Puis je lui ai donné le chocolat que j'avais acheté et je lui ai dit : « Sois sage. Bientôt on sera de retour à la maison. Pour le moment ces gens vont s'occuper de toi parce que maman doit régler quelques trucs, mais tout ça sera bientôt fini. » Et ils nous ont emmenés au commissariat pour nous interroger. Ils ont conduit le gamin dans un service d'accueil d'urgence pour les enfants, lui ont pris sa Game Boy, son portable et l'ont enfermé. Il ne me l'a raconté que de nombreuses années plus tard, et je ne sais toujours pas exactement ce qui s'est passé pendant ces jours-là.

Phillip est resté coincé quatre jours avant que Thorsten, l'assistant familial de l'aide à l'enfance de Potsdam-Mittelmark, ait enfin le temps de venir le chercher.

De mon côté, après l'interrogatoire, ils ont voulu me mettre à la rue. Mais je les ai suppliés : je vais aller où ? Je n'ai pas un centime ! C'était déjà tard dans la nuit. Du coup, ils m'ont embarquée, avec mes cinq valises et Leon, mon chien, jusqu'à un foyer pour sans-abri où j'ai pu dormir trois heures. Le matin, j'ai emprunté 10 euros à l'un des employés et je lui ai laissé mes affaires en échange.

Puis je me suis mise en route pour trouver la banque la plus proche et j'ai demandé un mandat poste par télégramme. Ça n'avait pas été possible de le faire depuis Amsterdam, mais maintenant j'étais en

Rhénanie-du-Nord-Westphalie. Il était onze heures du matin, il fallait que j'attende deux heures pour récupérer mon argent. Pendant ce temps, avec les dernières pièces qui me restaient, j'ai voulu m'acheter une petite bouteille de vodka dans un kiosque. Mais il me manquait 50 centimes, alors j'ai expliqué au propriétaire de la boutique : « Je ne vais pas bien, ils m'ont enlevé mon gosse cette nuit. J'ai absolument besoin de boire quelque chose. » Du coup il m'a offert la différence, mais je suis retournée le rembourser une fois mon mandat arrivé.

Je lui ai rendu l'argent avec plaisir parce que, franchement, qui accepte de nos jours de filer gratuitement quelque chose à quelqu'un ? Le propriétaire du kiosque était vraiment quelqu'un de très gentil et, apparemment, il était le seul à me faire confiance.

Ensuite, je me suis acheté une grande bouteille de vodka et une brique de jus d'orange. Il pleuvait des cordes en plein mois de juillet. Mais ça m'était égal. Je me suis installée à l'abri des arbres dans un parc sous le métro aérien de Wuppertal. Leon et moi, on était trempés jusqu'à l'os, mais je n'en avais rien à foutre. Comme une clocharde, je me suis accroupie là-dessous et, tranquillement, je me suis enfilé un verre de vodka-jus d'orange après l'autre avec un gobelet en carton blanc. « C'est fini. Tout est fini », je me disais. « Tout ça pour rien. Personne ne t'écoute. Tu t'es fait complètement baiser. » J'avais envie de mourir.

Puis je me suis ressaisie : Non, il y a Phillip qui est en train de t'attendre quelque part. Et je me suis mise à réfléchir : Et si tu allais le chercher ? Et si tu l'embarquais encore une fois ?

Mais qu'est-ce que j'aurais fait ensuite ? J'ai fini par rentrer au foyer pour sans-abri et j'ai appelé un taxi qui nous a emmenés à la gare mes valises, Leon et moi. Le soir, j'étais à Berlin, j'ai bourré mes bagages dans les casiers de la consigne de la Gare centrale et je suis partie trouver de la came. Une poignée d'heures plus tard, j'avais replongé, et c'était reparti pour un bout de temps.

J'ai complètement pété les plombs. J'ai tellement chialé que j'ai dû rester à la maison pendant des semaines entières. J'avais les yeux si gonflés à force de pleurer et de ne pas dormir que j'avais honte de sortir dans la rue. Je ne sortais que la nuit, quand il n'y avait plus de journalistes devant ma porte, pour acheter du tabac, de l'alcool et de l'héro. Depuis la naissance de Phillip, je n'avais plus jamais touché à une seringue. Ce gamin, c'était ma vie, je ne lui aurais jamais fait ça. Mais maintenant, il était parti.

J'avais affreusement mal dans ma poitrine, comme si j'allais exploser. J'étais remplie de colère et de désespoir, et en même temps je ressentais un vide inimaginable. Je me raisonnais tout le temps pour me calmer, pour essayer de sauver la situation. Peut-être pourrai-je convaincre les services de protection de l'enfance ? Peut-être me rendront-ils mon enfant ?

Mais l'instant d'après, je savais que j'étais impuissante. Et je me démontais la tête.

Après tant d'années à prendre très peu d'héro, s'en enfiler tout d'un coup par grammes entiers, ça peut tuer quelqu'un. Je ne trouvais plus aucune raison pour continuer à tenir. Je ne pouvais plus ni dormir ni manger, je ne sais même plus si je me suis lavée, à cette époque. Quand je n'étais pas couchée dans un coin, complètement démontée, je tournais en rond dans mon appartement jusqu'à ne plus savoir s'il était six heures du matin ou du soir.

Parmi la longue liste des décisions connes que j'ai prises, reprendre de l'héro a été la plus conne de toutes. Un jour, Kai Hermann, un des auteurs de *Moi, Christiane F., 13 ans...*, m'a dit : « Si tu étais capable de fournir maintenant un échantillon d'urine clean, nous pourrions contester la décision des services de l'enfance et faire un procès à toute la presse. » Mais j'étais incapable de faire quoi que ce soit d'autre.

Pendant des journées entières, les journalistes ont assiégé mon appartement à Teltow, Spiegel TV s'est installé trois jours pleins et s'est même fourni en électricité chez les voisins. Les reporters interrogeaient les habitants de l'immeuble et attendaient que je sorte pour fixer leurs putains d'appareils photos sur mon visage gonflé de pleurs et de drogue, et me demander comment je me sentais.

Comment je me sens ? Ils se foutent de ma gueule ou ils sont vraiment débiles, ces connards ? Comment elle se sent, une mère à qui est arrivé ce qu'il peut y avoir de pire pour une mère ? Putain, pourquoi personne ne m'a demandé ce qu'on pouvait faire pour m'aider ?

J'étais si remontée contre cette meute de journalistes qu'un jour, en sortant, j'en ai oublié mon porte-monnaie dans l'appartement. Je ne m'en suis rendu compte qu'une fois dans la rue. Il fallait que je fasse demi-tour et repasse devant eux. Ils m'ont regardée comme des vautours. Ils n'en avaient rien à foutre, de moi et de ma souffrance. Ils voulaient fixer pour l'éternité une image de moi quand je touchais le fond : « Christiane F. a perdu son fils pour toujours », ou « Christiane F. a replongé dans l'enfer de la drogue », c'est comme ça qu'ils titraient. Ce qui s'était vraiment passé, ça n'intéressait personne.

Aujourd'hui encore, je n'arrive pas à accepter qu'ils m'aient enlevé mon gamin. Je suis trop lâche pour me suicider, mais depuis ma vie s'est arrêtée. Enlever son enfant à quelqu'un, c'est comme lui arracher le cœur et le priver de son âme sans l'achever. Tu n'es plus qu'une coquille vide, et les seuls sentiments que tu peux encore ressentir, ce sont le manque et la tristesse. Tous les moyens sont bons pour t'abrutir. Tous.

C'était idiot de ma part de recommencer l'héro. C'est comme ça que j'ai perdu toutes mes chances de récupérer la garde et le droit d'hébergement. Tout ça n'était pas très clair pour moi, personne ne m'avait vraiment expliqué, et de toute façon tout m'était égal.

Quelle mère peut réussir à garder son calme et à agir rationnellement dans une situation pareille ? J'étais au fond du trou, je croyais que j'avais tout perdu pour toujours. On s'était fait une certaine image de la mère que j'étais, et je n'avais de toute façon aucun moyen de changer ça.

Je pense que la presse a vraiment une part de responsabilité. Parce que c'est là qu'on a écrit que j'étais tombée plus bas que terre – et que ma faiblesse pour la drogue était la cause de tout ça. Sinon, qui ou quoi d'autre était responsable ? C'était pourtant clair, pas vrai ?

Je n'étais pas en train de replonger, j'étais maman. Mais ça, ça n'intéressait personne ! Pas même ma propre mère. Elle s'est permis d'étaler ma souffrance dans une interview en six parties à la *Berliner Zeitung*, et c'est comme ça que j'ai appris, pile au moment où je venais de perdre mon fils, que ma mère ne voulait plus être ma mère. Elle a même osé dire à la journaliste : « Rien de ce que je peux maîtriser et régler par moi-même ne me fait peur. J'ai toujours fait en sorte de prendre ma vie en main et essayé d'en tirer le meilleur parti. Et j'y suis arrivée. Excepté pour Christiane. Ça m'est tombé dessus sans que je puisse rien y faire. Ce n'est pas l'idéal, mais c'est comme ça. Il faut que je fasse avec. »

Je me suis dit : Est-ce que c'est moi qui ai mal lu ? Tout tourne toujours autour d'elle ! Elle n'en a rien à foutre que sa fille soit au trente-sixième dessous : elle en rajoute même une couche, elle me donne et donne au monde entier l'impression que je suis pour elle un éternel fardeau contre lequel elle ne peut rien et qui détruit sa petite vie absolument parfaite. Incroyable !

Une fois de plus, elle a aussi taillé un joli costard à mon père – trente ans après le livre, elle continue à raconter en long, en large et en travers comment il nous battait, nous les enfants, et la fois où il a voulu la jeter du dix-neuvième étage. « À un moment, on arrive à un point où ça n'est plus possible », m'a fait savoir ma mère par l'intermédiaire de la *Berliner Zeitung*. « Je voudrais t'aider, mais, au bout de toutes ces années, je me sens complètement impuissante. » C'est comme ça que c'était écrit. Et c'est la dernière chose que m'ait dite ma mère.

Du coup, Beckermann a aussi voulu en profiter et il a vendu des informations à la presse. Il a donné des interviews et répandu des mensonges sur moi dans tous les médias possibles et imaginables. Pour autant que je sache, la plupart des journalistes ne lui ont finalement pas donné un rond, mais ils ont quand même fait imprimer les absurdités qu'il a racontées. Comme quoi nous aurions été en couple, que j'aurais « dérapé » à Amsterdam et laissé mon gamin « sans surveillance pendant des journées entières ».

Dès le début, les jeux étaient faits : le virement qu'il avait fait sur mon compte et qui avait bloqué ma carte bleue lui avait permis d'avoir accès à mes informations bancaires. Pendant les deux derniers mois, il s'était copieusement servi dans mes économies. Comme avec ses autres victimes, il avait commandé sur des sites de commerce en ligne des objets volés qu'il avait revendus. Trente mille euros avaient été débités pour payer tout un tas de matériel électronique. J'ai tout de suite pris un avocat, un type qui était l'associé du conseiller juridique d'un ami proche – il m'a ensuite représentée face à l'aide à l'enfance, mais aussi au moment du procès contre Beckermann. Évidemment, j'ai obtenu des dédommagements. Mais au final, tout ça n'a fait que me coûter encore plus d'argent.

Je n'arrive pas à comprendre pourquoi ce type n'est pas poursuivi pour les délits qu'il a commis. Grâce à mon avocat, au moins, je ne reçois plus de nouvelles factures, mais les 30 000 euros ne m'ont jamais été remboursés. Certaines personnes ont le droit de faire ce qui est interdit à d'autres. C'est ce que j'ai malheureusement fini par comprendre au cours de mes cinquante et une années d'existence.

Beckermann pense que je suis complètement stupide. Au moment où il est entré dans ma vie, j'avais beaucoup trop de soucis pour voir qui il était vraiment. Et même après m'avoir fait subir tout ça, il a eu le culot de m'envoyer une lettre de prison en décembre 2008.

Cette fois, c'est lui qui a été totalement stupide, parce qu'il m'a fait des aveux écrits sans s'en rendre compte : « On m'a attrapé. Depuis quatre semaines je suis à nouveau en taule, à Wuppertal » : ce sont les premiers mots de sa lettre. Et ça continue comme ça : « Comme je sais que tu n'es pas rancunière, j'espère que tu m'as pardonné mes erreurs. » Et ensuite c'est écrit : « … surtout mes faux pas financiers. »

C'est seulement grâce à ça que mon avocat a pu obtenir qu'on ne me refile pas les autres factures. Mais Beckermann n'a pas payé pour m'avoir escroquée, il était en prison pour autre chose – et il essayait quand même de m'attendrir. Alors que ce type a ruiné ma vie. Et il devrait s'estimer heureux : il vaut vraiment mieux pour lui que je l'ignore !

Ça, évidemment, il ne peut pas le supporter. Au printemps d'après, il m'a encore envoyé une lettre à laquelle je n'ai pas répondu. Pour moi, c'est comme s'il était mort. Il a même été jusqu'à donner mon adresse à un autre détenu. Le gars m'a ensuite écrit en disant qu'il était un de mes plus grands fans.

Malheureusement, Anna aussi a été victime de ses mensonges. Un jour, il lui avait téléphoné et lui avait dit que j'étais très malade. Qu'il était obligé de l'appeler à ma place pour lui demander de l'argent. Anna m'a raconté tout ça plus tard, au moment où elle m'a recontactée après avoir appris dans les journaux ce qui s'était passé. À l'époque, je n'ai fait que pleurer en lui racontant mes malheurs et je ne lui ai même pas demandé combien elle avait envoyé à cet escroc. Je ne me suis pas non plus préoccupée de savoir comment elle allait. Une fois de plus, je ne pensais qu'à moi et à mes problèmes.

Comme la dernière fois, un jour où j'avais urgemment besoin de beaucoup d'argent. Appeler Anna est la seule idée qui me soit venue. Lorsqu'elle a dit au bout du fil qu'elle devait trouver quelqu'un pour faire le virement à sa place parce qu'elle ne pouvait plus quitter la maison, j'aurais dû tilter. Putain. Une alarme aurait dû sonner dans ma tête. Mais non, j'étais trop préoccupée par moi-même, comme souvent. À cette époque, Anna était déjà gravement malade, et je regrette infiniment de n'avoir jamais pu m'excuser auprès d'elle ni la remercier vraiment. Anna est morte en 2010. Daniel, un an plus tard.

Un matin, j'ai reçu un courrier m'informant qu'on voulait me retirer la garde de mon fils ainsi que le droit d'hébergement. Le procès a eu lieu quelques jours plus tard seulement et n'a duré qu'une demi-heure. Mon avocat a bien sûr donné tout ce qu'il pouvait, mais ça n'est pas Rolf Bossi[1]. Et puis je venais de replonger, à cause de ça j'avais stupidement gâché toutes mes chances de récupérer le gamin.

J'ai été bête, incroyablement bête, peut-être que j'ai bien mérité tout ce qui m'est arrivé.

Une fois décidé que Phillip ne reviendrait pas chez moi mais irait habiter dans une famille d'accueil, on m'a donné le droit d'aller le voir à l'aide à l'enfance, toutes les deux semaines pour commencer. On était assis là avec huit autres personnes, aucune idée de qui étaient tous ces gens. Évidemment, ils pensaient que

1. Avocat très médiatisé en Allemagne. (*N.d.T.*)

j'allais filer avec le gamin si on me le laissait sans surveillance. Et c'est ce que j'aurais fait ! Je me serais tirée en Thaïlande ou ailleurs, au bout du monde. Mais maintenant, ça n'était plus possible.

Si je voulais passer du temps avec mon enfant, je n'avais pas le choix, il fallait que je reste plantée là au milieu des regards dans cette pièce vide.

On a énormément pleuré pendant les premières semaines qui ont suivi notre séparation.

Pour être honnête, je dois avouer que je fumais toujours un peu avant d'y aller, juste pour être plus calme. Parce qu'à cette époque, j'étais complètement à côté de mes pompes. Je prenais un petit joint avant, pour pas que le gamin voie à quel point j'allais mal.

Mais quand il entrait dans la pièce, les larmes me montaient quand même aux yeux, et à Phillip aussi. Le pire dans tout ça, c'est qu'il était aussi triste qu'en colère – en colère contre moi.

Pour lui, ce qui s'était passé était de ma faute. Il ne l'a jamais dit, mais je sais qu'aujourd'hui encore il se demande pourquoi je lui ai fait subir tout ça. Et il a complètement le droit m'en vouloir. C'était à cause de moi qu'il devait maintenant vivre avec des inconnus, s'habituer à une nouvelle école et trouver d'autres amis. Tout ça, je ne me le pardonnerai jamais. Et lui non plus.

Évidemment, il était quand même hors de question que je baisse totalement les bras. Du coup, j'ai fait ce que l'aide à l'enfance me demandait. J'avais plusieurs obligations, notamment de reprendre un programme de méthadone. J'ai suivi ce programme pendant toute une année avec de bons résultats et sans jamais protester, et à la fin Phillip a eu le droit de me rendre à nouveau visite à Teltow, d'abord pour la journée seulement, et puis plus tard pour un week-end entier.

À l'époque, je n'ai pas pu choisir moi-même où Phillip irait, mais je sais qu'il est très bien tombé là où il est depuis. D'abord, j'ai été soulagée de voir qu'il n'était pas envoyé dans une famille normale, où on lui aurait dit : « Chez nous ça se passe un peu autrement, ici il faut faire comme ci ou comme, ça. »

Phillip habite avec cinq autres enfants placés dans une maison du Brandebourg, chez les Peter. J'ai vraiment eu un poids en moins sur la poitrine quand j'ai vu que je pouvais continuer à intervenir dans sa vie, à y jouer un rôle. Si mon fils avait fini par me dire : « Ça n'est plus toi ma mère, c'est elle », j'aurais eu le cœur brisé, ça m'aurait complètement détruite.

Les Peter sont des gens très gentils. J'ai pu me mettre d'accord avec eux sur certains points de son éducation et certaines décisions à prendre, par exemple les projets et les voyages scolaires auxquels il peut participer ou les choses qu'il peut s'acheter. Je crois que ce sont des éducateurs, on a dû leur enseigner tout ça ou les former pour, je ne sais pas exactement. Ils ont de l'amour à revendre et ils ne sont pas froids comme les gens de l'aide à l'enfance. Les autres enfants aussi sont absolument adorables.

Dès le début, Phillip est devenu très ami avec Maya – évidemment pas dans un sens sexuel, ils n'avaient que 12 ans. Ils s'entendaient bien et étaient très proches l'un de l'autre. À l'époque, ça l'avait énormément affecté que je ne sois plus là. Phillip avait besoin d'être entouré, ça se comprend, il n'était encore qu'un gosse. Maya n'a plus de parents, une histoire terrible. Son père et sa mère sont tous les deux morts dans un accident quand elle était bébé. Elle est arrivée chez les Peter alors qu'elle marchait encore à quatre pattes. Je crois qu'elle n'a ni frère et sœur ni proches pour s'occuper d'elle. De ce que j'ai compris, les autres enfants rentrent dans leurs familles le week-end ou pendant les vacances, il n'y a que Maya qui reste chez les Peter.

Il n'y a pas longtemps, deux jeunes enfants difficiles qui blessaient les autres, se battaient et cassaient tout ont dû partir de la maison, et les Peter ont pris en charge deux bébés, une petite fille de 1 an et son frère de 2 ans. La mère était gravement alcoolique et elle avait même bu pendant ses grossesses.

Apparemment, les deux petits n'en ont pas gardé de séquelles physiques, mais ils sont marqués dans leur tête. Un jour au téléphone, j'ai demandé au père d'accueil de Phillip comment ça allait parce qu'on entendait à sa voix qu'il était épuisé, et il m'a dit qu'il ne dormait presque plus à cause des bébés qui ne faisaient que crier. Mon Dieu, ces deux petits me font vraiment de la peine.

Il y a aussi Steffi. Elle vient d'avoir 18 ans, mais les enfants ne sont pas mis à la porte dès qu'ils deviennent majeurs. Et puis il y a le petit Benjamin. Il a 10 ans, et pour lui Phillip est un peu comme un grand frère.

Les garçons dorment dans la même chambre et ils s'entendent bien. Quand il y a un problème, Phillip soutient le petit contre vents et marées, même si des fois il lui tape vraiment sur le système à lui aussi. Le truc, c'est que Benjamin n'est pas très débrouillard, parce que sa mère aussi a continué à boire quand elle était enceinte. Il passe son temps collé aux basques des gens à tirer sur leurs habits en disant : « Je m'ennuie. »

Mais Phillip est très patient avec lui. Mon fils est plus doué que moi pour ça. Moi je pèterais les plombs si, à six heures du matin, quelqu'un renversait un carton de Lego dans ma chambre et faisait du boucan comme ça. Bien sûr, Phillip n'aime pas spécialement ça non plus, mais il dit seulement : « Maman, de toute façon je suis réveillé. Qu'est-ce que ça peut faire ? »

Ses journées sont sacrément longues. Phillip met quasiment une heure et demie pour rejoindre en bus son école à Potsdam et ne rentre souvent qu'à dix-huit heures à la maison. En plus, il trouve son école horrible. Il se plaint de l'organisation qui est catastrophique et des professeurs qui se sont résignés à ne plus faire cours qu'à quelques élèves, vu que le reste n'écoute pas de toute façon. Au lieu d'essayer de rendre leurs cours intéressants, ils ne s'occupent que des rares gosses qui suivent. Pour les autres, c'est d'autant plus difficile de raccrocher les wagons. « Mais il y en a plein qui ont des parents riches et du coup on leur donne des cours de soutien après l'école », m'a expliqué Phillip. Je me fais du souci à cause de ça.

L'aide à l'enfance, qui paie pour le placement de Phillip en famille d'accueil, ne donne pas d'argent en plus pour des cours de soutien. C'est pour ça que je lui ai proposé de lui en payer s'il me promettait de passer moins de temps devant son PC.

Je lui paie aussi ses voyages linguistiques ou d'autres trucs qui lui permettent d'apprendre quelque chose tout en s'amusant. Ce genre de choses n'est pas prévu dans le budget des Peter, ils ne reçoivent pas beaucoup d'argent pour élever ces six enfants. En vrai, c'est une honte, vu que ce sont eux qui en ont l'entière responsabilité. Quoi qu'il en soit, il n'y a pas longtemps, Phillip est parti au pays de Galles pour dix jours avec un petit groupe de son école pour un échange. On avait le choix d'y participer ou non, ça n'était pas un voyage de classe traditionnel, mais Phillip voulait améliorer son anglais, et je trouve que c'est une bonne chose. Bien sûr que j'allonge les 700 euros dans ce cas – si je ne le fais pas pour mon gamin, pour qui d'autre je le ferais ? Je suis tellement heureuse d'avoir encore la possibilité de faire ce genre de trucs !

Phillip n'est pas encore très intéressé par les filles, je crois. Ou peut-être qu'il ne me le dit pas. On ne parle pas des filles ensemble. Je trouverais ça bizarre, c'est gênant de discuter de ce genre de trucs avec sa propre mère. En plus de la pêche à la ligne, Phillip est un gros fan d'ordinateurs, il adore surfer et jouer sur Internet. Au début, je me suis vraiment fait du souci en voyant le gamin pendu jour et nuit à son PC et à son téléphone portable. Et puis au fur et à mesure, il m'a expliqué les choses et il m'a montré ce qu'il faisait. Il y a des jeux auxquels il joue avec ses amis, même quand il est chez moi à Teltow.

Avec Internet, les jeunes sont reliés les uns aux autres, ils discutent même en direct et jouent ensemble en temps réel. C'est sûr que ça n'est pas comme avant, quand on jouait aux dames ou aux billes avec les autres gosses, mais après tout, comme ça, le gamin garde le contact avec ses amis. Je trouve ça bien. J'ai toujours eu peur qu'il devienne un solitaire. Mais c'est tout le contraire : quand je le regarde jouer, je trouve qu'il a vraiment l'esprit d'équipe.

En réfléchissant à tout ça, je me suis rendu compte d'un truc : quand il se plonge dans ses jeux, c'est comme une sorte de thérapie pour lui. Il teste ses propres limites, il s'exprime et il construit des choses. Pour les jeunes garçons en particulier, c'est très important de pouvoir créer quelque chose. Ça lui permet aussi de devenir meilleur en stratégie et de s'entraîner en histoire et en science politique. Parce que dans ces jeux vidéo, ça parle souvent d'histoire coloniale, de groupements religieux ou d'économie planifiée. Et il gagne même de l'argent en jouant avec son PC.

Le gamin ne reçoit que 25 euros d'argent de poche par mois de la part de l'aide à l'enfance. Ça n'est pas énorme pour un garçon de 17 ans. Enfin bon, il a tout ce dont il a besoin, et en plus je lui paie ses factures de téléphone portable. Mais tout ce matériel qu'il faut avoir quand on joue sur ordinateur, ça coûte vraiment une blinde. Il a courageusement économisé pendant des années pour récolter les 600 euros qu'a coûté son PC. Mais cette fois-là lui a suffi, il a trouvé que ça prenait beaucoup trop de temps. C'est pour ça qu'il a commencé à proposer son aide aux voisins de sa famille d'accueil et à l'un des clubs de seniors du coin pour leur apprendre à se servir des PC et d'Internet. Histoire de gagner un peu d'argent.

Et comme ça, il n'y a pas longtemps, il a pu offrir à sa mère d'accueil un portable d'occasion avec accès à Internet pour 80 euros. « Si je l'avais acheté neuf, ça m'aurait coûté 500 euros », il m'a dit tout fier.

En ce moment, il met de côté pour avoir un nouvel ordinateur portable et il passe énormément de temps à se renseigner sur la qualité et sur les prix. Ça me fait plaisir de voir qu'il gère bien son argent. Phillip gagne aussi un peu de sous en écrivant en ligne des commentaires de jeux vidéo. Je ne sais pas ce qui intéresse les jeunes là-dedans, mais apparemment il y a sur Internet un gros marché pour les jeux commentés, enfin c'est ce que dit Phillip.

Ce que je trouve bien, c'est qu'en jouant, il parle aussi de tout et de rien, pas seulement de la partie. Aucune idée de qui ça intéresse et de qui paie pour ça, mais d'après Phillip, on gagne 0,04 centimes par personne qui nous suit. Phillip rêve d'être comme les joueurs professionnels avec 150 000 personnes qui les suivent ou plus. Eux, ils se font bien sûr un paquet de fric.

Phillip ne gagne que des clopinettes, mais il en profite aussi pour vider son sac. Pendant la partie, on peut parler de tout ce qui nous passe par la tête. Il n'y a pas longtemps, il s'est énervé pendant un jeu en racontant qu'il n'avait pas été élu représentant des élèves au lycée. Il est déjà délégué de classe, mais il voulait absolument être représentant des élèves en plus. Et c'est l'autre délégué de sa classe – au lycée, il y en a toujours deux – qui a finalement été choisi.

Apparemment, le représentant des élèves sortant a jeté des fleurs à l'autre candidat dans son discours de fin de mandat. Phillip pensait qu'il avait jusque-là plus de partisans, mais que plein d'élèves ont finalement voté pour l'autre parce que l'ancien représentant était pour lui. Phillip était vraiment déçu, il était super triste.

Il voulait faire plein de choses dans son école, par exemple mobiliser les élèves pour demander aux professeurs de faire de meilleurs cours. Des cours qui soient amusants et instructifs à la fois. Il pense que son école est « la pire école de Potsdam ». C'est ce qu'il dit toujours.

Il n'y a pas longtemps, il s'est énervé à cause d'un 3 en maths[1]. Oh là là, pour moi c'était génial d'avoir une note à peu près correcte à l'école, et lui il monte sur ses grands chevaux. « Maman, personne n'a eu de meilleure note que 3. Absolument personne. Soit le devoir était trop dur, soit le prof a un truc contre nous », a-t-il dit.

Comme il n'avait pas été élu représentant des élèves, il a postulé tout seul à un centre de formation professionnelle, il n'y en a que dans le Brandebourg et à Berlin. Ce sont des établissements où on se spécialise dans une profession mais où on peut aussi passer le bac. Pendant que Phillip était en voyage linguistique au pays de Galles, on a reçu la confirmation qu'il avait été pris. Bon sang, il était tellement content quand je lui ai dit.

Ensuite, il m'a expliqué qu'il comptait rester chez les Peter jusqu'à ses 20 ans. Et j'ai râlé : « Ça, ça te plairait bien. Vivre aux crochets de l'État sans devoir bouger le petit doigt ! » Mais il m'a dit : « Maman, d'autres parents seraient bien contents que leur enfant fasse un apprentissage comme ça. Mais c'est impossible de travailler en même temps. » Quand il a raison, il a raison. Il sait comment s'y prendre pour me convaincre dans ce genre de cas.

---

1. Dans le système de notation allemand, un 3 correspond à une note comprise entre 10 et 13 sur 20 en France. (*N.d.T.*)

Pour ne pas l'arracher encore une fois à son école, je n'ai rien fait pour qu'il revienne chez moi quand j'ai récupéré le droit d'hébergement en 2010. Parce que maintenant je pense que les choses sont bien comme elles sont. Les Peter peuvent lui offrir des choses que je n'ai pas. Ne serait-ce que le fait d'apprendre à s'occuper des autres, ses petits frères et sœurs d'accueil.

Phillip est un gamin génial, même s'il n'est pas parfait. Personne ne l'est. Mais je dois bien avouer que de temps en temps, il me tape vraiment sur les nerfs, par exemple quand je n'arrive pas à lui faire mettre le nez dehors les fois où il vient chez moi.

Quand j'allume la télé, je finis toujours devant des documentaires – sur des pays, des animaux, des voyages. Le gamin, lui, il ne fait que regarder toutes ces émissions complètement idiotes. Ou des comédies. Il aime bien rire. Avant, je devais regarder une fois par semaine « *Pleiten, Pech und Pannen*[1] » avec Phillip. Je trouvais hyper drôles les accidents avec les enfants et les animaux.

Je lis souvent des biographies. La vie m'intéresse. J'aime bien savoir comment les gens fonctionnent. Et je suis contente quand je vois Phillip en train de lire aussi. Au moment de la séparation, avec tous les problèmes qu'il y a eu, il s'est réfugié dans le monde des livres. Il a lu les sept tomes de Harry Potter, tous finis en moins de deux.

Il n'a pas lu *Moi, Christiane F., 13 ans, droguée, prostituée*. Pour quoi faire ? Les Peter et moi, on lui a obtenu une dispense de cours la fois où sa prof

1. Équivalent allemand de l'émission « Vidéo gag ». (*N.d.T.*)

d'allemand a eu l'idée, selon nous pas très appropriée, de parler de mon livre en classe – ça n'était pas la peine qu'il entende les autres enfants dire ce qu'ils pensaient de sa mère. Et comment est-ce qu'il aurait été capable d'analyser le livre objectivement ? Les gens peuvent vraiment manquer de délicatesse avec les enfants !

Mais j'ai raconté à Phillip tout ce qu'il y a dans le livre. Il sait bien sûr ce qui s'est passé entre moi et son père, il n'est pas complètement stupide. Et j'ai toujours fait attention à le traiter comme une personne intelligente, il le vaut bien. Il a toujours mérité que je sois sincère avec lui.

La dernière fois qu'on s'est vus, je me suis assise derrière lui sur le matelas et je lui ai caressé les cheveux. Et puis je lui ai dit qu'il ne pourrait plus profiter de sa mère très longtemps, et que j'avais envie de rendre les moments qu'on passait ensemble aussi beaux que possible.

11

FAMILLE D'ÉCUEILS

Mes parents ne m'ont pas transmis grand-chose de bien. Malgré tout, j'ai de la peine en repensant à ce par quoi ils sont passés à la sortie de *Moi, Christiane F., 13 ans, droguée, prostituée.* Ce sont mes parents et ils le seront toujours, je ne les exposerais plus jamais comme ça devant tout le monde. Aujourd'hui je fais très attention à quels mots j'utilise quand je parle d'eux. Ça n'est pas facile vu que je ne veux pas non plus déformer la vérité.

Une grosse partie de ce qui m'est arrivé et de ce que je suis aujourd'hui vient de mon enfance. Y compris les bonnes choses : si ça a été aussi important pour moi que mon fils et moi mangions bien ou encore qu'il apprenne à être organisé, c'est parce que tout ça m'a manqué quand j'étais enfant. Quand on était écolières, Anette et moi, on se relayait pour préparer le petit-déjeuner et promener le chien. Mes parents ne faisaient rien de tout ça, ils n'ont par exemple jamais emmené mon dogue Ajax chez le vétérinaire. Souvent, pour le nourrir, on lui jetait juste de la viande crue : du foie, des rognons, de la rate et du mou… des trucs qui traînaient là depuis un moment déjà, et le chien n'était même pas traité avec un vermifuge.

Je me souviens encore d'une scène qui a eu lieu au moment où on venait d'emménager dans le grand appartement de la cité Gropius et où ma mère avait repris son travail de secrétaire. Le troisième jour, elle s'est effondrée et a éclaté en sanglots. Une vraie crise de nerfs. « Mon Dieu, j'en peux plus ! Regardez-moi ça. Qu'est-ce que vous avez fabriqué ? » a-t-elle crié, comme si on avait foutu le feu à l'appartement. Et nous : « Qu'est-ce qu'on a fabriqué ? On a joué ! » Bon sang, comme font tous les enfants. Un peu de saleté, un peu de désordre. Ma sœur avait 7 ans, moi 8.

Peu de temps avant, on avait fait la connaissance de Gundula Köstner, qui avait 12 ans. Elle habitait au troisième étage et elle avait deux sœurs, Anne et Victoria. Les trois filles se sont énormément occupées de nous, notamment la fois où mon grand-père est mort. Quand c'est arrivé, mes parents nous ont laissées seules à la maison. La famille de ma mère habitait dans la Hesse, et Anette et moi on devait aller toutes seules à l'école le matin. À notre retour l'après-midi, les filles des voisins nous gardaient – quand il y avait quelqu'un pour le faire. Vous vous rendez compte : dans quel genre de famille un truc pareil peut arriver ? On était complètement livrées à nous-mêmes. Les filles nous ont aussi montré comme s'occuper de la maison. Comment faire pour arroser les fleurs, sortir le chien, faire la vaisselle. Et puis il y avait les pigeons voyageurs que mon père élevait sur le balcon. Vingt ou trente pigeons, ça fait pas mal de saloperies. C'était beaucoup trop de responsabilités pour nous.

Depuis un paquet d'années maintenant, mon père vit en Thaïlande. Il a bien sûr rencontré Phillip quand il est rentré avec sa femme thaïlandaise et leur fille vivre à Berlin et y travailler comme chauffeur de taxi pendant quelque temps. Mais ça fait un moment qu'il est retourné là-bas avec l'argent de sa retraite. En Asie, on vit sans doute mieux qu'ici quand on n'a pas beaucoup de fric.

Je ne sais pas combien de frères et sœurs j'ai du côté de mon père. Trois, je crois. Je connais une demi-sœur à moitié thaïlandaise, elle doit avoir pas loin de 30 ans maintenant, et si rien n'a changé depuis la dernière fois qu'on s'est vues, elle est au chômage comme tous ceux de ma famille ou presque. Elle vit à Berlin. Mon père, qui ne veut plus entendre parler de moi, lui a interdit d'entrer en relation avec moi. Il n'y a pas longtemps, je suis quand même allée chez elle un soir de nouvel an et je lui ai laissé mon numéro de portable sur un bout de papier dans sa boîte aux lettres. Elle n'a jamais appelé.

Mon père était alcoolique et violent. Pourtant, il était aussi très protecteur. Il ne fallait pas toucher à un seul de mes cheveux. Même la police ne pouvait pas m'arrêter, comme ce monsieur Brecht du service des stupéfiants l'a appris à ses dépens. Quand on était gosses, un de nos voisins de la cité Gropius en a aussi fait l'expérience. Le type nous avait emmerdées ma sœur Anette et moi dans l'entrée de l'immeuble. Mon père était en train de manger quand nous lui avons raconté ça. Il a tout balancé direct, la fourchette et le reste. « Où sont les clefs ? Où est le gars ? » L'homme, au milieu de la quarantaine, avec un gros ventre, au chômage, vivait deux étages au-dessous de nous. Mon père y est allé tout droit, il a sonné à sa porte et lui a mis son poing dans la figure. À partir de ce moment-là, le type a bien fait attention à ne plus croiser notre route.

Mais mon père avait d'autres qualités. Toutes mes camarades d'école étaient amoureuses de lui. Il avait du charme, il était intelligent et il savait exactement ce qu'il voulait. Ce qui signifiait aussi que ceux qui ne lui obéissaient pas toujours risquaient gros. Moi y compris. Il avait des projets très ambitieux qui échouaient tous sans exception, et il me considérait sans doute comme en partie responsable de tout ça.

Il avait voulu monter une agence matrimoniale à Berlin, avec des photos qui seraient envoyées aux gens, des profils personnalisés et tout le toutim. Dans l'absolu, c'était une bonne idée, mais manque de bol, au milieu des années 1960, mes parents étaient trop en avance sur leur temps. Aujourd'hui, il y a plein de gens qui utilisent ce genre de trucs, mais à l'époque on n'osait pas. Ça n'a pas marché. Il a fallu quitter notre appartement de cinq pièces qui donnait directement sur la rive Paul-Lincke et qui coûtait 500 marks, une fortune pour nous.

Plus les idées de mon père foiraient, plus il devenait violent quand il se mettait en colère. Il n'avait que 25 ans, ça n'était encore qu'un gosse dont les rêves explosaient en vol les uns après les autres. Je crois qu'à ses yeux ma naissance l'avait forcé à mettre de côté ses projets et ses besoins, et que c'est pour ça qu'il m'a si mal traitée. Je ne peux pas lui en vouloir. Il était aussi dépassé que nous tous.

C'était ma mère qui gagnait l'argent de la famille en travaillant comme secrétaire aux éditions Springer.

Lui buvait la plus grande partie de cet argent, ou bien il le dépensait pour sa stupide Coccinelle qui lui permettait au moins de garder la face vis-à-vis de l'extérieur. Ça n'est pas facile pour un homme quand c'est la femme qui subvient aux besoins de la famille.

Les démonstrations de force et les punitions étaient le seul moyen qui lui restait pour se faire respecter. Et on peut dire qu'il savait s'y prendre pour humilier. Quand ma mère a pris quelques kilos parce qu'elle était enceinte, mon père s'est mis à l'appeler « grosse truie ». À cause de ça, elle a eu le sentiment qu'elle ne méritait pas d'être aimée, et ça m'a énormément marquée. Depuis, je déteste ceux qui critiquent le physique des autres, ça me rend dingue. On ne peut pas traiter les gens comme ça, ça fait trop mal. C'est sans doute pour ça que je fais super attention à ma silhouette. Quand j'étais plus jeune, j'étais même carrément squelettique. Souvent, ça m'est arrivé de ne pas manger pendant des jours, je ne faisais que boire. Je pouvais tout supporter sauf d'être grosse, depuis toute petite on me disait qu'être gros, c'était de la merde.

Mon père savait aussi décevoir les petits. Pour lui, il dépensait sans compter, mais nous, on s'estimait heureuses quand on recevait des pull-overs chauds en cadeau à Noël. Pourtant, mon rêve le plus cher était d'avoir un petit canot pneumatique. Rien de bien extraordinaire, juste un canot avec deux rames. Ça aurait coûté 50 marks. « Oui, tu vas l'avoir », me disait-il avant Pâques. Rien. « À ton anniversaire », disait-il ensuite. C'est le 20 mai et « de toute façon, avant, il ne fait pas chaud, et tu ne pourras pas en faire ». Et jusqu'à Noël, rien. « C'est pas grave, tu ne pourras de toute façon t'en servir que quand ce sera l'été. » À un moment, on finit par arrêter de poser la question, tout en continuant à rêver secrètement que papa n'ait pas oublié.

Je ne vais pas dire qu'il avait raison de faire ça. Mais je le comprenais un peu malgré tout. Comme plein de femmes, j'ai toujours recherché des hommes qui ressemblaient à mon père. Qui étaient dominateurs et avaient tellement de problèmes avec eux-mêmes qu'ils avaient besoin de me descendre pour se sentir mieux. Tous les hommes que j'ai connus avaient moins d'argent que moi, comme c'était le cas chez mes parents. Et tous étaient plus ou moins comme mon père, avec ce mélange de peur et d'attirance, d'impitoyable arrogance et d'idéalisme désespéré. Je saute chaque fois dessus – espérant peut-être inconsciemment que je ne serai cette fois pas aussi impuissante que face à mon père. Que je ne serai pas encore déçue. Que j'aurai enfin mon canot pneumatique. Mais ça s'est toujours fini comme avant, dans la douleur et la frustration.

Ma sœur, quand elle a eu 16 ans, s'est mise à vivre dans les squats de Kreuzberg. Dans les années 1970 et 1980, des centaines d'adolescents et de jeunes adultes, de gauche pour la plupart, ont décidé d'occuper les immeubles vides qui allaient être détruits en réaction à la politique de rénovation menée par le Sénat et à la pénurie de logements qu'elle avait provoquée.

Quand la police a essayé de les faire décamper, des combats de rue ont éclaté et ça a duré parfois plusieurs jours. Beaucoup de squatteurs étaient des indépendants, c'est-à-dire issus de l'extrême gauche ou de l'anarchisme.

D'abord, ils se sont tenu les coudes – pour résister face aux politiques et à la police. Mais ensuite, des conflits ont commencé entre les squatteurs : à quoi devait ressembler l'espace d'habitation pour lequel on s'était battus ensemble ? Qui serait d'accord pour mettre de l'argent là-dedans ? Et combien ? Beaucoup de ceux qui venaient de familles bourgeoises sont retournés à leur vie d'avant. D'autres se sont installés pour de bon dans les squats.

Régulièrement, ils se mettaient sur la gueule. Et au milieu de tout ça, il y avait ma sœur, qui ne supportait pas le moindre coup de stress. À cause des bastons, elle était à bout de nerfs, et pourtant elle ne voulait pas partir non plus parce qu'elle ne savait pas où aller. Mais elle a fini par trouver un endroit où elle se sentait chez elle.

La surface occupée à Waldemerstraße faisait en tout plusieurs centaines de mètres carrés. Il y avait un bâtiment principal, où habitent aujourd'hui des Turcs, et deux ailes avec une remise où ils conservaient des outils et des tonnes de nourriture, comme du fromage ou encore des demi-porcs. Même dans la maison, on avait l'impression d'être à l'extérieur. Des plantes poussaient partout dans de grosses bassines en tôle, les pièces étaient immenses et il y avait un escalier en colimaçon qui menait au deuxième étage. En bas, on trouvait le salon et la cuisine, en haut, les chambres individuelles, les dortoirs et la salle de bains. La plupart des couchages n'étaient séparés les uns des autres que par des tentures indiennes toutes fines.

Anette y a vécu pendant une dizaine d'années avec homme et enfant. Enfin si on peut dire ça comme ça, vu que dans le fond c'était une sorte de communauté de vie où les gens prônaient un idéal d'amour libre. Après s'être séparée de son compagnon, ma sœur a vécu sous le même toit que son ex, sa nouvelle maîtresse à lui et leurs enfants pendant presque deux ans – elle l'a fait par amour pour sa fille. Puis son ex est parti pour l'Italie et il y gère maintenant un élevage de bétail bio qui marche très bien.

La fille d'Anette a elle aussi fini par s'en aller. Elle étudie les lettres. C'est sa mère qui lui a transmis son don pour les langues. Elle doit avoir aujourd'hui autour de 30 ans, à peu près le même âge que ma demi-sœur de Thaïlande. Et elle aussi, elle a quelque chose d'exotique : son nom. Elle a un magnifique prénom indien que je ne veux pas donner parce qu'elle est la seule à le porter en Allemagne. Il rappelle que la fille d'Anette est née au petit matin et que ma sœur a vécu la période hippie.

Quand j'étais adolescente, à l'époque où je vivais à Hambourg, j'ai reçu un jour de la part de ma petite sœur une lettre où elle m'écrivait que l'héroïne s'était mise à circuler chez ses amis. C'étaient des hippies comme ceux que Panagiotis avait rencontrés. Eux aussi étaient allés en Inde avec le Magic Bus, avaient mis de l'opium pur dans des boulettes de cire et les avaient avalées. Je trouve ça moins dégueulasse que d'avaler des préservatifs comme d'autres font. Mais au fond, on s'en fiche de savoir comment le matos était arrivé à Berlin : le principal, c'est qu'il était là.

Un tas de filles se sont ensuite prostituées dans les petits bordels pourraves de Berlin pour se payer leur dope. C'est qu'elles ne recevaient pas de pourcentage sur les ventes d'un livre comme moi. Les filles s'exhibaient attifées n'importe comment derrière des vitrines et elles devaient se déhancher autour d'une barre en équilibre sur leurs talons aiguilles, alors qu'elles étaient complètement dans les vapes. Les maquereaux se fichent que les nanas soient défoncées du moment qu'elles rapportent de l'argent. Et elles, elles faisaient n'importe quoi pour en avoir.

C'était différent de chez nous, à la gare du Zoo. Moi, je n'avais pas besoin d'avoir de rapport sexuel ni de pratiquer le sexe oral si je n'en avais pas envie. Des fois, je n'avais qu'à rester assise là et les types se branlaient tous seuls – et ils me filaient 25 ou 50 marks en échange. Plus tard, dans les années 1980, c'est devenu une autre paire de manches, surtout à cause des maquereaux.

Dans le monde des squatteurs, l'héroïne n'était pas très répandue. Mais ma sœur était au courant de ce qui se passait à la scène avec les prostituées et les camés. Je n'ai aucune idée de ce qu'elle fabriquait là-bas. Au bout de quelques années, elle s'est éloignée de ces gens-là. Ça devait être au début des années 1990. Depuis, elle fait sa petite vie dans son coin.

Elle n'ouvre pas la porte si elle ne sait pas que quelqu'un doit venir. Même si moi je sonnais chez elle sans avoir prévenu, elle n'ouvrirait pas. Elle déteste encore plus que moi être dérangée quand ça n'est pas le bon moment. C'est pour ça qu'elle a dit à tout le monde : « Si vous voulez passer, appelez-moi avant ! Et si je ne réponds pas au téléphone, c'est que je ne veux voir personne ! »

Pendant des années, je lui ai rendu visite plusieurs fois par semaine. Mais là, ça fait plus de deux ans que je ne l'ai pas vue. À l'époque, je lui avais offert un portable. Elle ne décrochait jamais son fixe parce qu'elle avait la trouille que ce soit une personne à qui elle ne voulait pas parler – comme un flic ou quelqu'un de la scène. Ou encore une des filles qui tapinaient. Ou notre mère.

Avec un portable, on peut voir qui appelle, c'est pour ça que je lui en ai offert un. Et ensuite je lui ai expliqué le fonctionnement : ce que c'est qu'une carte SIM, comment on l'insère et comment enregistrer des numéros. Le jour d'après, j'ai reçu son premier message. C'était écrit : « Ceci est mon premier SMS. » Avec un smiley à la fin !

En fait, Anette voulait devenir interprète. Elle est très douée pour les langues, elle parle couramment le français et l'anglais et même un peu le portugais. Mais comme elle n'avait pas vraiment confiance en elle quand elle était jeune, elle a suivi un apprentissage d'aide vétérinaire. Malheureusement, elle a laissé tomber au bout de six mois.

Dès que sa responsable de formation, une femme bien en chair qui en imposait, la secouait un peu parce qu'il y avait un truc urgent ou parce qu'il fallait qu'Anette soit plus décidée et sûre d'elle, ma sœur avait envie de se mettre à pleurer. Elle supportait mal qu'on lui dise ce qu'elle avait à faire, surtout quand c'était fait sur un ton sec. Ça lui rappelait trop certains moments difficiles avec mon père.

Les dernières fois où je lui ai écrit un SMS pour la voir, je n'ai pas eu de réponse. Elle est plus maline que moi, elle reste dans son coin quand ça ne va pas bien.

Elle n'a plus aucune relation avec ma mère depuis presque trente ans. À l'époque, notre mère venait de faire la connaissance de Gustav.

Gustav a débarqué alors qu'on avait autour de 20 ans. Il dirigeait à Moabit une entreprise de nettoyage où ma mère était entrée comme sténodactylo. Là-bas, toutes les secrétaires tournaient autour du chef. Elles étaient cinq en tout, et il n'y en avait pas une qui ne lorgnait pas sur Gustav. Il avait débuté dans la boîte en 1963 comme apprenti et il était ensuite devenu le bras droit du patron. Avec le développement de l'économie tertiaire, le business a pris de l'ampleur, et comme le chef n'avait pas d'enfants, Gustav a hérité de l'entreprise.

Il faut dire aussi que c'est un homme absolument séduisant et charmant. Ma mère me racontait toujours, des étoiles plein les yeux, la fois où il lui avait caché des fleurs dans son tiroir. C'est comme ça que ça a commencé entre eux. Mais avoir une histoire avec son propre chef, ça n'est pas un truc que je ferais, et dans la boîte il y en a plein qui n'ont pas apprécié.

Ma mère en a sacrément bavé parce que tout le monde savait qu'elle était la maîtresse du patron. Les deux avaient alors autour de 40 ans. Mais apparemment, ça valait le coup : ils ont d'abord construit une maison ensemble à Stahnsdorf. Gustav et ma mère faisaient maintenant partie des nouveaux riches et ils mangeaient avec tous leurs animaux à table.

Malgré ça, elle est restée amie avec Klaus, son ex. Il a même aidé Gustav à construire un sauna dans la maison de Stahnsdorf. Ma mère sait s'y prendre avec les hommes !

Et puis il y a Sebastian, le père de Phillip. Nous sommes encore en contact, surtout à cause de notre enfant, c'est clair. Phillip le voit régulièrement. De temps en temps ils font une petite virée dans le sud de l'Allemagne, chez les parents de Sebastian par exemple. Ils pêchent aussi. Dans le Brandebourg, pour 12 euros, on peut pêcher le poisson blanc. C'est un type de poisson qui ne chasse pas les autres poissons, mais se nourrit de larves d'insectes, de limaces et de plancton (contrairement au brochet et au sandre, par exemple). Les carpes et les barbeaux font partie des poissons blancs, les harengs et les gardons aussi. Phillip s'était lui-même acheté son matériel avec les économies qu'il avait faites sur son argent de poche. Il a passé des heures avec son père, assis au bord du lac, et le soir la prise atterrissait dans ma poêle. Évidemment, le frigo était toujours plein de maïs et d'asticots, de tous les trucs dont on a besoin pour appâter les poissons blancs. Un jour, ils ont ferré une carpe géante, si grosse qu'ils ont dû s'y mettre à deux pour tirer et la remonter. Le poisson était presque aussi large que long, il faisait dans les 40, 50 centimètres et bien trois ou quatre kilos. Une fois à terre, la bête gigotait encore violemment sur le sol, et j'ai crié, en panique : « Faites quelque chose, elle n'est pas morte, elle ouvre sa bouche et me regarde ! » Phillip et son père étaient évidemment morts de rire devant ma sensiblerie.

Les premières années, nous fêtions toujours ensemble les Noëls et les anniversaires, même quand Sebastian avait des copines depuis longtemps. Nous n'étions certes pas une vraie famille comme on en connaît, parce que Sebastian n'était jamais là. Mais quelque chose nous lie, et les parents de Sebastian se sont toujours occupés de nous. Alors que je n'entends plus parler de mes propres parents depuis des années, ceux de Sebastian nous envoient régulièrement, à Phillip et moi, des paquets avec des photos de famille, des poèmes et des friandises. Je leur en suis très reconnaissante.

En 2005, Sebastian a laissé traîner une grippe pendant un moment. Il avait tout juste 30 ans, il venait de suivre un apprentissage en design, de commencer un job dans une grande start-up allemande et d'emménager dans son appartement à lui à Friedrichshain. Il était redevenu clean, mais il travaillait énormément en semaine et faisait beaucoup la fête le week-end – je ne sais pas s'il utilisait des excitants et si oui, lesquels. En tout cas, il n'a pas pris soin de lui, sa grippe s'est transformée en pneumonie puis en embolie pulmonaire. Quand c'est devenu trop douloureux, il est allé à l'hôpital, mais a décidé de ne pas y rester, soi-disant à cause d'un stage qu'il tenait absolument à faire.

Il comptait revenir une fois les trois jours de formation terminés pour être hospitalisé. Mais son corps lui a joué un sale tour, au bout d'une journée seulement Sebastian s'est écroulé et a été plongé dans le coma par les médecins parce que son état était devenu critique. Il est resté en réanimation pendant trois mois. Sa mère, une femme adorable avec des cheveux blonds et courts et un gentil sourire, habitait pendant ce temps dans son appartement avec la nouvelle copine de Sebastian, qui se trouvait être infirmière, elle s'est battue pour le garder en vie. On s'est toutes relayées pour aller lui rendre visite à l'hôpital et garder

Phillip. Je n'emmenais bien sûr pas le gamin là-bas, il n'avait que 9 ans, il ne fallait pas qu'il voie son père dans cet état-là avec toutes les machines autour. Voir un truc aussi terrible étant enfant, ça marque à vie. Le 31 décembre seulement, nous l'avons laissé téléphoner à son père vite fait. Sebastian a utilisé sa canule trachéale pour parler à notre fils.

Après avoir été sorti du coma par les médecins, Sebastian a dû être opéré encore une fois parce qu'un abcès s'était formé dans ses poumons. Pour le retirer, il a fallu lui enlever trois côtes, depuis cette intervention il n'y a plus rien qui protège son cœur. Ça a mis une éternité avant qu'il soit à nouveau à peu près sur pied. Et au moment où il a enfin été capable de rester seul chez lui et de marcher un peu, il a été renversé par un bus et ses jours ont encore une fois été en danger.

Nous avions tous redouté qu'un truc comme ça se produise parce que Sebastian fait partie de ces gens qui lisent en marchant. Je ne sais même pas combien de fois on lui a sauvé la vie au dernier moment, alors qu'une voiture ou l'un de ces cyclistes fous comme il y en a des centaines de milliers à Berlin lui passait sous le nez. Et boum, voilà que c'était arrivé, en 2006, un an seulement après la grippe qui avait dégénéré.

Sous le choc, ses côtes restantes avaient été réduites en miettes. Il souffrait d'hémorragies internes. Le bus lui était rentré dedans de plein fouet à Alexanderplatz. Après cet accident, Sebastian a dû prendre des opiacés pendant un moment. Et évidemment, ça l'a fait replonger.

À cause de tout ça, il a été incapable de travailler pendant un bail, et son couple n'a malheureusement pas tenu le coup non plus. Mais l'appartement où il habite est vraiment joli. C'est un appartement comme en rêvent plein de gens, avec du vieux parquet et des moulures et tout. Plusieurs fois par an, Phillip y va pour le voir un week-end. Des fois, ils partent aussi en voyage quelques jours. Sebastian a maintenant 40 ans et il fait ce qu'il peut pour s'en sortir. Il n'a jamais pu vraiment se remettre en selle niveau boulot et santé.

12

Mes ombres

Personne ne me croit, et je peux comprendre pourquoi. Si on m'avait raconté une histoire pareille il y a vingt ou trente ans, je n'aurais vu là-dedans qu'une tentative désespérée pour attirer l'attention. Comme font les enfants issus de milieux familiaux difficiles quand ils veulent qu'on s'occupe d'eux. Aujourd'hui, même les psychologues de comptoir savent bien que les enfants qui la ramènent le plus en classe et qui inventent les mensonges les plus dingues ne cherchent au fond qu'à avoir un câlin et à trouver quelqu'un qui s'intéresse vraiment à ce qui leur arrive. Malheureusement, la plupart des instituteurs ne comprennent pas tout ça.

Il y a aussi des adultes qui imaginent des histoires complètement folles et qui sont sans arrêt en train de raconter toutes les difficultés qu'ils ont dû surmonter et tous les malheurs qui s'abattent sur eux. Comme si l'univers n'avait rien de mieux à faire que de s'acharner contre eux. Mais si ces gens s'accordent autant d'importance, c'est uniquement parce que personne ne fait attention à eux.

Ils me font de la peine, parce qu'ils sont le plus souvent très seuls, alors je m'occupe d'eux, je les écoute, parce que je sais malheureusement très bien ce que ça fait de se confier à quelqu'un et de se faire envoyer paître. Une oreille attentive vaut parfois bien plus que tout l'or du monde.

Moi, je ne manque ni d'argent ni d'attention. Mais j'ai perdu un tas d'amis parce qu'ils pensent que je suis folle depuis que je leur ai parlé de mes problèmes.

Et c'est le pire là-dedans : que je sois maintenant stigmatisée comme ça – plus seulement comme la junkie-star, mais aussi comme la folle de service. Des fois ça me fait pleurer et je ne peux plus m'arrêter de la journée tellement ça fait mal.

Je voudrais juste que ceux qui ne veulent pas me croire me foutent au moins la paix. Tous les journaux ont raconté que j'avais des hallucinations. Mais croyez-moi : j'ai espéré un paquet de fois qu'ils aient raison, que tout ça ne se passe que dans ma tête. Qu'un médecin ou un traitement puisse me tirer de là.

Peut-être que c'est vrai, peut-être que j'ai seulement un problème avec la célébrité. Je ne sais pas. Mais quoi qu'il en soit, tout ça est bien réel pour moi – et je ne souhaite à personne, pas même à mon pire ennemi, de devoir vivre un truc pareil. Ça fait plus de vingt-cinq ans que ça dure.

Pendant mon incarcération à la maison d'arrêt de Plötzensee, j'avais appris à voir si quelqu'un était entré dans ma cellule quand je n'y étais pas. Les gardiennes visitaient chaque jour au moins trois piaules au hasard, et très souvent elles étaient fouillées. On appelait nos cellules des piaules – le soir quand c'était l'heure de fermer les verrous, on nous disait : « Retourne dans ta piaule. » Les fouilles n'avaient bien sûr pas lieu sous les yeux des taulardes, mais dans la journée, quand on était en train de bosser. Tout ça n'était pas un secret, on savait qu'il y avait des contrôles. Mais il ne fallait pas qu'on voie comment ni où ils avaient lieu, pour qu'on ne puisse pas s'y préparer.

Par exemple, quand mon paquet de tabac n'avait pas été refermé comme je le faisais, je le remarquais toujours : à l'époque, j'arrachais ces stupides languettes autocollantes qui ne tiennent de toute façon jamais et je glissais la partie du haut à l'intérieur du paquet, comme pour une enveloppe. Puis je pliais le tout encore une fois et je rangeais le paquet toujours avec la partie la plus fine vers le bas.

C'est comme pour mon tube de dentifrice. Depuis toujours, je le presse du bas vers le haut jusqu'au bout. À l'époque, je le retrouvais des fois dans le verre à dents, pressé n'importe comment. Sur les fringues, je voyais tout de suite le moindre pli qui était apparu. J'ai toujours eu la manie des fringues bien pliées, tout simplement parce que je n'ai jamais aimé repasser. Et puis mes affaires étaient toutes rangées dans une étagère en contreplaqué qui n'était pas fermée, alors chaque petit changement me sautait aux yeux.

De temps en temps, les gardiens laissaient aussi des empreintes de pas. Le sol de l'établissement était en béton noir. On voyait facilement les saletés apportées de l'extérieur par les chaussures, surtout quand du soleil passait par la fenêtre.

Si on oublie le fait que je n'ai pas respecté la loi contre les stupéfiants, je n'ai jamais rien fait de grave dans ma vie. OK, quand j'étais gosse, il m'est arrivé une fois de voler un Mr. Tom, une barre de cacahuètes. J'avais faim, mais je n'avais pas assez pour acheter ce que je voulais avec l'argent que j'avais récupéré à la consigne en donnant nos bouteilles. Ça faisait environ deux marks, et je devais en plus partager avec ma sœur. Je n'arrivais vraiment pas à choisir entre un petit pain et un truc sucré. Du coup, j'ai piqué une barre de Mr. Tom, mais j'étais tellement morte de trouille en chipant mon truc qu'on m'a repérée.

Aujourd'hui, je ne mange plus ce genre de barres, parce que sinon je me remets à avoir honte, comme à l'époque. Et même maintenant, on remarque tout de suite quand je cache quelque chose ou que je mens. J'ai tellement peur d'être grillée et d'avoir des ennuis que l'expression de mon visage change, et que je me mets à me comporter et à parler d'une manière complètement différente de d'habitude. Ça se voit comme le nez au milieu de la figure quand j'ai mauvaise conscience.

Mais après tout, je ne suis pas non plus une dangereuse criminelle. Je ne deale pas – pour quoi faire ? J'ai de l'argent. Alors pourquoi est-ce que j'irais vendre de la drogue ? Pour le fun ? Non, ma vie est déjà suffisamment excitante comme elle est ! Je n'ai pas besoin de me mettre à faire du recel pour ça, et encore moins de la politique.

Je ne suis pas une terroriste, je ne suis pas non plus membre de la franc-maçonnerie ou des Illuminati. Je ne fais pas partie de la Scientologie, je n'ai même jamais été chez les scouts. C'est pour ça que je n'ai aucune idée de ce qu' « ils » me veulent.

Peut-être que je suis à leurs yeux quelqu'un d'important, simplement parce que je connais plein de gens qui le sont. Je ne sais pas. Je n'ai aucune idée de qui ils sont. Alors qu'eux savent tout de moi. Ils connaissent l'état de mon compte en banque et sont au courant du moindre centime que je dépense. Je le sais depuis que j'ai remarqué qu'ils me volent précisément les choses que je viens d'acheter.

Surtout des fringues, mais aussi des disques et des trucs de la vie de tous les jours, comme mon tabac, mes briquets ou encore des piles. Par contre ils ne volent pas de nourriture, ça non. Mais ils aiment particulièrement tout ce qui est personnel, comme les lettres ou les albums photos.

Ils gardent en tout cas un œil sur mon courrier. Sur les lettres des impôts par exemple ou sur les avis de l'administration pénitentiaire – de la paperasse qui peut me mettre dans de sales draps si je n'y réponds pas à temps. En un an, j'ai dû me débarrasser de cinq téléphones portables parce qu'ils les avaient tous piratés. Je ne sais pas ce qu'ils me veulent, vu qu'ils ne m'ont pas emprisonnée ni enlevée, et ils ne cherchent pas non plus à récolter des informations sur moi auprès de mes amis ou de mes connaissances. C'est pour ça que personne ne me croit. Ces gens ont visiblement pour seul objectif de me faire passer pour une folle aux yeux du reste du monde.

Et ils ne sont pas loin de réussir à me rendre dingue. Chaque fois que je rentre chez moi, je vois qu'ils sont venus. La télévision est à nouveau branchée, alors que mon dernier geste avant de quitter l'appartement a été d'enlever la prise. Je déteste gaspiller l'électricité. Je débranche toujours tout avant de partir.

Mais ils veulent que je voie qu'ils sont venus. Après leurs visites, l'appartement n'est pas sens dessus dessous comme dans les films. Non, ils laissent seulement de petits signes que je suis la seule à voir – comme avant, en prison, quand nos piaules étaient fouillées.

Je ne sais pas si le fait que je sois observée a quelque chose à voir avec mon séjour à Plötzensee. Je crois plutôt, mais je ne peux pas le prouver, que c'est ma mère qui est à l'origine de tout ça.

Au début des années 1980, elle a essayé de me faire mettre sous tutelle. C'était après que j'ai replongé. Ça peut peut-être permettre de comprendre ce qu'a tenté de faire ma mère. Je crois qu'à sa manière, elle a voulu me sauver la vie. C'est pour ça qu'elle a appelé les flics. En tout cas, c'est ce que j'ai envie de croire, qu'elle a voulu bien faire. Elle s'est toujours démenée pour me sortir de la drogue. Elle est allée voir Synanon, Release, tous les organismes de soutien qui existaient quand j'étais ado. Et elle a pris des congés exprès pour vérifier que je ne me tirais pas pendant le sevrage.

Plus tard, après que le livre est sorti et est devenu un succès monstre, ma mère a pensé que j'étais suffisamment stupide pour fréquenter les mauvaises personnes, utiliser mon argent pour des trucs louches et me payer des baignoires pleines d'héro. Mais je n'ai jamais rien fait de tout ça.

Qui peut se vanter d'avoir été capable de vivre plus de trente-cinq ans grâce aux pourcentages qu'il reçoit sur les ventes d'un livre – d'autant plus que nous devons tout diviser par trois, Horst Rieck, Kai Hermann et moi !

Si j'ai encore de l'argent aujourd'hui, c'est parce que j'y ai toujours fait attention et que je l'ai bien placé, par exemple dans des assurances-vie. Ça, c'est grâce aux conseillers de ma banque à Cologne. Franchement, qui irait vendre une assurance-vie à une accro à l'héro ? C'est pourtant ce qu'ils ont fait, et même deux fois de suite. Et j'ai ensuite récupéré l'argent des deux assurances avec des bénéfices.

La majorité de l'argent est en fait parti pour ma famille. Quand, à 18 ans, j'ai enfin pu récupérer les livrets et les cartes bancaires des comptes sur lesquels avaient été déposés l'à-valoir et les pourcentages sur les ventes du livre, il manquait déjà 100 000 marks. Je savais que ma tante en avait donné une partie à son mari au moment où elle l'avait quitté. Mais où était passé le reste ? Et quand je suis rentrée de Grèce, j'ai trouvé sur mes comptes exactement la même somme qu'avant mon départ. Les intérêts que j'aurais dû recevoir pendant les sept années précédentes n'avaient pas été versés.

Ces gens qui me traquent toujours aujourd'hui m'ont suivie même quand je suis partie en Grèce. L'un d'eux était un rouquin, un *ginger*. Je ne savais pas qu'on les appelait comme ça, apparemment c'est une insulte tirée de *ginger gen*[1], le gène qui est à l'origine de la peau blanche, des cheveux roux et des taches de rousseur.

C'est dans la bouche de Panagiotis que j'ai entendu ce mot pour la première fois. L'homme en question était un Allemand. Un type énorme. Toujours trempé de sueur. Il portait des sandales Birkenstock et des

1. En français, « gêne celtique ». (*N.d.T.*)

shorts trop serrés, et il avait de gros mollets avec des poils de jambes blonds.

C'était en 1989, l'année pendant laquelle j'ai probablement attrapé l'hépatite, parce que notre seringue s'était émoussée et qu'un inconnu nous avait prêté la sienne.

Avant que je voie le *ginger* pour la première fois, nous étions allés à Berlin acheter du matériel et des ustensiles pour notre boutique de tatouage. Mais la veille au soir de notre retour en Crète, pour lequel on avait trouvé un vol charter à 180 marks le billet avec une escale à Bucarest, mon passeport a disparu. C'était eux qui me l'avaient piqué, je le savais bien, parce qu'ils voulaient partir en même temps que moi et j'avais sans doute été trop rapide pour eux, ils n'avaient pas pensé que je partirais aussi tôt.

On a alors retourné mon appartement de fond en comble, mais impossible de mettre la main sur le passeport. Du coup j'ai demandé à Panagiotis de rentrer tout seul en premier.

Il était furieux, il pensait que j'avais mis tout ça en scène pour pouvoir m'enfiler quelques grammes d'héro en rab une fois seule. Parce qu'à notre retour, on avait prévu de tout arrêter. C'était Panagiotis qui voulait ça. Je pense que s'il est encore en vie, il est clean aujourd'hui. Il avait horreur d'être un junkie, parce que la libido décline, la virilité en prend en coup, tout part en vrille, un gars jeune devient en moins de deux un vrai papi. Il ne voulait pas être un junkie.

J'ai retrouvé mon passeport le jour du départ de Panagiotis, mais alors que son avion avait déjà décollé. Dans la poche arrière d'un de mes jeans où je ne le mets jamais parce que je sais que je risque de le perdre. On avait regardé trois fois dans ce pantalon sans rien trouver. Je suis donc rentrée en Crète deux jours après Panagiotis, et on s'est lancés dans le sevrage. En temps normal, au bout de deux ou trois semaines, on commençait à se sentir mieux et c'était la fête, on avait refait surface.

Mais on n'arrivait pas à remonter la pente, on était mal dès qu'on buvait – c'était en fait à cause de l'hépatite contre laquelle on devait se battre. On a alors décidé de changer d'endroit et on est partis pour un village plus au sud, à six kilomètres de là. Un soir, Panagiotis vient me voir et me dit : *« There is a German couple in the village. »* (« Il y a un couple d'Allemands dans le village. ») Je lui réponds : *« So what ? I don't want to talk to Germans, that is why I am in Greece ! »* (« Je n'ai pas envie de parler avec des Allemands, c'est bien pour ça que je suis en Grèce ! ») Bon, j'étais en manque, ça rend légèrement sensible.

Nous n'en avons plus parlé jusqu'à ce que je voie moi-même le *ginger* sur la plage pour la première fois. Il avait d'immenses lunettes de soleil et il portait un chapeau en cuir, sa femme était aussi pâle que lui, mais elle était blonde. Ils pique-niquaient assis sur la plage, et même si on était seulement début mars, c'est-à-dire que ça n'était pas les vacances en Allemagne, je ne me suis toujours pas posé de questions.

Une fois sur pied, on est partis pour Myrtos et Terza, d'autres petits bleds. Et quand un soir, le *ginger* et sa femme se sont retrouvés assis à côté de nous au restaurant, j'ai fini par percuter qu'ils étaient là à cause de nous. Ils laissaient traîner leurs oreilles et ils ont écouté toute notre conversation. Mais sans nous adresser la parole pour autant.

Je pense que c'est ma mère qui est à l'origine de tout ça. Elle m'avait déjà dénoncée à la police la fois où j'étais venue à Berlin sans autorisation entre mon séjour en GeSa et mon incarcération à Plötzensee. Anna Keel avait promis au tribunal de me garder sous sa surveillance à Zurich. Mais je suis quand même retournée une fois à Berlin. Par malheur, j'étais amoureuse de ce Britannique accro au speed et j'y suis allée uniquement pour le voir.

Ma mère était la seule à être au courant, et elle a dû me dénoncer à la police, parce que sinon les flics n'auraient pas pu me cueillir à la sortie de l'avion au moment où je suis rentrée de Zurich pour être incarcérée à Berlin. Ils ne font pas des trucs pareils sans avoir une bonne raison. Pour moi, c'est comme ça que ça s'est passé. Mais je ne peux pas le prouver.

Au début, c'était juste des objets qui disparaissaient un par un, par exemple de vieux bijoux que je tenais de ma grand-mère. D'abord, j'ai soupçonné mes amis, qui n'étaient pas tous de vrais amis, mais souvent juste des connaissances de la scène. Puis je me suis rendu compte que quelque chose n'allait pas en retrouvant mes poissons rouges, sans vie, sur la moquette de mon appartement de la Reuterstraße. J'en ai racheté. Et ça a recommencé. Cette fois, ils étaient disposés sur le sol, bien alignés, les uns à côté des autres. J'ai vraiment commencé à trouver ça louche. Et puis il y a eu l'histoire avec mon rottweiler, et là j'ai compris que tout ça n'était pas normal.

Pour 2 000 marks, j'avais acheté Bronko, un rottweiler de quatre ans dressé pour la garde. J'avais mis cinq jours à oser le laisser seul dans l'appartement pour la première fois parce que j'avais peur qu'il ne me laisse pas rentrer. Ces animaux protègent leur territoire, et quand ils ne te connaissent pas, tu es clairement mal barré. J'avais acheté mon appartement de la Reuterstraße en 1982, il y avait trois chambres et l'une d'elles était entièrement réservée aux chiens. Les gens devenaient dingues quand ils venaient chez moi : il y avait quinze clebs, des laisses partout et des tonnes de pâtée. J'ai toujours aimé les chiens des squats, j'en recueillais plein.

J'étais en contact avec ce milieu-là par ma sœur Anette, qui vivait justement dans un squat. Ils y laissaient les chiens baiser dans tous les sens, il y avait un paquet de chiots dont il fallait s'occuper, et c'est comme ça que j'ai fait construire un véritable chenil dans mon appartement par le compagnon qu'Anette avait alors et ses amis.

Un jour, en rentrant à la maison, je me suis aperçue que quelqu'un venait de se faire foutre dehors. On voyait clairement qu'une personne avait utilisé les chaises pour se protéger de Bronko. Les rottweilers sont de très gros chiens, apparemment ils ne savaient pas encore que j'avais un nouvel animal.

À cette époque, j'avais aussi Donna et Igor, et plein d'autres chiens. Mais tous étaient dans leur pièce, sauf Bronko, qui était sagement assis là où il s'était posé au moment de mon départ – seulement, tout ce qui était autour de lui était complètement défoncé et retourné.

Bref, à force, mes voisins ont fini par être au courant de ce qu'on me faisait subir et ils sont devenus de plus en plus froids avec moi. Peu à peu, je me suis rendu compte qu'ils faisaient exprès de garder leurs distances. Au même moment, j'ai remarqué qu'il y avait tout le temps des travaux dans l'immeuble, même le week-end et la nuit.

Là, j'ai commencé à penser qu'on était peut-être en train d'installer des micros et des caméras de surveillance. Quelque chose ne tournait clairement pas rond. Et puis il y avait aussi les silhouettes inconnues qui traversaient sans arrêt le vestibule de l'immeuble. Des gens qui ne faisaient qu'aller et venir, qui ne sonnaient à aucune porte, ne livraient pas de trucs et n'en récupéraient pas non plus.

J'habitais au troisième étage, au-dessous et au-dessus il y avait deux étages. J'étais au courant de tout, je voyais tout, ces gens avaient des habits de couleur sombre, ils portaient des costumes et des mallettes, quelquefois un chapeau. À force de les observer, j'ai fini par comprendre que c'étaient eux qui m'observaient. Mes voisins avaient dû s'en rendre compte. C'est pour ça que plus personne ne voulait rien avoir à faire avec moi. En me fréquentant, on risquait de se retrouver dans le viseur de ces gens. Et ça, personne n'en a envie.

Quand mes relations avec mes voisins ont été complètement fichues, j'ai vendu mon appartement pour une bouchée de pain. Ça m'était égal, je voulais simplement partir le plus vite possible. Par l'intermédiaire d'amis d'amis, j'ai atterri dans l'appartement de la Pflügerstraße, où il y avait la fameuse mezzanine. Et pendant quelques années, j'ai effectivement eu la paix.

J'ai même commencé à croire que je m'étais fait des films à la Reuterstraße.

Sauf que dès que Phillip a eu 4 ans, ils ont recommencé. Peut-être qu'ils avaient voulu le ménager quand il était tout petit, peut-être qu'ils s'étaient tenus tranquilles parce que Phillip était encore bébé. Mais après son entrée en crèche, les travaux ont repris. Ça a été le même scénario : mes voisins qui étaient très sympas au début ont fini par comprendre que quelque chose n'allait pas. Ils se sont mis à faire des messes basses sur nous et ont arrêté de nous dire bonjour – tous sauf une de nos voisines, Jule.

Elle aussi a alors commencé à avoir des problèmes. Elle avait un fils de l'âge de Phillip, et les garçons aimaient bien jouer ensemble. Un après-midi, j'ai remarqué que quelqu'un trafiquait quelque chose sur le palier de leur appartement. Phillip était en train de faire ses devoirs au moment où j'ai entendu du bruit de l'autre côté de la porte. Par le judas, j'ai vu qu'un homme habillé de couleur sombre bidouillait la serrure d'en face. Je n'avais encore jamais vu cet homme chez Jule, je ne le connaissais pas. Quand Jule est rentrée à la maison le soir, je lui ai raconté l'incident. Elle m'a dit que deux fois déjà, elle avait remarqué que son verrou ne fonctionnait pas normalement et pensé que quelqu'un était entré chez elle. Mais elle s'était dit que c'était sans doute son père, vu qu'il avait la clé de son appartement. Quelques mois plus tard, Jule est malheureusement partie en Bavière.

À Spandau, c'était encore pire. Nous avons dû aller chercher deux fois notre chat Mickey au grenier parce qu'ils l'y avaient enfermé. On habitait au deuxième étage, Mickey n'avait certainement pas grimpé là-haut tout seul. Phillip était alors encore un petit garçon, il avait 6 ou 7 ans. Et bien sûr, il était de mon côté. Même aujourd'hui, il continue à faire partie des rares personnes qui me soutiennent toujours. Je ne peux même pas dire combien c'est important pour moi. Chaque enfant est en soi le trésor le plus précieux au monde. Mais quand en plus l'enfant te protège et ne te trahit jamais, quand il ne t'abandonne pas dans tes heures les plus sombres sans pour autant renoncer à lui-même, cet enfant est un miracle.

Pour moi Phillip est un miracle, un miracle permanent. Chaque jour depuis qu'il est né. Jamais il ne me dit que je suis folle, que c'est moi qui imagine tout ça.

Une fois, alors qu'il était assis par terre dans l'appartement de Spandau à jouer avec ses Lego, le voilà qui colle son oreille droite contre le sol et qui me dit : « Maman, ils sont en bas. » J'ai flippé et je lui ai demandé :

« Quoi ?

— Chut. Ne fais pas de bruit, il a dit.

— Mardi ! Ils ont prévu quelque chose pour mardi à trois heures. »

Et effectivement, le mardi d'après vers quatre heures, il y a eu en dessous de chez nous un boucan de tous les diables.

Peut-être que tout ça n'était et n'est encore pour Phillip qu'une sorte de jeu. Je trouve mieux qu'il le prenne comme ça. C'est une grande force. Je peux tout accepter, mais pas qu'il pense que je suis tarée. Je ne pourrais pas le supporter.

Maintenant, je les soupçonne de monter la garde à tour de rôle pendant la nuit. À Teltow aussi, il m'arrive d'entendre quelqu'un entrer dans l'immeuble sur les coups de six heures du matin et marcher dans l'appartement au-dessus de moi, et quelques minutes plus tard une autre personne sort.

Qui sont-ils ? Aucune idée. Ils ne prennent même pas la peine de me faire croire qu'ils sont des voisins comme les autres. Quand je sonne là-haut à cause des bruits de pas et des éclats de voix, ils n'ouvrent pas. Ils me laissent plantée devant la porte comme s'ils n'étaient pas là, alors que je les entends très bien.

Je préférerais vraiment vivre en taule plutôt que comme ça. Là-bas, au moins, on peut se caresser sans être observée. Il n'y a pas non plus de caméra à côté des toilettes. Il n'y a pas longtemps, quand on m'a chopée avec 4,8 grammes de haschich et 2,16 grammes d'héroïne coupée et que j'ai été condamnée à vingt jours-amende à 70 euros par le tribunal de Tiergarten, j'ai voulu aller en prison au lieu de payer.

Mais ça n'est pas possible. Quand tu peux allonger le fric, tu dois le faire : ils préfèrent évidemment que tu leur donnes de l'argent plutôt que tu leur en coûtes, alors ils ne te laissent pas le choix.

C'est pour ça qu'à un moment j'ai emménagé chez une de mes connaissances dans un foyer pour sans-abri à Neukölln, alors que je n'en avais pas le droit. On ne m'aurait jamais laissé y dormir si on avait su qui je suis et que je possède à Teltow un appartement. C'est une institution du GeBeWo[1], un établissement à vocation sociale donc. Ils ne veulent pas qu'on s'en serve comme d'un hôtel, ils ne doivent aider que ceux

1. La GeBeWo est un organisme qui s'occupe des sans-abri. (*N.d.T.*)

qui en ont vraiment besoin. J'en fais partie. Mais personne ne me croit – personne sauf de bons amis comme Felix, qui m'a accueillie là-bas.

Lui, il me croit. Mais qu'est-ce qu'il peut y faire ? Felix était un vrai dur, un dealer qui a fait plusieurs casses de banques. Il a déjà fait de la taule pour blessures ayant entraîné la mort et pour vol aggravé – de la vraie de vraie, je veux dire. Aujourd'hui, il a 60 ans et il a le corps d'un homme de 90 ans. À cause de la dope. Felix venait de commencer un programme de méthadone, après quarante ans d'héroïne. On dormait dans le même lit. C'est juste un bon ami, mais un ami qui partage avec moi tout ce qu'il a.

Ça n'est pas grand-chose, mais c'est tellement plus qu'avec tous ceux qui ne font que se servir de moi. Chaque nuit, on dormait tête bêche sur 90 centimètres sur 200. Quand il était allongé dans le lit en caleçon et que je regardais ses vilaines jambes, avec ces grosses cicatrices bien profondes que les abcès font aux drogués, et ses avant-bras recouverts de tatouages, je me disais qu'il avait sans doute dû jouer des poings pour faire son chemin.

C'est un foyer mixte. La plupart touchent le Hartz IV[1], mais dès le 10 du mois, ils n'ont plus un rond. Alors ça commence à taxer à tout va. Je ne veux absolument pas leur casser du sucre sur le dos, il y en a plein qui sont très gentils.

Il y a quatre étages avec huit chambres chacun. À gauche, à côté de l'entrée, on trouve une kitchenette avec deux plaques de cuisson et un sol méchamment attaqué par la moisissure, un vieux lino couvert de

1. Indemnités de chômage allemandes. (*N.d.T.*)

traces de brûlures et de chewing-gums piétinés. Malheureusement, c'est pourri et ça pue de partout dans ce foyer. J'avais amené des chaussons, parce que je n'osais pas marcher pieds nus sur le sol. Je n'arrive vraiment pas à comprendre comment ils font pour vivre comme ça. Ils renversent leur bière et pissent dans tous les coins parce qu'ils sont trop bourrés ou trop défoncés pour aller dans leur chambre ou dans les toilettes du couloir. Ils n'y peuvent rien, ils sont malades. Mais ce ne sont pas des conditions de vie décentes. Des chiens se baladent en liberté dans la maison et ils sautent avec leurs pattes sales sur les draps, parce que leurs maîtres ne les tiennent pas. Certains habitants ont des blessures tellement profondes à force de se piquer que ça suinte en permanence.

Le premier jour, j'ai commencé par récurer à fond le dortoir de Felix avec des gants en caoutchouc et un litre d'eau de javel. Je n'ai pas pu m'en empêcher, même si je sais que c'était nul de ma part. Sans ça, je n'aurais pas pu tenir. J'ai dû laver le sol trois fois de suite et, chaque fois, les serpillières finissaient noires de crasse, bonnes pour la poubelle. Quand j'ai vu qu'il y avait un système d'évacuation au sol dans la salle de bains j'ai été folle de joie, comme ça j'avais juste à y faire glisser toutes les saletés sans devoir les récupérer à la main.

Mais à l'époque, j'aurais même été prête à y aller avec les doigts pour ne pas retourner à Teltow. Je préférais dormir dehors sous la pluie, passer la nuit à la gare ou aller voir une association plutôt que de rentrer seule chez moi. La solitude me fait peur. Je sais bien que ça n'est pas normal d'avoir préféré vivre là-bas plutôt que chez moi. Je sais qu'il n'y a pas grand-chose dans ma vie qui soit normal aux yeux des gens normaux. Souvent, je me dis que j'aimerais que les choses soient différentes. Mais au fond, qui en souffre à part moi ?

Des fois, Felix et moi allions en voiture à Teltow pour y laver du linge. C'est un gars hyper généreux, il n'acceptait jamais que je lui donne d'argent, et je ne parle même pas de m'en réclamer. Il est différent des autres. C'est pour ça que non seulement je lui permettais de laver ses affaires chez moi, mais je le laissais aussi dormir de temps à autre dans le lit propre. Même si je pouvais à peine dormir à côté de lui. Il ronflait sans arrêt et se balançait de gauche à droite, du coup je devais dormir sur le côté du lit près du mur, sinon il me foutait par terre. Il a vécu un traumatisme dont il ne parle jamais, et pour le moment je n'ai pas encore osé lui poser de questions. Mais toutes les nuits, ce truc le ronge, un truc qu'il n'arrive pas à digérer. Ça me fait de la peine pour lui.

Comme on me laissait habiter au foyer, je faisais la cuisine tous les jours. Des plats simples, par exemple des pommes de terre au beurre, des pâtes à la sauce tomate. Ou alors je ramenais un gigantesque plat de grillades que j'avais acheté dehors. La nourriture partait à une vitesse folle pendant les repas. La plupart n'ont malheureusement aucun sens de la mesure. C'est parce qu'on ne leur a jamais appris les règles à suivre. Le plus souvent, ils ont toujours eu trop ou pas assez de tout : pas assez d'attention de leur mère, trop de tendresse physique de la part de leur beau-père ; pas assez de distance face aux problèmes des parents, trop de vide intérieur ; trop de mauvais exemples, pas assez d'occasions de s'en sortir ; pas assez d'argent pour pouvoir aller jouer au centre aéré avec les autres enfants ou au contraire trop de fric, ce qui fait qu'ils ont dû se rebeller pour se libérer de tout ça.

Ça a été le cas de Bernd. C'est un bon ami à moi depuis vingt ans. Un type pas très grand, tout sec, qui n'a l'air de rien mais qui a toujours les plus belles femmes avec lui. Pourquoi ? Parce qu'il est malin et qu'il a du charme, qu'il connaît le *Knigge*[1], c'est comme ça qu'il a été élevé. Et parce qu'à l'intérieur, il a un cœur tout tendre comme une gonzesse. C'est un vrai romantique, et tout ça donne au final un mélange qui plaît à plein de femmes, même si Bernd est camé.

Un jour, je l'ai surpris chez Felix en train de rincer sa seringue au-dessus de la vaisselle. Ça, je ne peux pas l'accepter. Ça n'est pas hygiénique, on n'est quand même plus des gosses. Le sang, c'est du sang, et ça peut transmettre des maladies. Même quand il est bleu.

Parce que Bernd a du sang noble dans les veines, même s'il ne le dit à presque personne parce que ça lui rappelle de mauvais souvenirs. Il est né avec une cuillère en argent dans la bouche, mais il a préféré l'échanger contre une cuillère à soupe pleine d'héro, parce qu'il n'avait pas assez d'autonomie, pas assez de liberté et pas assez d'amour. Nous avons tous compris ce qu'il voulait dire par là le jour où des gens de sa famille ont débarqué de Cambridge à Berlin et ont écumé tous les foyers de sans-abri pour le retrouver.

---

1. Ouvrage allemand consacré aux règles de bienséances écrit par Adolph Knigge au XVIIIe siècle. (*N.d.T.*)

Au début, on a pensé que c'était pour l'aider. Et puis ils lui ont balancé qu'il était une honte pour la famille, un vrai fléau, qu'il fallait qu'on s'occupe de lui. Il a décampé aussi sec et on l'a aidé à se planquer. Il a habité quelques jours chez moi à Teltow. Maintenant, il vit dans la rue ou chez Felix. Alors qu'il a fait des études de communication et qu'il a travaillé pendant des années dans une grosse boîte allemande – mais il a fini par ne plus être intéressé que par la dope.

Je me fais du souci pour lui. Il ne prend même plus de douches. Au foyer, il met ses mégots dans tous les coins, dans les pots de fleurs vides où la terre commence à moisir, dans les boîtes de conserve éventrées qui ont contenu des filets de hareng, des lasagnes toutes faites ou du curry de poulet. Et ça reste comme ça la gueule ouverte, au mieux on verse un peu d'eau dessus parce que la clope fume encore.

Bernd s'en fiche. Et je l'aime quand même. Rien de tout ça ne me choque, ni le relâchement ni la crasse. Je ne juge pas les autres en fonction de leurs conditions de vie. Et ce que je voudrais plus que tout, c'est qu'on ne le fasse pas non plus avec moi.

13

Un passé sans avenir

J'ai découvert les inconvénients de la célébrité peu de temps après la parution du livre. « Christiane F. – génial ! Est-ce qu'on peut avoir un autographe ? Faire une photo avec vous ? En revanche, évitez je vous prie de fréquenter notre fils ou d'emménager sur le palier d'à côté. » Très bien, avec plaisir ! *Smile !* Je vous remercie.

Mais quand il s'agit d'amitié ? D'hospitalité ? De boire dans la même tasse ? « Vous n'avez pas l'hépatite C ? » Si, je l'ai ! Mais au moins je mets ma main devant ma bouche quand je tousse ou j'éternue.

Mon Dieu, je suis et je resterai une junkie-star. Une bête de foire. Un animal rare. De l'espèce « enfant de la gare du Zoo ».

Je voudrais bien pouvoir prendre mes distances avec toute cette histoire de Christiane F. Personne ne peut s'imaginer ce que je continue à vivre, même aujourd'hui, simplement parce que je suis celle que je suis. Ça fait vingt ans que j'habite de nouveau à Berlin, depuis que je suis rentrée de Grèce. Et malgré ça, il ne se passe quasiment pas une journée sans que quelqu'un ne m'aborde pour me demander : « C'est toi, Christiane F., non ? » Visiblement, ils ont de toute façon déjà la réponse, soit parce qu'une personne qui me connaît le leur a dit, soit parce qu'on m'a reconnue. Ils ont vu mon visage dans le journal ou à la télé. Il m'est même arrivé de voir une photo de moi diffusée par la *Berliner Zeitung* avec cette légende complètement absurde – « Le chien de Christiane F. m'a mordu » – en énorme sur les écrans du métro alors que j'étais assise dans la rame. Personne ne nous a regardés, mon chow-chow Leon et moi, mais tout le monde a commencé à chuchoter en disant : « Regarde, elle est assise là-bas. » J'entends très bien ce genre de choses.

D'autres veulent une photo de moi, parfois avec toute la famille. Comme s'ils allaient sérieusement l'accrocher dans leur salon ! Nous et Christiane F., un sourire, s'il vous plaît ! C'est complètement débile ! Ils veulent juste montrer ça partout comme une photo-souvenir et raconter un truc de dingue à leurs amis et collègues : on a rencontré Christiane F. ! Et histoire que ce soit encore plus excitant, ils en rajoutent une couche et disent que j'étais complètement shootée. Ou encore que mon chien les a mordus ou une connerie comme ça.

Mais les gens qui me rendent vraiment agressive, ce sont ceux qui me bassinent avec leur souffrance, comme si je n'en avais pas assez de la mienne. « Je vais plus mal que toi », ils me disent. Ils seraient « carrément plus accros » et auraient une « histoire carrément pire » que la mienne. Comme si c'était un concours : « À la recherche du meilleur junkie d'Allemagne ! »

Je leur réponds qu'il ne suffit pas d'avoir vécu des trucs affreux qui font pleurer dans les chaumières. Je ne veux pas dire par là que j'aurais accompli quelque chose de spécial ou que je serais moi-même quelqu'un de spécial. Mais beaucoup de ceux qui ont lu mon livre à sa sortie ont pu s'identifier à moi ou mes problèmes. D'autres ont éprouvé de l'affection pour moi. C'est sûrement dû aussi au travail des deux auteurs. À la manière dont ils m'ont décrite.

Et dans l'absolu, je ne veux pas que ça change. C'est pour ça que j'essaie toujours d'être agréable quand quelqu'un m'aborde. Sinon on dit tout de suite : Christiane F. est une vieille bique qui n'en a rien à carrer de ses fans. Mais il suffit que je m'arrête sur la Hermannplatz pour parler avec quelqu'un alors que je suis en train d'aller voir mon médecin pour que les flics débarquent. Contrôle de routine. Soi-disant.

Souvent, un reporter de la *Berliner Zeitung* se ramène aussi en moins de deux, et hop, voilà que je finis quand même par être une vieille bique qui a replongé. C'est comme ça que ça marche. Certains journalistes paient même des toxicos à Kottbusser Tor ou sur la Hermannplatz pour qu'ils les appellent dès que je pointe le bout de mon nez. D'autres continuent à me demander sérieusement où se trouve Detlev, mon ami de *Moi, Christiane F., 13 ans, prostituée, droguée*. J'ai 51 ans, bordel ! Qui sait encore à mon âge où son amour d'enfance est allé se fourrer ?

Dès que je mets un pied à Kotti ou à Hermannplatz, même si c'est seulement pour commander un chocolat chaud, toute la presse parle de « rechute ». Et quand je lis : « Christiane F. de retour sur la scène », je me dis que je n'en suis jamais sortie. Aujourd'hui encore, j'ai des amis qui sont dans la scène berlinoise, et quand je veux les voir, je les retrouve là où ils traînent. Mais j'évite ces lieux aussi souvent que possible, parce qu'un nombre effrayant de gens me reconnaissent, et ça m'énerve. Il y a un moment où on a passé l'âge de faire tout ce que font les autres. Si tu veux acheter ou prendre de la drogue, tu peux faire ça partout, pas seulement à Kottbusser Tor ou à Hermannplatz. C'est trop chaud là-bas de toute façon, ils font des razzias tout le temps.

Mais pour le public, je suis et je resterai la petite camée à l'héro qui se prostituait avec les autres gosses.

Le gamin est la seule chose de bien que j'aie jamais faite dans ma vie. Je le pense vraiment. Je suis super fière de lui, c'est un bon garçon, et il a du répondant. Du haut de ses 17 ans, il ne se laisse pas faire. Maintenant, il veut passer son bac, pour étudier l'informatique, et il travaille déjà à côté dans ce domaine. Il a un petit boulot où il aide les personnes âgées à installer et utiliser leur ordinateur. Phillip est comme son père, qui bosse dans le graphisme : il a un faible pour les PC, les smartphones et Internet.

S'il vivait encore avec moi, il se nourrirait certainement mieux qu'il ne le fait. Quand il était à la maison, nous avons toujours mangé à des horaires réguliers. Maintenant, il ne s'enfile que des pizzas et des hamburgers, à n'importe quelle heure du jour ou de la nuit. Quand il était petit, il n'aimait pas les légumes comme beaucoup d'enfants. Mais je les lui faisais avaler, écrasés avec un peu de beurre. Nous aimons tous les deux beaucoup les soupes, du coup je lui faisais même passer le céleri et les carottes. Il disait toujours : « Maman, je veux pas savoir ce qu'il y a dedans, fais-moi juste un truc bon. » Il fallait qu'il devienne grand et fort, et avec Popeye, je réussissais à lui faire manger les épinards, avec des oignons et un peu de crème. Aujourd'hui, il fait un presque un mètre quatre-vingt-cinq, une tête de plus que moi.

Moi, j'ai rarement faim. Et pourtant je pèse encore 65 kilos, pour un mètre soixante-douze. Quatre kilos de trop au moins, enfin je trouve. Mais mon corps s'en fout si je l'affame, il connaît ça trop bien. Je ne maigris plus, parce que depuis ma treizième année, je n'ai pas arrêté de faire des régimes où on ne mange rien et, entre-temps, j'ai compris que le corps s'y habitue. Il dépense moins. La conséquence, c'est que je grossis beaucoup plus vite que les gens qui ont fait moins de régimes que moi.

Je sais bien que l'alcool est bourré de calories. Si tu bois, ça n'a aucun sens de faire un régime, surtout avec les trucs que je bois : la liqueur, c'est comme du sucre en poudre. Mais la vodka et le whisky sont des poisons pour mon foie. Ça me tuerait illico, surtout en combinaison avec la méthadone.

En ce moment, je suis revenue à une dose de huit millilitres de méthadone par jour. Il y a la méthadone liquide et sous forme de pilules. Les deux agissent pareil, ça évite que tu sois en manque, ça investit les récepteurs. Mais ça ne fait pas tripper, et ça ne combat absolument pas l'addiction. Au contraire. C'est beaucoup plus dur de se sevrer de la méthadone que de l'héroïne. Les symptômes sont similaires, diarrhées, vomissements, douleurs dans les membres et accès de transpiration. Mais le sevrage dure bien plus longtemps que celui de l'héroïne. Si tu te sèvres de l'héroïne, au bout d'une semaine tu t'en sors. Avec la méthadone, ça peut durer jusqu'à un mois.

J'aimerais bien prendre à nouveau moins de méthadone. Ces dernières années j'étais presque toujours à cinq millilitres. Mais depuis, ma santé va de plus en plus mal, et comme je n'arrive pas à aller chez le médecin tous les jours, je veux éviter de faire un mauvais trip. Je préfère être en sous-dosage, mais ça a souvent pour conséquence que j'ai la nausée et n'arrive pas à dormir.

Je suis très attentive à ce que dit Phillip. Je lui parle de mes problèmes et de mes angoisses, comme de mes joies. Je lui demande toujours conseil pour m'habiller. Certains penseront que je lui mets trop de pression. Mais je lui fais confiance et je le prends au sérieux, et ça veut dire aussi que j'estime qu'il peut affronter la réalité. Au sujet de mes mecs aussi, je lui ai toujours demandé son avis. Quand je rencontre quelqu'un, je demande à Phillip : « Tu l'aimes bien, lui ? » Et s'il me répond que non, je suis claire avec le type : « Désolée, mon fils te supporte pas, dégage ! »

Mais avec mon alcoolisme, Phillip ne peut pas m'aider. Il n'a pas à le faire d'ailleurs, il doit se débrouiller avec ça. Quand il est chez moi, j'essaie de boire le moins possible.

Je lui achète quelquefois une ou deux bières. Je lui ai proposé une bière pour la première fois quand il a eu 15 ans, pour qu'il fasse sa première expérience sous ma surveillance. Le soir, Phillip s'allongeait toujours sur mon matelas dans le séjour, devant le nouvel écran plat que nous avions parce qu'il adorait jouer à la Playstation en haute résolution. Nous mangions des steaks hachés, farcis au fromage et avec de la sauce tomate, c'est ce qu'il préfère. Puis nous regardions « *Schlag den Raab* », une émission avec des défis, il adore ça. Je m'asseyais à côté à la minuscule table de cuisine, et je me faisais les ongles, un vernis vert brillant, en buvant une bière. De l'air le plus engageant possible, je murmurais : « T'as envie d'une bière ? »

Et il répondait : « Carrément ! », mais ne se levait pas pour aller la chercher. Alors je lui en ouvrais une :

« Dans la canette ou dans un verre ?

— Canette. »

Je lui donnais sa Tuborg, et quand nous avions tous les deux notre bière à la main, je le mettais en garde : « Si tu bois cette bière, tu vas t'endormir avant la fin de l'émission ! » Ça durait jusqu'à quatre heures du matin, et il n'était que vingt et une heures « T'inquiète, disait-il, je tiendrai. » Comme tous les ados, il se croyait super fort. Et évidemment, il s'endormait.

Quand, tout petit, il s'endormait devant la télé, je le portais jusque dans sa chambre. Vers 11 ans, je pouvais encore le prendre sur le dos et le traîner. Maintenant, je peux seulement le réveiller et le soutenir d'un bras. Il est vraiment grand, même plus grand que son père. Je lui ai donné une bière parce que je ne voulais pas qu'il fasse ces « tests d'alcool » à l'école. Dans les écoles du brandebourg, les élèves, sous surveillance, doivent boire de l'alcool et accomplir des tâches, pour qu'ils voient combien ils perdent en réactivité. Ils font ça à cause des beuveries des adolescents. J'ai interdit ça, aussi parce que je ne veux pas qu'on dise que Phillip boit. Je ne veux pas non plus qu'il développe une résistance à l'alcool comme la mienne.

Je peux boire une bouteille entière de Southern Comfort et parler tout à fait normalement. Je ne veux pas de ça pour Phillip.

Mais quelle influence ai-je encore sur ce gamin ? Quelque chose s'est brisé quand on nous a séparés. Pas seulement à cause de la distance, pas seulement parce que depuis nous ne nous voyons plus que tous les quinze jours.

Ça a déconné parce qu'on nous a enlevé tout ce que nous avions : *nous*.

Phillip n'en avait que pour moi, et moi pour lui. Ça n'était pas maladif, c'était plein d'amour, comme ça n'arrive qu'entre une mère et son enfant. Putain, il n'avait que 11 ans ! C'était mon enfant. Mon enfant. Perdre un être qu'on aime, c'est la plus grande douleur qui soit. Quiconque a dû renoncer d'une manière ou d'une autre à celui qu'il aimait sait ça.

Et Phillip ? Quelquefois je pense qu'il est encore furieux contre moi. Il ne peut pas me pardonner ce qu'il a enduré quand ils me l'ont enlevé. Et je ne le peux pas non plus. Je ne le pourrai jamais. Évidemment je pourrais tirer le rideau, oublier ce que j'ai fait de mal et faire la paix. D'autres y arrivent. Mais au fond, ne pas pouvoir lâcher mon sentiment de culpabilité fait partie de ma vie. La mauvaise conscience m'est très familière, depuis mon enfance. Et je n'arrive pas à la surmonter, je peux juste la noyer dans l'alcool ou la drogue. Et pendant un petit moment, je me sens mieux.

Ces derniers temps, les médecins froncent les sourcils en voyant mes résultats d'analyse sanguine. Ils disent que l'infection est en train de s'aggraver. Et moi je leur réponds chaque fois : « Arrêtez avec ça ! Je ne veux pas en entendre parler. »

Je ne sais pas combien de temps il me reste à vivre. Je ne me pose pas la question, j'en suis incapable, je ne veux pas être sans arrêt en train de penser à la mort. Souvent, j'ai eu hâte que ce moment arrive – et parfois bien sûr, ça me fait peur. Mais quand même : qui aurait cru que j'aurais un jour 51 ans ?

Alors quand ce sera fini, ce sera fini, c'est tout. Un jour, mon foie va arrêter de fonctionner, mon sang ne sera plus nettoyé, je finirai par être complètement intoxiquée. Et par en mourir.

« Pour s'approcher des énigmes que renferme le bonheur procuré par l'ivresse, il faut encore une fois penser au fil d'Ariane. Quel plaisir dans le simple acte de dérouler une pelote ! Et ce plaisir est profondément apparenté à celui de l'ivresse comme à celui de la création. Nous avançons : et ce faisant, nous ne découvrons pas seulement les coins et les recoins de la caverne dans laquelle nous nous aventurons, mais nous jouissons du bonheur de la découverte fondé uniquement sur cette autre extase rythmique que l'on éprouve en dévidant une pelote. »

Walter Benjamin, *Fragments*

Postface

Un après-midi de l'été de 2013, nous étions assises dans un café de la Dieffenbachstraße à Kreuzberg, Christiane avait le dos tourné vers le mur. À côté d'elle était étendu son chow-chow Leon, derrière moi il y avait la rue et le trottoir, et je ne vis pas arriver la femme qui s'approchait de nous avec son terrier.

Je ne sais pas à quel instant Christiane les a aperçus tous les deux, dans mon souvenir elle n'a pas levé une seule fois les yeux de son sandwich au fromage qu'elle attendait avec impatience depuis un petit moment déjà. D'un seul coup, elle leva la tête, regarda à ma droite, fronça les sourcils et s'adressa d'une voix douce à la passante qui venait de s'arrêter à côté de moi :

« À votre place, je ne ferais pas ça. Si votre chien renifle le mien, Leon va se sentir pris au piège. Derrière lui il y a un mur, autour de lui des tables et des chaises, du coup il ne peut pas s'enfuir et il va attaquer votre chien pour se protéger. Votre terrier est jeune et il n'est pas encore bien capable d'évaluer le danger, et puis c'est une race qui a du caractère, il faut d'abord les dresser pour contrôler leur agressivité naturelle. »

La femme me fixa un instant, déconcertée. Puis elle regarda Christiane. Finalement, elle tira sur la laisse de son chien qui commençait déjà à asticoter Leon et continua sa route sans répondre.

Christiane mordit dans son sandwich et me demanda, la bouche à moitié pleine : « Le voyage à Paris, ça serait quand exactement ? Il faut que je m'occupe de trouver quelqu'un pour garder le chien. »

Pendant un bref instant, je suis restée bouche bée. Non parce qu'elle avait rappelé à l'ordre l'inconnue. Mais parce que j'étais sincèrement étonnée de voir comment Christiane avait réussi à évaluer la situation en l'espace d'une poignée de secondes, tout en discutant de quelque chose de complètement différent.

Christiane perçoit, parfois à la vitesse de l'éclair, ce qui se passe autour d'elle avec une intensité singulière, et elle ressent avec une même intensité une multitude d'émotions qui lui mettent souvent les nerfs à vif : il s'agit là de l'un de ses traits de caractère essentiels, avec l'amour qu'elle porte aux animaux. Une particularité au sein de laquelle se dissimulent de nombreuses questions et réponses la concernant, et qui met au jour sa sensibilité tout comme sa sentimentalité, ses failles tout autant que son impressionnante force et son dévouement passionné. Celui qui sait observer Christiane comme elle observe le monde qui l'entoure pourra peut-être la comprendre.

Alice Miller, la psychanalyste suisse morte en 2010, décrivait cette capacité d'observation exacerbée comme un « méli-mélo d'émotions » qui aurait pu naître chez Christiane durant son enfance, à force d'être déchirée entre amour et haine envers son père. Parce que la petite fille acceptait sans mot dire les coups et les négligences de son père, qu'elle le respectait et l'aimait en dépit de toutes les souffrances et humiliations.

Dans son ouvrage paru en 1980 *Au commencement était l'éducation*, Miller cherche à démontrer que le plaisir éprouvé par la jeune Christiane F. grâce à la drogue pouvait avoir été une sorte de thérapie à laquelle elle se soumettait pour dompter ce chaos émotionnel. Au lieu de se laisser aller à la colère contre son père, elle aurait préféré endormir la douleur.

Pour beaucoup d'enfants, comprendre les erreurs des parents serait plus facile que de renoncer à croire en eux. Mais leur confiance originelle s'en trouve durablement perturbée, et ce jusqu'à l'âge adulte. Du point de vue de la psychanalyse, la « confiance originelle » permet aux gens de percevoir et de juger le monde qui les entoure de manière nuancée, ainsi que de développer certaines qualités, comme l'assurance dans leur relation avec les autres et avec eux-mêmes.

Bonheur et malheur sont encore aujourd'hui très proches l'un de l'autre pour Christiane. Elle a parfois du mal à faire confiance aux gens, y compris à elle-même.

Cela fait bien longtemps que Christiane Felscherinow n'a pas lu dans la presse quelque chose de positif à son sujet. En 2006, le *Frankfurter Rundschau* parlait des « ombres du passé », et dix ans auparavant l'*Hamburger Abendblatt* titrait « La vie fichue en l'air de la jeune droguée Christiane F. ». « Le combat de Christiane Felscherinow contre Christiane F. », pouvait-on lire dans *Park Avenue* en 2008, et la même année, le supplément week-end de la *Berliner Zeitung* citait dans l'intitulé d'un reportage détaillé qui lui était consacré les paroles d'une chanson que Christiane avait enregistrée à 20 ans : « Je suis tellement accro. »

D'après le *Bild*, elle n'a jamais réussi à échapper aux « ombres du passé ». En janvier 2011, le journal rapporta que Christiane F. avait été de nouveau « aperçue parmi les junkies ». « Christiane F. fouillée lors d'une saisie de drogue », titrait la *Berliner Zeitung* un jour avant. Les deux tabloïds n'évoquaient qu'en passant le fait que, en inspectant le sac à main de Christiane, les policiers n'avaient trouvé aucune trace de drogue.

Est-ce qu'elle est encore en vie ? Est-ce qu'elle se drogue toujours ? C'étaient souvent les premières questions que l'on me posait lorsque je parlais du travail que je faisais avec elle. Évidemment, il est logique et même légitime de se demander si Christiane est encore une junkie ou non. Et quelques mots suffisent pour répondre à cela : oui, les drogues ont toujours fait et font encore aujourd'hui partie de sa vie. Mais elles n'en sont précisément qu'une partie.

En travaillant avec elle et en m'entretenant avec des experts spécialisés dans l'aide aux toxicomanes et dans le traitement des dépendances, j'ai pris conscience de la complexité inhérente au thème de la dépendance. D'autant plus qu'il y a junkie et junkie. Bien sûr, il existe des toxicomanes qui souffrent d'exclusion sur le plan sanitaire et social, des personnes qui ont fait l'objet de multiples diagnostics psychiatriques, qui ont renoncé à eux-mêmes et à toute forme de relation avec la société traditionnelle. Mais bon nombre d'autres drogués n'ont rien à voir avec la scène que le grand public connaît grâce à *Moi, Christiane F., 13 ans, droguée, prostituée.*

Il y a des professeurs, des policiers, des banquiers qui prennent régulièrement de l'héroïne. Il y a des consommateurs de drogue qui ont une famille et qui sont plus ou moins en bonne santé. Il y a des drogués que nous ne reconnaissons pas en tant que tels.

Grâce à l'aide aux toxicomanes et au traitement de la dépendance, il est aujourd'hui possible de mener une existence décente malgré l'addiction aux opiacés. Et même de vieillir avec. Comme le dit Christiane : « Personne n'aurait cru que j'aurais un jour la cinquantaine passée ! »

« Travailler sur l'addiction, c'est travailler sur les relations », ai-je compris durant mes recherches. Et j'ai pensé alors : C'est exactement ce qui se cache aussi derrière cette autobiographie. Christiane et moi, nous nous sommes beaucoup rapprochées l'une de l'autre – si bien que moi aussi maintenant, je me mets à parler de chiens. Parfois, nous nous sommes même rentrées dedans. On a discuté, on s'est disputées et, souvent, on s'est épuisées l'une l'autre.

Parce que nous avons chacune une idée différente de ce à quoi ressemble un planning, il nous est arrivé de nous raccrocher mutuellement au nez et même une fois de nous crier dessus sur l'Alexanderplatz. Devant tout le monde. C'est moi qui me suis mise à pleurer en premier, puis elle. Et après les larmes vinrent les excuses : « Je suis désolée, Sonja. Quand je me sens prise au piège, je deviens méchante et agressive. C'est ce que font beaucoup de gens avec moi, je n'ai pas l'habitude que ça fonctionne autrement », dit-elle. Cela m'a fait de la peine.

Nous avons fini dans les bras l'une de l'autre et, lorsque quelques mois plus tard eut lieu la scène avec Leon et le jeune terrier devant le café de la Dieffenbachstraße, je ne pus m'empêcher de sourire en pensant : Peut-être la légende selon laquelle chien et maître finissent par se ressembler après quelques années de vie commune n'est-elle pas complètement fausse.

L'étape la plus pénible fut la confrontation de nos visions du monde, de nos valeurs et de nos habitudes – mais ce fut aussi la plus essentielle dans le chemin qui nous menait ensemble vers l'écriture et la publication de ce livre. Toutefois, cela n'a pas été compliqué uniquement pour des questions de proximité, de confiance et de compréhension, mais aussi pour des raisons pratiques.

Les problèmes de santé de Christiane et ses conditions de vie, qui ont été détaillés dans ce livre, ne lui permettaient que rarement d'avoir un emploi du temps organisé et de travailler de manière régulière. Voyager de manière flexible est par exemple presque impossible pour elle, non seulement à cause de Leon, mais surtout en raison du traitement de substitution que Christiane suit. Les substituts d'héroïne doivent être pris quotidiennement et peuvent exclusivement être remis par le médecin au patient.

Nous avons eu la chance qu'un ancien médecin spécialisé en substitution accepte de donner à Christiane deux doses journalières de méthadone afin que je puisse partir avec elle et Leon au bord de la Havel pour trois jours d'entretiens intensifs.

Lorsque j'entrai en contact avec elle pour la première fois, j'étais convaincue que ce serait aussi la dernière fois que j'entendrais le son de sa voix. Des collègues qui la connaissaient d'avant m'avaient dit : « Elle voit quand on lui raconte des histoires et elle se blinde tout de suite ! » Je fus donc honnête : « Bonjour, je m'appelle Sonja Vukovic. Je travaille comme journaliste pour *Die Welt* et j'aimerais écrire un reportage qui raconterait comment tu vas trente ans après la sortie du film *Moi, Christiane F., 13 ans, droguée, prostituée* », avais-je déclaré lorsque Christiane Felscherinow avait répondu à mon coup de sonnette à la porte de son immeuble à Teltow en lançant un « Allô ? » hésitant et légèrement ensommeillé dans l'interphone.

C'était vers midi, un jour très froid de la fin de novembre 2010, et il n'y avait qu'une petite imprécision dans ma présentation : je devais encore attendre un mois avant de devenir une véritable journaliste.

J'étais apprentie en deuxième année de formation à l'académie Axel Springer, mais j'avais déjà en poche mon contrat avec *Die Welt* – ainsi qu'un billet d'avion pour New York, où les membres de ma promotion et moi-même devions nous rendre début décembre de l'année suivante pour recevoir nos diplômes de l'académie après avoir suivi des cours pendant dix jours à l'université de Columbia et avoir rédigé une enquête d'investigation, « qui serait ensuite publiée dans l'un des médias de Springer ». Telles étaient les consignes.

Depuis mes 14 ans, j'avais travaillé pour différents médias au niveau régional et national, entre autres comme reporter free-lance pour le *Rheinische Post*, comme stagiaire pour *Der Spiegel* et comme pigiste pour le *Berliner Morgenpost*. Mon travail était toujours fortement orienté vers les reportages biographiques et de critique sociale : les personnalités extrêmes et les destins originaux me fascinaient.

Pour revenir au mois de novembre 2010 et à mon projet avec Christiane Felscherinow, j'avais alors demandé son aide à Michael Behrendt, le reporter en chef du *Berliner Morgenpost*. C'est un chroniqueur judiciaire au long cours, qui, à ce titre, écrit non seulement des livres passionnants sur des parcours de vie compliqués, mais dispose aussi de contacts auprès de toutes les administrations – je lui demandai donc s'il ne pouvait pas m'aider à trouver où Christiane habitait. Et s'il serait d'accord pour m'assister en qualité d'accompagnateur masculin et de spécialiste du sujet dans l'éventualité où je devrais m'aventurer dans la scène de la drogue berlinoise pour effectuer mes recherches. À peine deux semaines plus tard, Michael et moi étions donc devant l'immeuble où Christiane Felscherinow loue un appartement depuis 2005.

J'étais surprise de voir à quel point le coin qu'elle avait choisi était peu animé, avec des immeubles en briques de style récent, des haies taillées de près et des arbres, de larges rues bien propres. Autour d'un vaste étang, de jeunes couples étaient assis sur des bancs, dans les bras l'un de l'autre. L'appartement de Christiane se trouvait juste au-dessus d'un magasin de décoration appelé La Maison des jolies choses.

Lorsqu'elle répondit à l'interphone, il était à peu près midi. Une fois que j'eus exposé qui j'étais et ce que je voulais, il y eut une courte pause, puis Christiane dit : « Ça n'est pas du tout le bon moment pour moi, votre coup de sonnette m'a réveillée. Vous n'avez qu'à mettre votre carte dans ma boîte aux lettres. » Et elle raccrocha.

Et zut, je ne suis pas tombée le bon jour.

J'avais en tête de lui laisser le souvenir d'une personne aussi fiable que possible, et voilà que j'étais obligée de lui laisser ma carte sur laquelle il était écrit que j'étais apprentie, contrairement à ce que j'avais dit en me présentant.

Un bourdonnement se fit entendre, puis un clic, et la porte en verre et en métal de l'immeuble s'ouvrit. J'entrai dans le vestibule tout propre avec du carrelage gris, des murs crépis de blanc et une rampe d'escalier sombre, et je cherchai parmi les huit boîtes aux lettres blanches celle sur laquelle apparaissait le nom Felscherinow. Trouvée. Je me dis qu'elle devait vivre au troisième étage – puis je jetai ma lettre dans l'interstice et tournai les talons.

Aujourd'hui encore, Christiane raconte cette scène à tous ceux à qui elle me présente. Elle dit toujours : « Sonja a été la première journaliste qui n'a pas profité de l'occasion pour se précipiter jusqu'à ma porte. Qui n'a ni regardé à travers le judas ni demandé aux voisins : qu'est-ce que ça fait de vivre sous le même toit que Christiane F. ? »

En respectant le souhait de Christiane de rester tranquille, j'avais réussi à gagner son respect.

Tard dans la soirée, bien après vingt heures, mon portable sonna effectivement. Numéro inconnu. « Allô, c'est Christiane », dit une voix de fumeuse, plus enjouée cette fois, à l'autre bout du fil. J'étais abasourdie, et elle s'en aperçut. « J'avais pourtant dit que j'appellerais », continua-t-elle, comme si le fait qu'elle le fasse effectivement allait parfaitement de soi.

Nous nous sommes donné rendez-vous deux jours plus tard, à dix-neuf heures, au Gaffelhaus du Gendarmenmarkt. Le jour dit, plus d'une heure après, elle n'était toujours pas là. Michael et moi avions déjà demandé l'addition, quand soudain la porte s'ouvrit. Et voilà qu'ils étaient là tous les deux : Christiane et Leon.

Nous osions à peine y croire. C'était elle la femme dont les journaux avaient dit deux ans auparavant qu'elle était retombée plus bas que terre ? Qui, plus de trois décennies après le succès que son histoire avait connu dans le monde entier, était censée absorber encore des quantités d'héroïne, d'alcool et de médicaments ? Qui, aux yeux du grand public et même, d'après ce qu'on lisait dans les journaux, de sa propre famille, n'avait plus aucune chance de s'en sortir ? Qui avait soi-disant tout perdu – sa réputation, sa fortune, sa santé – au point qu'elle n'avait plus de contact avec sa famille et qu'on lui avait retiré la garde de son propre enfant ?

Christiane était resplendissante ! Elle avait les cheveux fraîchement teints de rouge grenade, brillants, bien coiffés, qui lui arrivaient en dessous des épaules. Sa parka grise aurait pu être celle d'une élégante Russe de Grunewald. Et elle était accompagnée de ce petit chow-chow à l'air effronté. « Waouh, il fait une chaleur à crever ici », lança-t-elle avant même d'avoir dit bonjour, et elle attacha Leon au radiateur devant la baie vitrée.

Il avait neigé, mais Christiane avait le front trempé de sueur. Je sais aujourd'hui que c'est un effet secondaire de la thérapie de substitution et de l'hépatite. En s'asseyant, elle remonta les manches de son pull à col roulé couleur lilas, commanda un jus de pomme et posa sur nous son regard aux grands yeux verts que tout le monde connaît. Elle les avait soulignés de khôl noir, sa bouche et ses ongles étaient peints en rouge. Seules les cicatrices sur le dos de sa main prouvaient, à présent qu'elle avait enlevé ses gants de laine noire, que cette séduisante femme à la silhouette élancée âgée alors de 49 ans était la junkie la plus célèbre d'Allemagne.

Il ne fut pas nécessaire que nous nous présentions, ni que nous posions la moindre question. Christiane parlait à qui mieux mieux. De tout ce qui la touchait. Des inondations contre lesquelles de nombreux Allemands luttaient alors – Elle sait à quel niveau les eaux du Main, de l'Oder et de l'Ems sont aujourd'hui, me suis-je dit. Elle passait sans arrêt d'un sujet à l'autre, comme si elle se donnait à elle-même la réplique : après avoir évoqué les fortes chutes de pluie, elle se mit à parler de « *Ich bin ein Star, holt mich hier raus*[1] », où Sarah Knappik[2] pleurnichait à longueur de temps. « On m'a déjà proposé de les rejoindre dans la jungle australienne », dit-elle. « Mais il faudra me passer sur le corps ! Être observé vingt-quatre heures sur vingt-quatre et filmé en train de chier et de gerber… Est-ce que ces gens se fichent complètement de leur intimité ? »

Un jugement à première vue étonnant de la part d'une personne dont le monde entier sait qu'elle s'est prostituée étant enfant pour se payer de la drogue, et

1. Littéralement : « Je suis une star, sortez-moi de là ! », émission de télé-réalité allemande dans laquelle des célébrités doivent apprendre à survivre au cœur de la jungle australienne. (*N.d.T.*)

2. Top-model allemand qui s'est fait connaître par la télé-réalité. (*N.d.T.*)

qui encore aujourd'hui ne voit pas en quoi cela pose problème. Mais je compris d'où venait ce rejet lorsqu'elle déclara ensuite : « Peut-être que ces gens qui vont là-bas n'ont jamais été poursuivis par des caméras jusque dans les moindres recoins de leur vie privée, qu'ils n'ont jamais été filmés et photographiés dans des moments affreusement difficiles et humiliants – figés comme ça pour l'éternité. » Et Christiane Felscherinow éclata finalement en sanglots.

« Même aujourd'hui, je n'arrive toujours pas à accepter qu'ils m'aient enlevé mon gamin », dit-elle. Des larmes montent dans ses grands yeux verts. Une brève pause. Puis elle passe d'elle-même à autre chose : « Quand mon gamin avait six semaines, il a failli mourir », dit-elle, et elle commence à raconter la coqueluche de son bébé, puis, sans expliquer le rapport, elle se met à parler d'un de ses amis malade, évoque rapidement la scène de la drogue à Kottbusser Tor et revient ensuite aux tabloïds « qui paient des junkies pour qu'ils appellent les journalistes quand ils me voient arriver ».

À la fin de cette soirée, je n'avais eu de réponse à aucune de mes questions – au contraire : des douzaines d'autres étaient venues s'y ajouter. Cela devait continuer ainsi pendant d'innombrables rendez-vous, et ce jusqu'à aujourd'hui.

« Je pourrais remplir un journal entier avec les anecdotes qu'elle raconte », me suis-je dit à un moment.

Depuis, trois années ont passé – et parce que ce projet réclamait beaucoup de temps et de flexibilité, Michael Behrendt et moi avons fini par décider que je continuerais seule. De plus, en décembre 2011, mon contrat avec *Die Welt* s'acheva, ce qui me poussa à prendre la décision suivante : j'allais désormais me concentrer presque exclusivement sur le travail fait avec Christiane.

Et récemment, un très joli hasard se produisit, qui me conforta dans le choix que j'avais fait : un soir tard, Christiane rencontra dans un McDonald's trois jeunes filles de 17 ans venues du Brandebourg – et qui étaient donc bien trop jeunes pour avoir forcément entendu parler de l'histoire de Christiane, d'autant plus que le livre n'avait pas été publié en Allemagne de l'Est avant la chute du Mur et que Christiane n'avait pas vraiment été « célébrée » dans cette nouvelle partie de la République fédérale avec le même enthousiasme que dans le reste du pays. Mais alors que les jeunes filles étaient toutes les trois en train de discuter avec Christiane en mangeant une glace, l'identité de leur interlocutrice finit par être révélée au détour d'une phrase – et là, l'une d'elles fondit en larmes sous le coup de l'émotion.

Sonja Vukovic, juillet 2013.

Table

Mise en page par Meta-systems
59100 Roubaix

Cet ouvrage a été imprimé
en octobre 2013 par

CPi
FIRMIN-DIDOT

27650 Mesnil-sur-l'Estrée
N° d'édition : L.01ELHN000339.N001
N° d'impression : 119596
Dépôt légal : octobre 2013

Imprimé en France